主　编：陈　恒

光启文库

光启随笔

光启文库

光启随笔　　光启讲坛
光启学术　　光启读本
光启通识　　光启译丛
光启口述　　光启青年

主　编：陈　恒

学术支持：上海师范大学光启国际学者中心

策划统筹：鲍静静
责任编辑：周小薇

书山行旅

罗卫东 著

商务印书馆
The Commercial Press

图书在版编目（CIP）数据

书山行旅 / 罗卫东著. — 北京：商务印书馆，2022
（2022.12重印）
（光启文库）
ISBN 978–7–100–21154–3

Ⅰ.①书… Ⅱ.①罗… Ⅲ.①随笔—作品集—中国—当代 Ⅳ.①I267.1

中国版本图书馆 CIP 数据核字（2022）第078002号

权利保留，侵权必究。

书 山 行 旅

罗卫东 著

商 务 印 书 馆 出 版
（北京王府井大街36号 邮政编码 100710）
商 务 印 书 馆 发 行
山东临沂新华印刷物流
集团有限责任公司印刷
ISBN 978–7–100–21154–3

2022年7月第1版　　　开本 889×1194　1/32
2022年12月第3次印刷　印张 11½
定价：76.00元

出版前言

梁启超在《清代学术概论》中认为,"自明徐光启、李之藻等广译算学、天文、水利诸书,为欧籍入中国之始,前清学术,颇蒙其影响"。梁任公把以徐光启(1562—1633)为代表追求"西学"的学术思潮,看作中国近代思想的开端。自徐光启以降数代学人,立足中华文化,承续学术传统,致力中西交流,展开文明互鉴,在江南地区开创出海纳百川的新局面,也遥遥开启了上海作为近现代东西交流、学术出版的中心地位。有鉴于此,我们秉承徐光启的精神遗产,发扬其经世致用、开放交流的学术理念,创设"光启文库"。

文库分光启随笔、光启学术、光启通识、光启讲坛、光启读本、光启译丛、光启口述、光启青年等系列。文库致力于构筑优秀学术人才集聚的高地、思想自由交流碰撞的平台,展示当代学术研究的成果,大力引介国外学术精品。如此,我们既可在自身文化中汲取养分,又能以高水准的海外成果丰富中华文化的内涵。

文库推重"经世致用",即注重文化的学术性和实用性,既促进学术价值的彰显,又推动现实关怀的呈现。文库以学术为第一要义,所选著作务求思想深刻、视角新颖、学养深厚;同时也注重实用,收录学术性与普及性皆佳、研究性与教学性兼顾、传承性与创新性俱备的优秀著作。以此,关注并回应重要时代议题与思想命题,推动中华文化的创造性转化与创新性发展,在与国外学术的交流对话中,努力打造和呈现具有中国特色的价值观念、思想文化及话语体系，为夯实文化软实力的根基贡献绵薄之力。

文库推动"东西交流"，即注重文化的引入与输出，促进双向的碰撞与沟通，既借鉴西方文化，也传播中国声音，并希冀在交流中催生更绚烂的精神成果。文库着力收录西方古今智慧经典和学术前沿成果，推动其在国内的译介与出版；同时也致力收录汉语世界优秀专著，促进其影响力的提升，发挥更大的文化效用；此外，还将整理汇编海内外学者具有学术性、思想性的随笔、讲演、访谈等，建构思想操练和精神对话的空间。

我们深知，无论是推动文化的经世致用，还是促进思想的东西交流，本文库所能贡献的仅为涓埃之力。但若能成为一脉细流，汇入中华文化发展与复兴的时代潮流，便正是秉承光启精神，不负历史使命之职。

文库创建伊始，事务千头万绪，未来也任重道远。本文库涵盖文学、历史、哲学、艺术、宗教、民俗等诸多人文学科，需要不同学科背景的学者通力合作。本文库综合著、译、编于一体，也需要多方助力协调。总之，文库的顺利推进绝非仅靠一己之力所能达成，实需相关机构、学者的鼎力襄助。谨此就教于大方之家，并致诚挚谢意。

清代学者阮元曾高度评价徐光启的贡献，"自利玛窦东来，得其天文数学之传者，光启为最深。……近今言甄明西学者，必称光启"。追慕先贤，知往鉴今，希望通过"光启文库"的工作，搭建东西文化会通的坚实平台，矗起当代中国学术高原的瞩目高峰，以学术的方式阐释中国、理解世界，让阅读与思索弥漫于我们的精神家园。

上海师范大学光启国际学者中心

2020年3月

序

我是1978级的大学生，入大学读书至今已经整整44年了，本科一毕业就留在系里做老师，迄今也已经教了40年的书。

过去的这些岁月，所做的事，无非就是读书、教书、编书、写书、译书、荐书、评书、教人读书、帮人校书、逛书店买书、上网买书……我打交道最多的是书，我最大的快乐来自读书，我最热爱的也是书！

我是一个没有什么专业意识的人，好奇心和求知欲都十分强烈。在读书这件事情上，我可以算得上是贪得无厌之徒，简直没有什么书是我不感兴趣的。公务再忙，随身的双肩包里都会有几本轮换着读的书。几十年来我一直在组织各种形式的读书会，在家里，在学院里，带着本科生和研究生们读书。这些读书会选择的，自然不是那些消闲性趣味性的大众读物，而是非集中时间和精力，非扎堆互相监督，非彼此研讨便不能坚持读下去的"硬书"。要问这些读书活动，是否给大家带来智识上的增益和感觉上的快乐，我不能代替学生作答，不过，门下的经典读书会已经每周一次连续进行了20多年，这应该能说明一些问题。

读书是一件乐事，书中的风景，无论是科学的、思想的、艺术的，都是我快乐的主要源泉。独乐乐不如众乐乐，这种快乐，不论是感性的还是反思得来的，我都想传递给他人。

从教40年里，前20年，年轻，还无知无畏，系里排课有求必应，开过的课，加在一起有十多种，五花八门，从"资本论"这种纯理论的，到"计划经济学"这类应用性很强的都有，大概算得上是系里首屈一指的万金油老师。后20年，每学年给本科生主讲的课程集中到了两门："发展经济学"和"经济思想史"，偶尔会根据需要讲一讲"经济学基本文献选读"和"经济学主要流派"。备这些课，最要紧的是读书，不仅要读得多，还要读得精。

历年以来，边读边想，结合自己的学科和专业，大概写了有百来篇长短不一的文章。其中有随性而写的，也有应约而写的。这些文字篇幅差异较大，长的有几万字，短的不过一两千字，体裁、文风也不尽相同，有轻松些的，也有较为严肃的。我从中选择了自认为还有点意思的近30篇，按"家族类似"的旨趣，归置在六个模块中，于是有了这本"不三不四"的小集子。

第一个模块，主要是我对大学的一些思考。这些思考都来自自己长期在大学教书和做行政事务的经历，一鳞半爪，没有系统性，有感而发，随性而写。新意和创建谈不太上，个人认识而已。

第二个模块，是关于学术经典的阅读。其中有我对于经典阅读重要性的认识以及对于翻译和阅读经典著作的一些实际建议，还包括了我对《道德情操论》《国富论》《学术与政治》这三部重要经典的导读和解读。

第三个模块，是几篇关于苏格兰启蒙运动这个长期以来我阅读写作的主题的习作。

第四个模块，是我个人从事经济思想史教学与研究的几十年里，读、译、校书的过程中所写的一些文章，以书评和序言为主，也有一些关于历史上的经济学家的议论。

第五个模块，是越出了我的本行，对几种其他领域的书籍的评论。

第六个模块，是一篇访谈，主题是我的学术心路历程。

全部六个模块的近30篇文章，都离不开一个主题词——书。差不多全部都是关于书的文章，这是一本讲书的集子。

即便是一个丑娃，也总想给它起个体面点的名字，绞尽脑汁，自我否定了好几次，换来换去都不满意。困顿之际，无意间看到书房里挂的那张北宋范宽名作《溪山行旅图》高仿画轴，环顾写字台四周堆积如山的书，脑袋里突然就跳出来一个名字——书山行旅。

是的，这本书就是我行旅书山的游记。

目 录

序　　　　　　　　　　　　　　　　　　3

竺可桢为什么伟大？　　　　　　　　　3
大学的建筑该是啥样　　　　　　　　　7
怎样选大学？　　　　　　　　　　　　13
关于文科繁荣和发展的六点思考　　　　20

为什么要读经典？　　　　　　　　　　31
读书"六心"　　　　　　　　　　　　40
好社会何以可能：《道德情操论》导读　　45
从《道德情操论》的汉译谈谈研究型翻译　76
国民财富还是国家财富：《国富论》导读　92
"人"之品格：
　《学术与政治》解读　　　　　　　　111
经济学入门必读的20篇文献　　　　　　155

人类的启蒙永无止境	179
启蒙运动的多副面孔	188
亚当·斯密的启蒙困境	193
英国古典政治经济学的苏格兰渊源	202

市场经济成长的"理想类型"：	
读希克斯的《经济史理论》	211
激情还是利益：	
阿尔伯特·赫希曼《激情与利益》读后	222
历史主义经济学远去的背影：	
《经济增长理论史：从大卫·休谟至今》序	234
自然法观念与现代经济学的起源	250
奥地利学派VS洛桑学派：	
西方经济学内部的世纪对垒	258
经济科学能做实验吗？	265
雄狮的光荣与梦想：	
马歇尔教授的成功和失败	272
天才与时势：读斯基德尔斯基《凯恩斯传》有感	282
斯密经济学的当代传人：罗纳德·科斯	286

科学与爬树：一本有趣又有益的科学家自传	299
文德昭示何可期：	
刍议《中国文化通识：人性与现代性》	304

野百合的春天:《奶酪与蛆虫》读后感	309
神保町的书店	322
学术心路三十年(1978—2008)	329
跋	351

竺可桢为什么伟大？

如果没有竺可桢校长这样一面的镜子，我们也许以为自己已经做得很不错了。竺校长提出的那些办学理念，我们似乎不仅能够理解，而且也都能够做得到：会想办法延揽名师、会关心学生、会向政府争取资源……该做的也都做了，但人们似乎都不怎么买账，还是张口闭口竺校长好。

记得是2010年3月14日，我代表学校去上海参加浙江大学校友会上海分会纪念竺校长诞辰120周年的座谈会暨史料捐赠会。为了方便那些病休的老校友，会议地点就选在复旦大学附属华东医院。两院院士陈吉余、戴立信、潘镜芙、干福熹放弃双休日的休息，赶到这里。他们都是耄耋老人，体弱多病，其中倪式如校友是两个儿子陪着坐轮椅来的。听着他们对往事的叙述，很多年轻人都不由得热泪盈眶。其实，作为普通的学生，人们记住竺校长的，除了那些载入史册的丰功伟绩，更多的是竺可桢长校的国立浙江大学为他们的一生带来的变化。

我们的大学，其存在的根本理由是培养高水平的人才，为民族、为国家、为社会、为世界培养具有高尚情怀和卓越能力的人才。在贵州遵义办学时期的浙江大学，被世世代代铭记的不是当时有多少科研经费、有多少篇论文、有多少奖励，而是在艰苦卓绝的办学环境里，大家同心同德、千方百计改善办学条件，不遗余力维护大学的尊严，给学生提供最好的教育。以竺可桢为代表的学校领导为此做出了巨大的个人牺牲。

这些老校友的发言，不论是像陈吉余、戴立信这样在科学上取得卓越成就的院士，还是杨竹亭、阿章这样在其他岗位上奉献一生的老校友，谈得最多的是，在那样恶劣的环境下，竺校长居然请来了那么多载入中国科学史、文化史和教育史的名家；他到处争取经费，倾学校之力建设实验室和图书馆，给他们提供了当时所能有的最好教育，为学生一生的发展打下良好的基础。西迁时期的浙大提供给学生的，不仅是名师的学识，还有名师追求真理、不计利害、求实奉献的高尚情操。老校友们热爱浙大、热爱竺校长的全部理由，一句话，就是浙大给他们提供的精神动力和知识动力让他们受益终生。

"教授是大学的灵魂，一个大学学风的优劣，全视教授人选为转移。"

"一个学校实施教育的要素，最重要的不外乎教授的人选，图书仪器等设备和校舍建筑。这三者之中，教授人才的充实，最为重要。"

这是竺校长最精辟的论述。今日大学的问题，并不是办学的物质条件问题，而是竺校长反复重申的师资素质的问题。我们今天讨论师资水平的时候，最大的问题是忘记了，在造就和培养人才方面，教师应该具有何种素质。我们常常更多关注引进人才的科研表现，承担过多少项目，有多少论文，获过多少奖励，等等。而竺可桢时代的浙大所关心的是教师能够给学生带来什么：他的学术水平是否足够胜任教学？他的精神境界是否合乎教育的要求？这是两条最高的标准，是关于教师素质的质的规定性。其他诸如是"土鳖"还是海归，在行内名气大小都不是主要的。

竺校长看重的教授，几乎都具备了这两个方面的素质，一是有真才实学，二是有不计利害追求真理的品质，对科学有信仰，不是急功近利、蝇营狗苟之辈。典型的如束星北先生。当时的浙大有多少这样的教授，不求名不求利，沉浸在追求真理的事业之中，以自己对科学的极大热诚感染和引领着学生的人生追求和知识趣味！

竺校长的伟大之处在于，他身处云遮雾障的复杂情境以及山穷水尽的恶劣条件下，仍然恪守培养社会需要的合格人才这一大学的根本职责，为此殚精竭虑，东奔西走，争取一切必要的支持，甚至为此忍气吞声、委曲求全。也正因如此，才得以吸引一大批志同道合的学者来到遵义，来到湄潭，在战火纷飞、颠沛流离的环境中，创造了浙大历史上的辉煌。

今天的校长们，需要重新确立的是对大学根本职责的认识。大学的功能随着时代的变化而拓展，从早期的养育人才，到后来的科学研究，再到社会服务，其办学内容和工作空间都在不断拓展，这是大学与时俱进的表现。但，大学之本，过去是、现在是、将来也必然是培养高水平的学生，这是任何其他的机构所不能替代、无法履行的职责。大学校长的职责就是为培养好学生创造一切应有的条件，其中最重要的一点就是延揽名师、留住名师，为他们教书育人提供尽可能好的条件。一个校长只有做到这一点才算合格，也只有做到这一点才会被后人铭记。

大学的建筑该是啥样

高教界流行的一句名言，即清华校长梅贻琦所说："所谓大学者，非谓有大楼之谓也，有大师之谓也。"这句话用来讲老师的水平对于大学的重要性，是不错的，没有人会反对。可我还是想要说，大楼并非不重要，尤其是当我们用大楼来指代所有的空间设施时，更是这样。平心而论，我们对大学的感情一方面是来自其中的老师和同学；另一方面则来自我们曾经生活过的校园的一切场景，包括建筑和景观。前者容易达成共识，而后者很少有人仔细考虑过。

在我们的大学时代，我们认识了一些能够给我们在知识和人格上以教益和启迪的师友，和他们一起演绎了一些故事。这些事件都有其具体生动的情境、场景及承载的空间。我的一个熟人把他讲大学的一本书起名为《大学是一连串的事件》，他当然讲的是大学里面曾经的活动，好像没有专门讲到建筑的，可是我很喜欢他的这个说法，我想建筑在构成大学的一连串的事件中总是不该缺位的角色，虽然它事实上总是被人忽视了。

"铁打的营盘流水的兵"，在高度流动的时代，大师常常是辗转东西、南征北战的，只有那些建筑沐雨经风，总是不离不弃坚守在校园里，在我们回忆往昔时，它们常常作为陪衬，其实是处处都少不了的。

是的，我们常常那么深情地回忆起大学的食堂、图书馆、林中小道、长椅和石凳，还有承载了许多"神话"和传说的人文景点。我们每天行走在校园里，见得最多的是各式各样的建筑和各式各样的人，各式各样的人在各式各样的建筑里。也许你在读书的年代里还无法深刻地意识到这一点，一旦离开了大学，离开了这个空间，就会突然地意识到，这些装置的存在多么重要，是那么令人神往。

我在大学读书和工作已经30年了。对人对景似乎日近麻木，不再有那般梦魂萦绕的牵挂和感动。可是，当看到离校数十年的白发苍苍的老学长回到母校，目光急切地寻找自己曾经的足迹，流露出朝圣般的虔诚和激动，当看到走出校门不久的学生像扑向母亲怀抱的游子，眼里闪动泪光，寻找自己熟悉的场景。而当他们再也无法找到自己当年曾经的足迹，眼里面的失望，话语中透出的无尽遗憾和惆怅……我的心还是被深深地打动了。

我在想，某些类型的建筑总是特别适合于充当人类审美判断和价值判断的载体和对象的。一条蜿蜒的、铺满了鹅卵石的林间小径总要比一望无际、笔直的混凝土大道更能造成某种人类的亲切的印象，甚至容易引起某种情思。坐在实木书桌和地板围成的教室里看书，总还是要比坐在冷冰冰的长条金属窄幅课桌边上看书有更多的温暖和沉静。

我的一个刚毕业不久的学生总是对我说如何怀念读大学时，和朋友在玉泉校区永谦活动中心前面的长木椅子上聊人生、看星星的美妙感受。这或许是种美化了的心理感受，可就是这一把长椅便可让学生留下如此好的印象，这足以让我们的建筑师们反省。我在想，将来他或她向自己的孩子讲到大学时，总还是会描述坐在椅子上看星星的经历的。为了体验他所说的那种美妙，我还专门在晴朗的夜晚去坐了一回以前绝不会引起关注的这类椅子。当然，我没有他那样强烈的感受。我在想，这种感受总还是很多因素搭配的结果，适宜的天气，好的朋友，特别的一个经历或者事件衬托的好心情……

也许是远离了老师和学生的心灵感受吧，今天那些设计新大学或者老大学新校区的建筑师似乎都没有认真地反思过自己曾经的大学经历以及建筑在其中的功能。

我是比较害怕看那些老大学的新校区的，尤其害怕去高教园区参观。

首先是面积很大。一般的高校，招收万把人左右的规模，占地都在千亩以上。极目望去，除了点缀在空旷地面上的建筑群以外，就是大片的人工草皮和移植的各类树木。建筑的间距和人行道都非常宽阔。地面场景几乎是一览无余的。

其次就是整体风格的雷同。不仅各地的高教园区几乎分不出彼此，完全缺乏个性和风格，而且说实在的，要是有人告诉我这里是工业园区或科技园区，我也不会感到奇怪。

再次就是建筑缺乏个性。到处都是崭新的、镶嵌着玻璃的房子。墙体也都是贴着或者横条或者竖条的墙砖。建筑内部的走廊也几乎清一色地类似于宾馆或者写字楼。在这样的地方读书，似乎不太容易沉静下来，也产生不了什么亲切感。

古代的书院在选址上无论是否有意识地讲究过，依我今天的眼光来看真的是非常适合讲经、读经和研经的。未必在每个教室边的天井里都种上芭蕉树、修竹或者别的什么引人遐思的植物，光是周围绿树成荫、古木参天就很可以称道。起码氧气和负氧离子的供应是充裕的。这些对于高度运转的大脑是多么重要啊！

相比之下，今天新大学的选址已经堕落到多么低的水平。随便找一块平地，价格尽可能地低，面积尽可能地大，除此以外便无所谓了。结果，我们就看到有太多的大学和讲究节约成本的工厂和仓库搬到一块去做了邻居。弄得学生看书和上课的时候耳朵里面充斥的都是机器轰鸣的声音，鼻子里面闻到的是化工产品的气味。

仅从这一点来说，我们其实是分不清生产物品和培养人才之间的本质区别的。在我看来，大学是培养人才而不是制造物品的。这里的关键词就是"培养"。所谓培养包含了养育、熏陶、培植等含义在其中，它完全不同于"制造"或者"加工"，后者让人想到的是机械、标准和强制塑形。两者的根本区别在于前者是有机的、演化的，而后者是机械的和建构的。我们的大学不是制造一个供社会这个巨大的机器运行所用的零部件，而是要培养作为社会细胞的完整的人，他有精神、有情感，需要爱与被爱。大学，如不能让走向社会的人有丰富的精神世界和良好的审美感受力，那么我们就不能说它是在培养人。有一个教授说得好，大学不是养鸡场。这句话之所以说得妙，是因为目前的大学就其建筑而言在迅速地养鸡场化。

大学的建筑应该服务于培养人而不是加工、制造人的目的。

如果仅仅是把学生作为半成品来进行加工和制造，那么整整齐齐的，像是流水线和装配车间一般的教室、寝室就不仅是必需的，简直可以说是好的。

要问我对大学的选址和建筑有些什么要求和建议，很简单，首先是氧气必须足够供应知识生产和传授过程中的特殊需要；噪音源应该尽可能地少，分贝要小。其次，建筑必须首先考虑其供人日常使用和审美的需要。再次，必须方便学生和老师之间彼此的交流和互动。这是底线，在此之上，可以考虑更多的样式和类型。当然考虑中国人特有的天人合一的理想，无论建筑还是景观，最好尽可能自然一些，人工雕琢的痕迹尽量少一些。

大学的校园总是供人学习、交流和生活之用的，因此使用它的人要比那些声名赫赫的建筑师更有评判的资格和权利。一个事不关己的人，不论他是院士还是什么声名赫赫的建筑师，除非他具有深刻的代入感，而且愿意使用这种代入感，否则就不应该把设计大学建筑的事情交给他。我建议教师委员会和学生会应该能够介入新大学的选址和建筑设计活动中去。

民主总是从具体和局部开始的，大学的民主依我看从建筑开始最能够有成效。

顺便说一句，好的大学总是有好的建筑，一流大学总是有一流建筑的。

（本文原载《建筑与文化》2007年第5期，原题为《大学空间与民主精神》）

怎样选大学？

一

考生填报志愿简直可以说就是一部血泪史！

大学既多，专业又细，别说是考生和家长，即便是班主任、中学校长，又有几个人弄得清楚？农村的孩子尤其如此，知道的东西实在有限，考完后填报志愿，浑浑噩噩，一头雾水，根本不知道该怎么填写，结果不是家长说了算，就是校长和班主任说了算。最近几年，可能情况有所改善，但大学里面院系专业的复杂性、彼此的联系和区别，估计还会让很多考生和家长发懵，填志愿的时候，似乎就是在押宝，轻则闹笑话，严重的就是一场悲剧。

现在高考制度在不断改革，原来大家意见很大的"一考定终身"开始有了变化，但是，"一填定终身"这件事情并没有根本性的改变。即便不少大学都开始放松转专业的限制，扩大了考生进入大学后的选择空间，但实际上提供的可能性依然有限。至于入学以后从一所大学转到另一所大学，则比登天还难。所以，填报好志愿，这件事情的重要性丝毫不亚于考出好成绩。

"本科看学校，硕士看专业，博士看导师"，高等教育江湖上流传的这三个所谓的选择诀窍，虽然不能简单粗暴一概而论，但确实还是有一点道理的。

读本科重要的是选学校，这一点到底什么意思需要费点笔墨讲一讲。

要讲清楚这个问题，首先须明白的是，读大学到底读的什么？

国立浙江大学时期，竺可桢校长曾经给新生提过两问，原文是这样的："诸位在校，有两个问题应该自己问问：第一，你到浙大来做什么？第二，将来毕业后要做什么样的人？"这两个问题乍一看很平常、很朴素，细一想，则会出一身冷汗。事实上，很多学生是从未有意识地想过这两个问题的。

我们不妨也问一问今天的考生，你到大学来做什么？大学里有什么是你在社会上学不到、遇不到和想不到的？

如果你是想来大学学一门手艺，那么，根本不需要为了上一本大学，青灯黄卷三更灯火五更鸡地拼命。随随便便考一考，去个高职高技院校就完全解决问题了。那里一进去，开门见山就是教你这些的，毕业后有一技之长，到了工作岗位，上手很快，挣一份不错的薪水应该不成问题。尤其现在到处提倡打造新匠人，号召发扬工匠精神，整个社会氛围越来越友好的情况下，做一个工匠是可以安身立命的。如果你是想来大学结交人脉的，那也不必特意来读大学，一个人只要有社交这个天赋，即使不读大学，照样可以参加中欧长江和各类世界一流大学都会举办的EMBA这类高等级专业教育机构的培训项目，那里密密麻麻的都是成功人士，肯定要比大学多得多。这个社会，要当官未必非要上大学，更不是非要读好大学，甚至都不是非得要读大学，只要本人政治可靠，积极上进，忠诚踏实，加之有党校的教育保障，在仕途往往发展更加顺利。想要发财，也不一定来读大学，企业家并不是大学培养得出来的，比尔·盖茨这样的人，上了哈佛，最后还不是等不及毕业就炒了学校鱿鱼，自主创业了？！

如果以上这些都不是你来大学的应有理由，那么什么才是？我们如何来辨认和选择一所优秀的大学？

二

心理学家斯金纳说过一句话："当所学的东西都忘掉之后，剩下的就是教育。"这句话由于爱因斯坦的引用和发挥而变得广为人知。用它来形容大学的功能倒是挺贴切的。大学教育就是把所学的东西都忘掉之后，剩在你身上的那个东西。

那么这个东西是什么呢？

有人说是独立思考的能力，有人说是质疑和批评的精神。竺可桢校长的回答最令我心仪，他说，"要能即事而穷其理，最要紧的是一个清醒的头脑","清醒的头脑,是事业成功的基础","在社会上做一番事业,无论工农商学,都须有清醒的头脑。专精一门技术的人,头脑未必清楚。反之,头脑清楚,做学问办事情统行"。

头脑清楚的人,能够做到以下三点:第一,以科学的方法来看待和分析问题,使复杂变简单;第二,以公正的态度来计划;第三,以果断的决心来执行。竺校长归纳此三点为"科学的方法,公正的态度,果断的决心"。在他看来,本来这三者全部都应该在小学时代就学习和养成的。他的这一看法当然是有些失之简单了,别说是小学,即便是大学,又有几所能够担保育成学生"清楚的头脑"?

其实,在竺可桢之前,伟大的马克斯·韦伯早就表达过类似的思想。在《学术与政治》的著名演讲中,韦伯反复重申,学术和政治事业的本质就在于责任者的"自我清明"——头脑清楚而不糊涂。

大学要育成"清楚的头脑",这件事情换一个更加现代的比喻,就是要让学生构建一个卓越的操作系统,而不是安装一批工具软件。这个被命名为"清楚的头脑"的操作系统,功能高强、运行顺畅;包容性好、Bug很少。

要造就"清楚的头脑",大学教育的方法自然与基础教育阶段有所不同,它必须是探究的、对一切定论都要不带成见的、具有批评的习性的。大学教育的最大的特质就是质疑,非质疑不能走上自我清明,非质疑不能育出"清楚的头脑"。而基于科学的质疑，必然是建立在真诚和责任基础上的，在真理发现之前，它义无反顾地朝着那个方向前进，在真理发现之后，真诚地服从于它。

如果从这个角度来理解"立德树人"，则两者指的就是一回事，大学要立的是学生"追求真理的精神"之德，要树的是"头脑清醒"之人。这也是大学与其他教育的根本区别。

读大学的根本目的是让自己的头脑变得清楚明白，选大学自然也就要服从于这个目的。

三

其实，与任何实现具体功能的教育相比，育成"清楚的头脑"是最难的。那么，大学如何才能做好这件事情呢？

要有一批"头脑清楚"的好老师。"德识才学"四美兼具，"传道、授业、解惑"三能齐备。为师之德，要求全面，但首在仁爱，继之诚勤，然后有恒，也即孔子所言"学而不厌，诲人不倦"，陋巷箪瓢，不改其乐。好老师，当然应该学养深厚、知识丰富，应该能说会道，深入浅出，但更重要的是有清楚明白的头脑，不迷信、不盲从、不媚俗、不苟且，只忠诚于教育的责任、公共的利益、真理的标准。竺校长曾经说，大学的品质全由教授的质量而转移，这确实是至理名言！

要有一批"金课"。大学的课堂教育，不应该偏重于传授具体的成熟知识，而是要帮助学生建立知识秩序，故课程体系的品质是至关重要的。根本知识、基本知识、专业知识，这三个层面相互结合，互相呼应，形成体系。所谓根本知识，就是对其他所有知识起着统治性、支配性、决定性的知识，这是大学教育的重中之重，是一切大学教育的基础和核心。这里所说的金课，就是这个意义上的课程。其中主要应该是人文教育、社会教育、科学教育的通识课。某种意义看，通识课的水平是衡量一个大学教育水平的根本标志。一般来说，基础学科水平比较高的综合性大学，这样的金课就要多一些。

要有合格的学术生态和校园文化氛围。教育的事业，更像是传统农业和园艺，所以"农业八字宪法"，似乎也适用的。所谓"农业八字宪法"就是"土、肥、水、种，密、保、管、工"。土指改良土壤；肥指合理施肥；水指发展水利、合理灌溉；种指改良种子；密指合理密植；保指作物保护；管指田间管理；工指工具改革。拿到大学这个场合来说，前四个字"土、肥、水、种"指的是实体性要素，其中学生好比种子，课程、图书资源、实验条件、文化生活等，好比水、肥、土。后四个字是生产技术与工艺：密，合理密植，也就是合理的生师比、合理的校园活动空间；保，作物保护，也就是学生的监护；管，田间管理，也就是校园管理；工，工具改革，就是教育技术手段的更新与进步。学术生态优良、学校精神文化积极向上、校园治理能力强，这样的环境与氛围有助于陶冶、涵养、孕育学生的良好气质和基本素养。

要有独特、清晰、富有生命力的文脉传承。大学是演化积累出来的，大学的声誉来自它的历史贡献。每一个办学故事，每一个知名教授，每一段逸闻趣事，每一个贡献，每一段特殊的经历，都是构成大学丰富色彩的元素，其中体现的核心价值观便是时空跨度最大、成为最大公约数的那个无形的基本精神。这样的文脉，这样的人脉，是一所大学最大的无形资产，也是维持总体高品质的根本保障。

选大学，本质上就是选名师、选金课、选生态、选文脉。若以这个思路来评判，很多考生和家长填报志愿的水平是不合格的，特别是家长，他们更在意学校外在的一面，比如在哪个地区，在哪座城市，在城市的什么位置，离家近不近，方便不方便随时探望；更关注孩子就学后生活上是否便利、舒适；更感兴趣这所学校有什么时髦和热门的专业，本科就业出路好不好。他们对学校的历史、文化、精神、底蕴、基础，不是毫无所知，就是毫无兴趣，做决定时目光短浅、自作聪明，结果往往是舍本逐末、耽误了孩子本来应有的人生。

这个方面，前车之鉴是不少的，希望大家注意！

关于文科繁荣和发展的六点思考

文科的好学者都知道，要繁荣和发展文科，最重要的一条就是要尊重文科自身的规律。这就像发展经济必须了解并遵循经济活动的规律一样。要做好繁荣发展文科的工作，就必须按照文科自身的规律办事。但是文科的规律到底是什么？是否有某种不变的法则？这是首先需要弄清楚的问题。

我大学先入的是政治系，三年级开始转入经济系，硕士阶段读的也是经济学，后来进入哲学系读博士，这个经历让我对人文和社会科学两大领域的特点和规律都有所了解。20世纪90年代初开始，我大约有近30年时间都是一边教书一边在学校的文科管理服务岗位上工作，接触了不少海内外的优秀学者，和他们的交流也很深入，自认为对文科有感情，有理解，有自己的想法。

以我的观察和思考，同时也结合多年来从事文科科研管理的经验，有以下六点可以提出来就教于同仁。

第一，学术自由是前提。学术自由对于思想创新的重要性是怎么强调都不过分的。历史的经验和教训充分表明，没有思想的自由和表达的自由，就不可能有学术的进步。学术自由之于学术进步的关系，就如经济自由之于经济发展的关系一样，我们眼下唯一需要深入思考的应该是如何为真正的学术自由创造法治条件。目前泛泛而言"研究无禁区，宣传有纪律"，其实缺乏可操作性，各级管理部门对于如何行使自由裁量权，也难以把握，只得采用"宁可错杀一千绝不放过一个"的博弈策略，以明哲保身。这样一来，那些与现实政治经济文化相关的研究领域的大批学者就处在难以判断其学术活动政治风险的状态，战战兢兢，如履薄冰。如果领导开明睿智一些，则手脚稍微宽松些，一旦遇到外行，必定有井绳之惧，噤若寒蝉，无法正常做学问。

因此，目前迫切需要有类似政府审批负面清单一类的规制条款，尽可能明确学者可以放心开展研究的领域和问题，而且这样的规制文件最好是以立法的形式稳定下来，这样学者才能心无恐惧地潜心学术事业。以我了解的情况，仅仅有领导的口头承诺，哪怕有文件的规定，都难以消除学者的疑虑和恐慌。总之，繁荣的学术活动、健康的学术生态，需要法治保障的学术自由。

第二，公平的学术竞争秩序和健全的思想市场是基础。任何事务，但凡垄断，必定腐败，学术事务亦不例外。学术研究，也是某种意义上的经济活动，它是一种趋"利"行为，这里的利不单是指金钱意义上的利，还包括名誉等。既然是趋利行为势必会存在以最小成本获得最大利润的动机。学者从事学术活动、发表学术成果既要获得自己纯粹个人性的求知求真欲望或者某种审美冲动的满足，也要获得社会应有的认可。这样，学术研究的游戏规则就不可或缺。这种学术游戏规则的主要功能在于形成研究者正确的行为预期，并由此产生相应的行为激励。它包括严格界定和保护学术活动成果的产权归属的规则、对某种学术成果的社会效应给予准确评价以便给予所有者以相应回报的规则、保障纯粹学术活动自由的规则等。目前，我们较多地强调针对学者个人的学术道德规范，这并不是不重要，但是我认为阻碍学术发展的最大根源不该仅从学者个人身上去寻求，而应该从学术制度安排的不合理方面去寻找。

目前阻碍中国哲学社会科学发展的最大障碍，并不是某些学者出于急功近利动机的学术浮躁和腐败，而是整个的宏观学术竞争体制的失序，尤其是缺乏行之有效的、符合人文社会科学自身学术要求的成果评价制度。这相当于在经济活动中，市场机制失灵以至于市场价格不能正确地反映某种商品的效用和稀缺性。由于非学术因素的影响，良心之作、优秀学术成果得不到应有评价，学者的辛勤劳动和聪明才智得不到应有认可的事情屡见不鲜，令人不平；时见"帽子"学术、"头衔"学术满天飞，粗制滥造甚至假冒伪劣之作不仅趁虚而入，甚至占据了神圣学术殿堂的最佳位置，也使真正的学者义愤填膺。我们常常严厉指责那些学术腐败分子令人不齿的败德行为，但是却对体制性的学术腐败行为安之若素，这相当令人不解。我绝无意谅解那些学术腐败者，但是深感应该更加关注那种基于制度并且业已常规化了的学术腐败。这种制度性学术腐败的最大危险在于它会摧毁学术竞争的公平和公正性。

我们目前学术制度的公正性在商业诱惑、行政干预和人情关系面前显得十分羸弱，其问题的严重性已经到了非正视不可的地步。公平学术竞争的秩序，若不能尽快建构，则无论国家如何重视，无论怎样地加大投入，无论社会舆论如何强烈，最后不可避免会陷入学术次品市场的稳定均衡陷阱。要打破这个低水平均衡，跳出陷阱，不能光靠学者个人的道德自觉，而仅仅依靠个人或者某个局部性的团体来做工作，也会遭遇"搭便车"而造成制度变迁的动力不足。我们应该把更多的注意力放在如何改革不合理的学术评价和竞争制度上面，要重视通过制度安排的重新设计来理顺学术主体的行为。这同样也不是个人或者某个学术机构可以成功做到的。

和任何制度产品一样，学术制度的供应有着显著的规模经济性质和很强的正外部性，这意味着政府主导的强制性制度变迁更加有效。而且，在我看来，政府等公共部门或者广域性的学术团体在提供这类制度性公共产品方面应该是责无旁贷的。在某种意义上说，这项工作的重要性远在增加经费投入之上。

第三，要大力扶持和规范公共学术团体的活动。如果说，学术竞争制度是游戏规则，那么学者及其团体则是游戏者。对于学术水平的提升，同行专家之间平等互动的关系远远比领导与服从的关系来得重要。国外学术发达的国家，学术活动大多是在沙龙、讨论会、午餐会、论坛以及学会这样的组织形式下展开的。学术交流的载体既要有正儿八经的研讨，也要有随时随地的交流。形式可以多种多样，不过专业学会的作用尤其需要重视。不能想象如果没有美国经济学会、美国社会学会、美国政治学会等这类组织规范、要求严格的学术团体，会有美国学术近一个世纪以来的繁荣。历史已经证明，学会活动越是规范，学会组织越是发达，学术发展也会越健康和繁荣。

学会的作用还需要进一步加强，但是学会不可以办成一个等级森严的政治性组织，必须是一个纯粹的学术同仁的互动团体。目前学会工作参差不齐，有的已经陷入恶性循环。究其原因不外乎以下几点：一是为了解决活动经费而饥不择食，以学术原则与其他非学术机构做交易，主事者不得不为五斗米折腰；二是学会自身没有严格的规则，学会领导搞虚挂、平衡，学术原则被放到一边；三是工作班子涣散，秘书处的职能处于瘫痪半瘫痪状态。这些问题的关键还在于学会等研究团体的行政化倾向不能遏制。而若任其发展，学会的学术同仁团体的基本功能必将丧失殆尽，人文社会科学事业也会走进死路。学会不论规模大小，覆盖面宽窄，会员的资格尤其是负责人的资格必须严格把关，要有一套制度来保证会员的流动和领导的任免。其中学术品德、学术贡献和学术精神乃是必须强调的三个标准。

第四，人文学科与社会科学应分类对待。广义的文科内部，人文学科与社会科学的分野绝不是无关紧要的一件事，人文学科和社会科学各有自己的规律，在政策层面是不可以混为一谈来处理的。譬如，经济学家要建数学模型，要做假定要检验命题，理论与实验数据要相互参照印证，不可偏颇，而且经济学的原理在经过必要的检验以后可以放到相对大一些的范围内加以应用。所以，虽然经济学是研究人的，但在文科中是最接近所谓的客观科学标准的学科，按照波普尔的观点，经济学是可以拿来证伪的。可是文学显然具有更加明显的个体性、主观性和情境性。由于这样的特点，社会科学似乎比人文学科更能够适应运用自然科学的研究模式和管理模式。相反，如果把自然科学的研究模式照搬到人文科学领域，要求大家竞争以便得出公认的准则，后果必然是这个领域的科研活动颗粒无收。我讲这个问题绝不是无的放矢，我们国家当前关于人文社会科学发展的方针政策和管理模式日益向自然科学靠拢，这种趋势对于社会科学或许影响不大，但是对于人文学科的发展则绝对有害。

所以，如何让有资质的学者能够自主从事学术研究和创作，对于文化事业来讲实在太重要了。现在学术界都在关注事物的自组织和演进问题，人文学科的发展就非常符合自组织的道理。一些主管部门的领导沉湎于做指南搞规划立项目，其动机虽然不难理解，但是实际效果并不如预想的那样好。人文社会科学中经常发生的"有意栽花花不发，无心插柳柳成荫"的现象是非常值得我们深思的。我以为，在人文学科中，为有研究能力和兴趣的人安心治学提供优越的生活和工作条件，让他们做自己想做的研究，这要比号召他们整天响应悬赏、做命题作文式的研究要好得多。当然社会科学的情况与人文学科略有不同。

第五，学术研究的公共服务体系要健全，服务能力要提升。文科的学术研究以读书、调研、讨论、写作为其主要方式，这与大多数自然科学以科学实验为主要方式有很大的差异，是故，指向文科的公共服务体系也是不同于理科的。

具体而言，有以下几点：

一是必须要有合格的研究型图书资料机构，其实体资源和数字资源的规模、结构、品质要满足学术研究的需要。

二是需要有支持社会调查研究的学术服务体系，从介入式研究基地的建设，到社会调查资源支撑系统的建设，都需要有不同于理科的部署，甚至调研经费的列支，注重田野和行为实验的社会科学也要有机动灵活的政策保障。

三是需要有促进学者学术互动的各种物理空间和设施，咖啡馆、茶室、沙龙、工作坊等形式多种多样，其核心就是促进学者之间的交流，活泼学术空气。

四是要有相应学术成果出版保障，同仁学术刊物的举办、出版机构的学术判断力及学术出版的激励机制等都要适应文科研究的内在要求。对文科而言，必须强调的是学术专著（我国台湾地区叫作专书）具有不可替代的功能。一部学术专著，从撰著到出版，其间有若干重要的评阅、修订、完善的环节，每一个环节都需要有相应公共服务的支撑，学术机构需要针对实际需要来提供相应的服务。

总之，对一个学者而言，时间和精力是最为宝贵的资源，公共服务最要紧的是，让学者能够潜心治学，不把时间和精力浪费在无关学术的事务上。

第六，学术压力要适度，学者要有尊严和体面感。历史上许多重大的学术成果都是学者忘情地、心无旁骛地毕生劳作的结果。学术事业乃是学者们的一种生活方式，虽然我们不能要求所有的学者都像古代的思想家那样具有只问是非、不计功利、自得其乐的境界。但学问确实需要聚精会神、平心静气地做，在任何时代都是一样的。对一个学者来说，要做出一件传世的佳作，无论是来自外部的还是内部的，非学术的压力都不能过大。外部压力不能太大就是来自政府的指定任务和要求做的事情还是不能太多；内部压力不能太大就是学者切不可名利心太重，学术的乐趣当然会来自它为学者带来多少荣誉和利益，更来自学者本人在研究过程中求真求善求美的欲望得到满足以后的高峰体验，所谓"知之者不如好之者，好之者不如乐之者"。所以好的学术领导要懂得缓解那些有害于潜心治学的压力，调节学者的心态。

政府部门、学校自身、社会各方对那些有一些学术成就的学者提供优厚的待遇固然可喜，但若伴随着巨大的应付考评的压力，则往往干扰正常的心态，反而会不利于学者的自主研究和自由探索。

以上六点，一言以蔽之，就是让文科回归学术，而回归学术的关键在于学术权力真正回归学术主体。教授治学应该真正落到实处。

以上浅见旨在抛砖引玉，希望方家教正。

（本文原载《浙江社会科学》2004年第4期，收入本书时做了若干修改和补充）

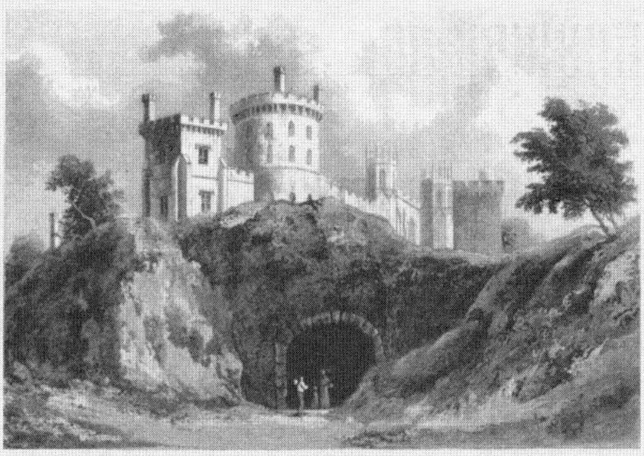

为什么要读经典？

经典，就其内容所指向的对象而言是可以分为至少三种类型的：精神信仰的经典、学术思想的经典和审美艺术的经典。三者之间还是有一些不同的。同时具备这三种类型特质的文献，自然就是经典中的经典，比如"四书五经"、《圣经》等，只是它们少之又少。

当然，在近代学科分化以来，不仅人文学科和社会科学都有了各大领域的经典，每一学科又有学科性质的经典，由此形成了"经典之树"。如果以树来比喻，那么有在根上的、在干上的、在枝上的和叶片上的所谓"经典"。只有当我们脱离了树的局部，到一个合适的距离以外进行观察才能清晰地予以辨别哪些在干上，哪些在枝上，哪些在叶子上。至于在根上的，仅仅靠肉眼的观察已经难以发现，它需要我们深入地表。人类文明之树，枝繁叶茂，由根发源，最终到达巍峨的树冠，经过了很多的层面，其内容可谓浩瀚如海，气象万千。所以，如果把整棵树都作为经典来看待的话，那就太多了，今天已经无人能够通读全部经典。

我在这里要谈的"经典"，是有严格限定的，既不是精神信仰方面的经典，也不是审美艺术方面的经典，而只是学术思想方面的经典，或者简单而言就是学术经典，而且，是在根上和主干上的学术经典。

根据我自己的理解，学术经典一般来讲有下面几个特征。

第一个特征，经典是一种建构世界的原初的，且常常是成功的尝试。这个世界不仅是指外部世界，也包括内部世界，事实上常常是所谓的主客观连接起来加以构建的。我们所面对的世界的特征，或者说其秩序性，是被我们建构起来的。所谓"客观"，只要不是指那种无任何意义的混沌，或康德意义上的"物自体"，或大数据意义上的内容，那都是人类主观建构起来的。

人类必须通过一种身体和符号系统去经验世界，而人类与非人类的其他物种最大的区别似乎就在于符号化能力。正是这种能力让人类得以建立起与世界的全新关系。人类之所以有今天，就是因为这种构建世界的特别能力。人类文明之所以呈现出如此的样貌，也是因为这种符号化的能力。而这种能力的核心，正在于那些启发人类自我认识的作品所展示出的形形色色的特殊思想和观念，它们是迄今为止人类思想认识的总结、凝练和概括，也正是在这个意义上，经典是文明的根柢。人类社会的文明是靠经典来建构的，没有经典就没有文明。

第二个特征，经典还建构了我们的情感世界，塑造了我们对一种理想生活的心理倾向。这个特征在那些信仰和审美的经典中体现得比较明显，但是在学术经典中，我们仍然可以透过某种修辞策略体验到一种道德立场和情感倾向，会唤起读者的同感。我们在阅读经典的时候，可能并不是一开始就意识得到这个特征的，只有不断深入以后才能发现作者在其文本中融入的道德立场和情感。在这个方面，马克斯·韦伯堪称典范。他的《学术与政治》便是如此。学术经典在建构我们的道德和审美能力方面，是起着很大作用的。

第三个特征，学术经典有个共同的特点，就是它具有十分有趣的开放特性，可做多维度的解读。虽然数学在社会科学中的应用日益深化，但是它仍然无法取代自然语言写就的那些学术经典。尽管自然语言不精确，或者说在定义对象时边界不能像数学那样很清晰，但正是文字文本的这种模糊性、互文性和不确定性，使它蕴含着一种特殊的效能，那就是与读者的认知偏向形成互动，完成新的理解。这种新的理解，甚至可以是再创造。在这个方面，马克思的《资本论》是个极为重要的案例。《资本论》作为经典，不仅提供了某种认知社会的理论秩序，也暗藏着强烈的道德情感。更重要的是，它具有开放性，一个多世纪以来，不断地被反复解读，而且被读出很多新的意蕴。立场迥异的学者，如萨特、阿尔都塞、宇野弘藏、广松涉这些人都从中找到了自己所要的东西。一部经典之作，不同的人可以读出不同的东西，同一个人在不同的时间和情境下也会读出不同的东西。可以说，经典在展示某种确定性的同时，也在表现着不确定性、开放性和多样性。

第四个特征，经典常常是历史选择的。一部作品是否能够成为经典，需要事件和时间的检验，所以经典之作不仅在通过观念而构建历史，它本身也是历史的产物。在这个意义上，经典与历史也是互动的。这方面，《国富论》的命运就十分典型，它的兴衰沉浮与时代命运密切相关。

如果把以上这些特征作为大略的标准来衡量，那么，经典之作的数量不会很多。

接下来，我想以自己的体会为依据来谈谈在今天我们为什么还要读经典。

我读大学的时候，以《资本论》为中心的经典学习，不仅是课业，而且是学时数很多的课业，三卷《资本论》，每周六学时，整整读了一年。时过境迁，在眼下的学术界，特别在社会科学界，这种高度重视经典阅读与理解的教学方式，似乎已经不受欢迎，逐渐被边缘化。在所谓的社会科学学科教学体系中，本科生和硕士生自不必说，就连博士生，也不怎么重视读经典。更常见的做法不是向后看，而是向前看，即密切关注和阅读本专业的前沿文献，然后选择和锁定一两种方法应用到一个具体问题上，填入数据，很快写出这个主题的论文。这种做法大行其道的原因，一是因为见效快，适合于急功近利时代应付学术评估的需求；另一方面，也是因为我们难以静下心来认真思考经典阅读的价值和意义，也未下功夫去探索经典阅读的有效模式。结果常常出现博士毕业，却并未认真读过几部"硬书"的情况，长此以往，学术生态受到的损害将是极为严重的。快餐化的阅读其实最终还是伤害学者自己的学术生命。这好比是一个人为了节约时间和钱财，每顿饭只吃方便面，最后造成营养失衡，健康受损。那些投机取巧的学者，即使因为发表和炒作而得到世俗实惠，但多半会误了卿卿的学术性命，终归因小失大，得不偿失。

阅读经典的理由，简单来说就几点。

首先，我们的学术传统是由经典开创和塑造的，任何学术进步都是在继承传统的基础上所进行的创新。一个学者不读经典，就无从理解这个学术传统，也不能正确地定位自己所研究问题的基本特性和历史坐标。

学者不读经典的后果有三。一是学问的"野"，有不少所谓的学者，甚至是著名学者，虽然著作等身，但其论著常常是自说自话。这样的学者，常常随意地杜撰概念或者偷换概念，完全按自己的喜好来进行宏大叙事，从问题意识到论证方式，都没有来由。彼此之间根本无法在一个共同的学术传统下进行对话和批评。这好比是社会上那些叱咤风云的书法大师，从不临帖，而锐意开创自己的书体，恣意挥洒自己的"才华"一样，最终会沦为笑柄。二是学问的"窄"，对研究的问题，缺乏更加全面和深入的理解，就事论事，知其然不知其所以然，"拿着鸡毛当令箭"。在一个人选题的判断力上可以清晰地判断出他是否读过真正的学术经典。拿经济学院的博士生来说，常常为博士学位论文选题所困，写论文也是挤牙膏般艰难。一个问题何以成为一个真问题、一个好问题，靠误打误撞总不是办法，一般来说，不读好书往往就缺乏深度的觉悟，不明就里，一定讲不好故事。阅读权威期刊上的好文章，每每为作者讲故事的精彩所折服，却不知道这种讲故事的能力来自其深厚的学术积累，来自经典阅读所培养起来的问题意识。很多学生的通病是临渊羡鱼而无意退而结网。三是学问的"浅"，没有经典阅读习性的学者，不论其著作的体量大到什么程度，其学问的气质常常是浮泛而浅薄的，甚至是轻佻的，缺乏好的学术作品自然具有的内在思想深度和庄严感。好比未经历过严峻的人生历练而又自以为是的孟浪之人，其言行举止不可避免地自以为是、缺乏克制和没有涵养。这三种倾向对学术品质的损害是马上可以看得出的，长期而言，对学术活力和学术发展也十分不利。

在这个意义上，没有对经典的理解，就没有所谓的学术。我们选择学者这个道路，做学问，尤其是在社会科学领域当中的学问，最要紧的事情，说白了就是六个字："读经典，做调研。"一定要深读经典，而且要实地调研。

我们的学科是怎么形成的，又是怎么发展的？不就是一部又一部的经典做的贡献吗？在经济学领域里工作的学者，如果不读斯密的《国富论》，不读马歇尔的《经济学原理》，不读凯恩斯的《通论》，就根本不知道经济学的本性，也不会知道经济学演化的路径和今后可能的方向。经济学问题不是数学问题，而是人类经济生活该如何正确地加以理解的问题。你若完全不知道前人在这个问题上积累起来的智慧，数学好也无济于事。即使是要反叛传统，你也得先了解传统，你要革经典的命，首先也得读过经典，读懂经典。

其次，一个学者的思想深度和学术气质常常取决于他阅读经典的数量和质量，以及阅读思考的深度。经典之作，多半都是关于基本问题的理解，都是要引起我们深刻思考的。一个学者如果能够经常进行沉思，他的学术气质和思想深度一定会达到一个境界，他的学术品位也会提升到一个高度。他的学术鉴赏和批评能力自然也会不同凡响。对于人文社会科学领域来说，一个好的学者，其水平不仅体现在他的那些研究性的作品中，从他的评论中也能较好地体现出来。判断一个学者水平的高低，看他写的书评常常是很管用的方法，从中我们可以看到他的立意、趣味、思辨力以及学识，这些东西能非常准确地反映出他阅读的品质。一个熟悉经典并受过良好学术训练的学者，一般会对自己的学问持有更高的标准，有更强的自知和自律，不会允许自己在学术上进行粗制滥造。他的作品未必以数量胜出，但其品质会有所保证。

最后，阅读经典会有效地延长一个学者的学术寿命。如前所述，如果学术是一棵树，那么经典就是它的根，根深才会叶茂。根扎深了，就会长成参天树。学者的本体工夫还是对经典的掌握，唯其如此，学术之树才会长青。另一个比喻，做学问很像是造房子，而读经典其实是在打地基。如果你今天不重视读经典，就像你将来的学术生命没有打好地基，你这个房子不仅盖不高，也不牢靠，无须地震，风吹雨打就会坍塌。当下，我们的博士生培养存在很多重大的缺陷，在人文社会科学学科中，这种情况尤为严重。其中最大的一个问题就是，对于学生来说，读书的要求太松垮，标准太低了。该读的书没有读，应该认真读的经典是囫囵吞枣不求甚解，在读的学生心浮气躁，降格以求，急于完成学业寻找工作。等待将来学术竞争正规化以后,再回头补课谈何容易,而且临时抱佛脚,也来不及。根扎不深、地基不打好,一个学者的学术生命就不持久,他的学术影响力也不会持久。这一点有很多惨痛教训,值得吸取。年轻一代学者,若是要选择学术生活,就一定不能迷失在物质生活的诱惑之中,要秉具初心,对变动不居的学术体制和政策保持警惕,要认准学术事业的核心和关键。只有这样,才能沉下心来坐冷板凳,好好读书,夯实学术事业的基础。

这三点,也是个人的切身体会。我自己从很早开始就注意读经典,而且是老老实实地读过不少"硬书"的。我自认为,年轻时没有迷失心性,没有倒本末误轻重走弯路,今天为此感到很是庆幸。唯一感到遗憾的是,由于较早涉足行政事务,没有时间读更多的好书。二十多年来,我能够勉力兼顾行政与学术,而得以尽量避免二者的彼此损害,应该说还是得益于早年的刻苦阅读以及逐渐形成的判断力和习惯。即便因为繁忙的公共事务而不再有以前那样长时间的沉静阅读时光,仍然见缝插针地利用一切零碎的时间进行阅读。而且,从这样持之以恒的阅读中,感觉到自己智识上的进步。当阅读经典,成为个人生活和发展的基本方式,它带给你的一定是十分美好的体验。

总之,为了学术的品质,为了学者的品位,为了学术的寿命,我们需要阅读经典。

在一个快餐学术流行的时代,阅读经典,更像是一个理想主义者的呼吁。现在学术界的年轻人,都面临着一种来自现实的强大压力,为此而焦虑不堪。有一些定力不够的年轻学者,常常以这样的所谓"压力"来为自己的学术机会主义行为做辩解，虽然情有可原，但其实似是而非。在我看来，阅读经典其实是可以帮助我们应对这种压力的。为什么呢？因为我们关于"压力"的看法，同样也是被某种"观念"建构起来的。如果我们有调整此种产生压力的观念的可能性，那么，"压力"其实也是可以被主观意志调控的。很多人选择更加急功近利的治学之路，其理由常常是强调外部原因或者客观因素。但是，什么是外部原因和客观因素，本质上是我们自己认知的产物。在历史上，有过多少比现在更加恶劣、更不利于学术的时代，文人食不果腹、颠沛流离甚至有性命之忧，可在这些时代，仍然诞生了伟大的学者。在生活的严酷逆境中创造出了惊天学术成就的，历史上大有人在。远的不说，近代以来，外国的就有斯宾诺莎、卢梭、马克思……而在中国，这样的样板更不少见。

所以，重要的是初心，是献身学术的激情，是对自己生命高度负责的真正理想主义，没有这些，就没有治学的正确价值观。人是要有一点精神的，作为学者尤其要有精神支柱！马克斯·韦伯在其《以学术为天职》的经典演讲中对学术事业的修行性、严峻性做了振聋发聩的阐述，值得预备进入学术行业的人认识和思考。

学术史也是大浪淘沙的历史，一个优秀的学者往往不仅仅是由于其卓越的天赋，也是由于他严肃的人生选择。他视追求真理的快乐胜过物质生活的快乐，他视学术荣誉的价值重于自己的肉体生命。一瓢饮一箪食，不改其乐，乃至"朝闻道，夕死可矣"，对于真正的学者而言，学术的最高境界就是和自己的生命体验融为一体，无法分开。

读书"六心"

我一直是主张年轻人读硬书的。自然地,我在这里所说的读书,非指普通的阅读,更不是消遣性的阅读。关于硬书的定义,我在前面几处文字中都有过表达,这里不赘述了。读硬书,不可以毫无准备地仓促上阵,不然很有可能出现屡读屡废的情况,轻则徒增焦虑烦恼,心生怀疑和沮丧情绪,重则因噎废食。

以我个人的体会来说,要原原本本读完一部硬书,需要有"六心"。

第一,诚心。

读书这件事,有没有诚心,是很重要的。

这里的诚心,其实就是你对待知识、对待真理的态度,是否认真,是否怀有"理智上的诚实"。一个人对待知识是否真诚,在读硬书这件事情上往往最能检验。年轻的时候,虚荣心强,好高骛远,凡事贪多务得,急于求成。读书也不例外,喜欢跟风，浅尝辄止，不求甚解。读大学那一阵，同学中绝大部分比我年长，他们社会阅历比我丰富，书读得也比我多。听他们滔滔不绝地谈论那些令人望而生畏的经典，口若悬河地争论，既羡慕，也颇感自卑。为了不被人藐视，也就不管三七二十一，依葫芦画瓢，跟风读起来。这种读书，主要似乎不是为了自我的智识进步，而是要让人觉得很有学问，看得起自己。抱着这种心态读书，动力倒是很强劲。但由于动机不纯，读的时候，爱走捷径，偷工减料。对书本的理解也不免浮皮潦草、断章取义。这样的阅读，除了获得一点茶余饭后在人前炫耀的谈资，其实不得要领，没有多少真正的收获。这种"装饰性阅读法"，若是用到那些消遣性的读物上，似无大碍，但若是用来读硬书，那不仅是浪费时间，简直是自欺欺人。读书，归根到底是为己之事，根本目的就是达致自我清明的生命境界。如果把人的精神生命比作一个房子，那么硬书就是建造房子的基本材料，读硬书就是建造这样一个房子的施工过程，如若取舍不当、偷工减料，可就埋下安全隐患了。所以读硬书，首要的就是诚心。

第二，信心。

硬书的作者，多属天赋异禀的人杰，其思想的创造性、前瞻性和深刻性并不易被人理解。所以，常人读硬书，多多少少会有挫折感。但是，一定不能因此而失去信心。

普天之下，生而知之或理解力超凡脱俗的人总是凤毛麟角，也许对于他们来说，那些困扰凡夫俗子的难题，解决起来都是易如反掌的。但对于我们这些普通人而言，读硬书的过程中遇到这样那样的困难，是十分正常的事。焦急、沮丧、怀疑自己的智商、怀疑自己的理解力，这些情绪的出现也很自然。只是，不要让这种挫折感放大为一种自我否定的情绪，不能因遇到一时的困难就放弃努力。古往今来无数的例子都表明，再难读的书，只要真正下功夫，自己勤于钻研，又乐于求教，没有理解不了的。马克思说过："在科学上没有平坦的大道，只有不畏劳苦沿着陡峭山路攀登的人，才有希望达到光辉的顶点。"读书这件事，其实最公平，没有一个人可以做到不劳而获。读也好，理解也好，都必须亲力亲为、倾心倾力，是不可能由别人代劳的。读书，和其他生产劳动一样，服从于一分耕耘一分收获这个定律，只要肯花时间，肯下功夫，就一定有收获。所谓信心，就是对自己要有信心，对天道酬勤要有信心。

第三，决心。

硬书如坚固的城池，又如险峻的高山。攻陷一座城池，征服一座高峰，无一不是艰巨的任务，需要较大的时间精力损耗，非下定决心和鼓足勇气不可为。硬书，很多人不是不想读，而是不敢读。怕花时间，怕费脑子，怕没有现实的用场。有这样的想法，必然患得患失、瞻前顾后，不愿投入，更不敢豁出去。可是，如果一个人已经知道硬书作为精神生命基础结构的重要功能，而又受困于精致利己主义的心灵习性，那么，就有必要请出"决心"这个法宝了。凡事非决心不能笃行也。

决心不过是让自己的正确判断转化为果断行动的保证。

第四，恒心。

硬书不仅干货多,往往体量也大,几十万字百来万字的并不少见。这样的书,根本不可能一目十行,更不可能一蹴而就。不仅如此,硬书并不是只读一遍就能掌握的,它需要的时间要比一般的书多得多,持续的时间也要长得多。拿《国富论》来说,即便是全日制的大学生,没有几个月的时间,也是很难读完读懂的。至于《资本论》这样体量大、难度高的经典,耗费的时间无疑还要多。如果是工作之余的阅读,那么无论是精力还是时间的投入,都需要更长的周期。如此,读硬书更像是跑一场马拉松赛,而不是百米冲刺。它需要的不是爆发力,而是滴水穿石的持久力。行百里者半九十,必须坚韧不拔,持之以恒,才能坚持到最后,也才能尝到甜头。

第五,耐心。

硬书的难度大,阅读理解的过程中,一波三折的事情是难免的。某时读某处,觉得自己完全明白了,但读到另一处,情况似乎又不是这样,诸如此类的情况多了,就容易不耐烦。越是这个时候,越是不能心浮气躁,否则事与愿违,欲速不达。那些体大思精的经典,尤其是哲学的经典,几乎都有自己的话语方式和概念系统,甚至有其严密而独特的逻辑结构,只是这种逻辑性不是通过数学或逻辑符号来呈现的。读这种书也是一环扣一环的,任何一个部分理解不到位,要想搞懂后面的部分就很困难。这一点很像是学习微积分这样的硬课。我相信,那些读过康德、黑格尔和马克思的人,对此一定体会很深。所以,读书时必须要有耐心。不懂的地方,不可以轻易跳过去。

第六，潜心。

硬书，既没有小说那样引人入胜的情节，也没有诗歌那样赏心悦目的语言，那些结结实实的思想的文字，也很难转化为喜闻乐见的图画。不能指望它们读起来朗朗上口，看下去饶有趣味。相反，它微言大义、晦涩深奥，有拒人于千里之外的高冷气质。即使是像《道德情操论》这样语句典雅优美、字面含义清楚明白的作品，它的背后也藏着更深的东西。若做不到沉下心来，用意专注，是读不下去、读不到底，更理解不深的。没有潜心，也做不到静心和细心，书的要点、特点、亮点和缺点，字里行间须意会的内涵，就不太能体会、发现和把握。

读书须有"六心"，一言以蔽之，就是读书人需要有马克斯·韦伯所讲的"志业"意识。我并无意渲染读硬书的困难，而只是提醒大家认真估计这种困难并事先做好必要的心理准备。众口难调，我的这些议论不一定切实，也不一定适合每一个人。重要的是，各位应勇于投入到硬书阅读的实践之中，亲身体会个中的酸甜苦辣。毛主席在《实践论》中说，要知道梨子的滋味，就必须亲口尝一尝。当然，有一点几乎是确定无疑的，当你披荆斩棘地往上攀援，眼前的风景会越来越美。而当你终于登上峰顶，就一定会领略到"会当凌绝顶，一览众山小"的境界。

好社会何以可能：
《道德情操论》导读

一　引言

亚当·斯密的名声如雷贯耳，甚至到了妇孺皆知的地步。他的巨大影响来自两部著作，一部是1759年问世的《道德情操论》，另一部是1776年出版的《国富论》。

这两部书都是斯密呕心沥血之作，但各自的命运却大相径庭。

《道德情操论》甫一问世即引起轰动，一时，伦敦城里"洛阳纸贵"，甚至上流社会的小姐也以手捧一册为时髦。为此，斯密的终身好友、哲学家休谟曾经在信中调侃，一个严肃的哲学家有那么多附庸风雅的粉丝，未必是一件值得高兴的事情。然而，好景不长，该书不久即落寞寂寥，在斯密逝世后的一个多世纪里，几乎无人问津。直到20世纪70年代，才又引起了新的关注。

而《国富论》，不仅在知识界，而且在社会和政府引起持续的关注、重视和好评。两百多年来，它的影响不断地超越时空的限制，在全球传播。斯密凭借此书，成为古典政治经济学之父。对于学术圈以外的大多数人而言，斯密的主要声誉来自他是《国富论》的作者。

一个很有趣的事实是，不管外界对《国富论》如何地推崇，斯密本人似乎更加重视他的《道德情操论》。从他修订这两部著作的次数上，也可以看出这一点。《国富论》自1776年初版以后，短期内先后修订了两次，出了三版，这两次都是文字表达方面的小修改。1783年后，斯密再未对其做新的修改。《道德情操论》则从1759年初版之后，直到斯密去世前，一直在不断地进行修订甚至大幅度改写，累计进行了五次。其中1763年的第二次修改，增加了对良心问题的长篇讨论，尤为值得关注的是，在死前三年启动的最后一次修改中，斯密可谓殚精竭虑，他视此次改写为对人世最后的告别，极为重视。年逾花甲的他，克服了年老体衰的困扰，全身心地对这本成名作加以改写，增加了分量巨大的全新的一卷《论德性的品质》，其中对许多重要的问题进行了讨论。对《道德情操论》这本很多后来人眼中的平庸之作，斯密的确十分珍视，将其置于《国富论》之上，作为自己尽毕生之力向世界贡献的最重要作品。

对于同一本书，本人和外界之间评论的反差之大，这不仅令人惊讶，更应该发人深省。

二 《道德情操论》的基本结构和主要内容

《道德情操论》，顾名思义，是阐述人类道德情感的性质、起源、内容、功能及社会后果的书。斯密想要在这本书中回答以下几个问题：

人类为什么会有道德判断？在人与人的交往之中，道德规则作为一种社会的现象，是否有人性的基础？如果有，它是什么？

人类社会成员彼此的道德判断，最初受什么因素的影响？为什么我们对于别人的言行会做出某种特定的反应，如赞赏或反对？我们倾向于对他人的言行进行奖励或者惩罚的依据是什么？"正义感"如何产生？

人为什么会有"良心"？良心应该如何解释？自我肯定、内疚、忏悔等的感觉与良心是什么关系？良心如何产生以及怎样主宰人的言行？

一桩事情或一件物品的"美感""效用"在多大程度上会影响人的道德判断和行为决策？这在多大程度上是应该的？为什么有些人待人处事会买椟还珠、本末颠倒？为什么有的人会产生不择手段去达成一个正当目的的行为动机？人类该如何对这样的事情做出评判？

流行的习俗和惯例是如何影响道德判断和决策的？其正当性何在？如何评价人类历史上的习俗与道德？

人类要形成彼此合作的社会秩序，除了"同情""正义""良心""审美""习俗"这类因素，是否还有其他的因素？一个人要过得幸福，需要什么样的个人品质？一个"好社会"需要社会成员中的个体具备怎样的道德品质？有利于增进自身幸福和他人幸福的道德品质如何才能得到？

对这六个问题，斯密的《道德情操论》分别用了六卷文字来加以阐述。斯密的意图，并不是简单地、分别地对这些问题做出解释和回答，而是要把它们置于具有内在一致性的严谨体系之中。他要建立一种完整的、不同于以往的新的科学理论。斯密对自己工作的意义和价值，不仅有高度的自觉，更有高度的自信。他在《道德情操论》的最后一卷即第七卷，以较大的篇幅来定位自己创立的理论与以往理论相比较的异同之处，指出了先辈学术思想的特点和不足，阐明了自己的贡献。

从结构上看，《道德情操论》既完整又严谨，是一个层层递进、环环相扣、不断提升的思想理论体系。

斯密生前最后一次修改定稿的《道德情操论》共七卷。第一卷《论行为的合宜性》是全书的基础和出发点，在这一卷中，斯密打算对第一个问题，即"人类为什么会有道德判断？在人与人的交往之中，道德规则作为一种社会的现象，是否有人性的基础？如果有，它是什么？"做出回答。正是在这个部分，他系统地阐述了有别于哈奇逊和休谟这些学术前辈的"同情共感"理论，为接下去讨论正义、良心、效用、习俗、美德等重要问题奠定了基础。《道德情操论》一书的其他部分都离不开本卷中系统提出的"同情心"的理论。可以说，它是进入斯密理论体系的入口。正确把握这一卷的内容是理解斯密整个道德理论的前提和关键。

在斯密看来，人类之所以能够相互之间形成一种合作的交往行动，前提在于在人的天性里有一种"同情共感"的能力，第一卷第一编讨论了"同情"（sympathy）这个全书的关键概念。

他阐明了同情乃是"在其最固有的和最原始的意义上，对他人的苦难所表现出来的同胞感情"。这是一种基于想象的立场交换状态的产物，是我们借助自己的想象力，站在想象中的当事人的立场，考察当事者置身的事情时候自然而然产生的一种情绪。

同情的情感，就像人性的其他原始感情一样是遍布于全人类的，那些德性仁厚的君子只是在此类情感上更加发达、更加敏感而已。所以，斯密那里的同情能力是人类与生俱来的一种自然禀赋。正是人类这种与生俱来的能力，使得他们彼此能够感受对方的喜怒哀乐并做出即时的反应，并以此为基础进行行为正当性和合宜性的判断。运用这种原始的同情心，人们得以形成群体的规则与秩序，能够在没有任何其他外部强制力（王权、神权或其他超越性的自然力量）作用下开展合作、组成社会，形成约束彼此言行的公序良俗。在斯密看来，人类的同情心天然就具有一种自我奖赏的机制，人们彼此之间相互同情，会导致快乐，因此，在人性不被扭曲和玷污的情况下，人们是自然而然地乐于运用这种同情心的。斯密的这一发现，具有极为重要的意义，为以后他批判各种错误的宗教观念、制度、政策、惯行，倡导自然自由的社会体系提供了坚实基础。

不过，斯密也看到，同情心这种原始的、与生俱来的人类禀赋，既是形成社会阶层分化的重要动力，也有可能导致各种腐败的感情。因此，如何合宜地运用和掌控自己的同情心，是社会道德建设的核心问题。也就是说，一个人在与他人相处时，如何才能采取合宜得体的方式，如何产生正确的"合宜感"，使得自己的同情心与他人的境遇恰如其分地予以匹配，这是社会秩序形成和运行的基本问题之一。在这里，他引入了一个极为重要的原创性的概念：旁观者。通过这个概念，斯密试图解释一个人在各种不同的情况下是如何让自己的行为合乎社会的要求，得到他人的认可。

第二卷，斯密以"同情心"理论为基础着力建构他的"正义理论"。他要回答前面所述的第二个问题，即"人类社会成员彼此的道德判断，最初受什么因素的影响？为什么我们对于别人的言行会做出某种特定的反应，如赞赏或反对？我们倾向于对他人的言行进行奖励或者惩罚的依据是什么？'正义感'如何产生？"

斯密在第一卷《论行为的合宜性》中曾经明确地指出，产生各种行为和决定全部善恶的内心情感或感情，可以从两个不同的方面或两种关系来研究：首先是从它同产生它的原因或引起它的动机之间的关系来研究；其次是可以从它同它计划产生的结果，或同它往往产生的结果之间的关系来研究。一种感情相对于激起它的原因或者对象来说是否恰当，是否相称，决定了行为是否合宜，是庄重有礼还是粗野鄙俗。另一方面，一种感情计划产生或往往产生的结果的有益或有害的性质，决定了它所引起的行为的功过得失，并决定它是否值得报答，还是应该受到处罚。在第一卷，斯密讨论同情心的作用机理问题，重点是解决同情心与合宜性之间的关系问题。在那里，斯密要阐明的一个基本原理是，同情心产生于行为举止的合宜性，而这种行为的合宜性多半与这种行为赖以产生的原因有关，也就是说，斯密是从激起一种激情的原因或者对象的角度来讨论合宜性的。在第二卷，斯密要进行的正是第二类研究，就是从一种行为计划实现和往往实现的结果的角度来探讨这种行为应当受到报偿或者受到处罚的感觉是如何产生的。所以，《道德情操论》初版第二卷的标题为《论功劳和过错，或报答与处罚的对象》。在这一卷中，斯密要讨论的问题主要是：我们是如何产生一种要报偿或者处罚的情感的；什么事，在何种情况下是可以产生报答和报复的不同心理的。

斯密在这一卷中所采用的逻辑结构是相当严谨。首先，他在第一篇中讨论了所谓的功劳和过错的感觉。也就是在何种情况下，一种行为成为他人应该报偿的功劳，在何种情况下一种行为又会成为一种过错，从而应该受到报复。这一篇的四章内容，分别讨论功劳和报偿、过错和处罚等的基本概念；第二章则讨论了合宜的感激对象和愤恨对象；第三章讨论那些没有得到受益人许可的功劳和得到旁观者理解的损害他人行为的同情。第四、第五章讨论了功过感觉与同情心的内在联系。

斯密的正义论，对于认识市民社会的法理学是有着重要意义的。如果说在整个社会的人与人之间的交往中，正义原理的基本要求就是不要相互侵害，那么这一点在至关重要的市场经济体制中，更是一个基石性的东西。所以斯密在他关于正义一般原则的论述之后，立即指出不侵害的三个层次，而这三个层次的内容无论如何都是今天一切发达市场经济国家的法制和伦理秩序的核心。当然，这三个层面的权利保护，洛克等人也是早就提出过了的，斯密的独特性在于他完全是借助于他的情感原理和公正的旁观者的视角来对此加以阐发的，在很大程度上排除了在个人权利问题上的自然主义或者形而上学的残余。斯密的讨论非常贴近日常人的生活世界，他没有玩弄玄奥的术语，没有旁征博引他人的观点和材料，他援引的都是身边的事实或者历史上有名的故事。他从中得出的正义论的整个结论非常平实而又稳妥。笔墨不是很多，但是切中核心。说他在这里不仅为《国富论》提供了学理上的基础，也为自己的整个市民社会理论奠定了基础是一点也不为过的。

他的这个正义论，正如他自己所说，属于交换正义论的系谱。他很清楚，一个没有了仁慈的社会，无非就是不怎么美好和舒适，而如果没有了交换正义，则人类社会就会崩溃。说穿了，商业社会中的正义原理实际上就是维护商业交易秩序的原理，其核心不外乎是确定商品交易的规则，尤其是所有权的规则。《道德情操论》中虽然并没有直接讨论作为商品交换秩序的交换正义的一般规则，但是，只要对他所讨论的一般性交换正义论做简单的引申，是很容易导出商业社会交换正义原理的。斯密一般地讨论了生命权、财产、合约等权利的保护问题，而没有展开讨论商业社会的正义论，例如对于最重要的所有权理论没有讨论，其理由在于斯密要在《道德情操论》中要完成的一个主要任务就是批评近代自然法学从效用和便利中寻求正义的法理基础的理论，并创立自己的法理学。所以斯密主要关心的和花费最大精力的是如何在同情共感原理的基础上来构建自己的一般交换正义论。在此处，他无意就这种正义论在各个具体领域的应用展开讨论，而希望在另一本他一直打算出版的法理学著作中专门探讨这个问题。在《道德情操论》初版问世以后，斯密在格拉斯哥大学开设了法学讲座，其讲稿的笔记形成了《法理学讲义》，其中确实有他计划要详细展开的有关所有权的理论。

在斯密的理论框架中，始终存在着三个主体：一个行为人、一个行为的承受者和一个观察者。斯密要解剖这三个人之间的这种相互关系中所蕴含的整个社会化机理。正如科斯后来在他的《社会成本问题》一文中所极力说明的，任何事件都是双方共同制造的。在我看来，斯密的分析始终存在着三个人物，这三个人物之间的关系非常复杂，那个旁观者的角色尤为费解。有时斯密是从局外人的角度来定义旁观者，有时则是从任何人自身的良知的角度来定义它，而有时则干脆就是制度或者秩序本身。有时是谈论身边的现实的人，有时则是讨论某种共识性的标准，是人格化的产物，或者是制度化的人格。我认为，在《道德情操论》中，斯密的旁观者本质上是一种理念，一种公正的理念，正如他最后将分析落脚到了正义论一样，这个理念大概就是正义，也就是说旁观者就是正义者，是正义的化身。但如果仅仅是这样，那么斯密不过是一个柏拉图主义信徒而已，斯密的讨论引人入胜的一点在于，他还有另外一个更重要也更有特色的层面，那就是正义这个理念不是虚构和完全脱离人类日常生活的，而是在人类与生俱来的同情能力的运用中体现出来的。每个人都是正义的化身，因为他都有同情心这种社会正义的杠杆，因为每个现实的不完善的人都在运用同情心原理去参与到对他人行为合宜性和功过感的评价判断中，虽然没有在任何时候和任何场合都实现合宜性，但都是对合宜性的逼近。

关于《道德情操论》第三卷要讨论的问题，斯密自己清楚地做了说明："我在本书的前两卷着重考察了我们评判他人感情和行为的起点和基础。现在，我要详细考察我们评价自己感情和行为的起点。"这其实就是回答我们前面举出的第三个问题，即："人为什么会有'良心'？良心应该如何解释？自我肯定、内疚、忏悔等的感觉与良心是什么关系？良心如何产生以及怎样主宰人的言行？"斯密在本卷要做的主要工作就是将他的同情心理论特别是公正旁观者的理论运用到一个人的自我评价之中，旨在发现这个自我评价的基准和机理。

我们已经知道，斯密生前对《道德情操论》进行过五次修订，而又以第五次即最后一次修订为最大、最重要。这个第三卷的内容在历次修订中都是变动相对最多的，而第五次修订更是集中在这一卷。尤为引人注目的是，斯密为该卷撰写了全新的一章《论良心的影响和权威》。

那么，斯密怎么看人类的"良心"？一言以蔽之，在他看来，良心就是人内心驻扎着的那个"公正无偏的旁观者"。这个旁观者就像是一个检察官一样审视着这个人的一言一行，像个法官一样地对言行是否妥当做出裁决。其实每个人的"我",都是两个不同的部分组成的,一个是处在现实中的、行动的我,在做事情的我,生活、工作、待人处事,他是受制于情境的,不超脱的,与环境和事件结合在一起的;另一个则是进行道德思考和评判的我,这个我是心理的、抽象的、超脱的,他居高临下地观察着作为行动者的我。这也是曾子说的"吾日三省吾身",第一个"吾",是吾心。曾子的话其实可以换一种说法"吾心每日三省吾身"。那么这个"吾心",是怎么来的呢?为什么只有人类才有这个吾心呢?斯密说,这个内心的公正的旁观者,是每一个运用自己天赋的想象力,依据自己的同情心,将自己置身于更大的人群中来反复地进行换位思考,对自己和他人的处境设身处地、将心比心的结果。社会化的人,通过与生俱来的同情共感能力及想象力,为自己创造了一面"道德之镜"。这面镜子内化在人的心里,就是我们平常所说的"良心"。所以,在斯密那里,良心不是神乎其神的玄而妙之的形而上的道德律令,不是来自神启或顿悟,而是人们的情感天赋加社会实践的结果,简单地说,没有情感的天赋,再多的人类交往也不会有良知,而没有社会交往,徒有情感的禀赋,也不会有良知的产生。这就像人类的语言能力一样,是天赋和实践共同造就的。

"良心"的感觉与"正义感",两者既有联系又有区别。从联系的方面说,它们都是"公正的旁观者",都是对一个行为是否合宜是否妥当进行评判的依据,都来自人类的同情共感这一天赋的能力,都是一个行为者通过超拔自己的局部感受而更加全面、更加联系地思考什么才是"应当"的这个问题的结果。但是，这两者之间存在一些基本的差异，彼此在管束人类的言行方面有合理的分工。如果说"正义感"，是一个人内心的公正旁观者对待他人的行为时候所产生的一种"何为应当"的情感，那么，"良心"则是这个公正的旁观者，对这个人自己言行所产生的一种"何为应当"的情感。即，"正义感"是一个人用来裁决他人的，"良心"则是用于自裁的。除此以外，"正义感"重在从他人行为的结果去判断其是否应当，"良心"则重在从原因或动机的角度去判断其正当性。基于正义感的规则构成了社会秩序的基石和底线，容易通过成文法来体现，基于"良心"的规则则构成了社会秩序的高限，不容易外化为法律，常常是以道德规则的形式来表现。"正义感"与公序相连，"良心"则与良俗相伴。正义的原理是报答或报复，是投桃报李或以牙还牙，是补偿或惩罚，而良心的原理是自我裁决、自责或者自赏。斯密认为，正义乃社会大厦的基石，是人类创造社会这部大书所使用的语法规则。

由于每个人对什么是应当的，什么是不应当的感受性有或大或小的差异，所以，完全顺由个人，凭自己良心做事，对稳定的社会秩序和有效的人际交往来说会产生不确定不可靠的后果，故，若良心的共性部分不能转化为某种确定的道德责任或者道德义务的话，人类的社会生活也会陷入某种困境。所以，人类的责任观念或者义务观念也就十分必要了。承担责任或者恪守义务，就是遵循那个已经消除了个体之间良心感的差异而形成的一般规则去做事，它将确保社会秩序的稳定性和可预期性。规则虽不可爱，但却可靠，它消解了良心的多样性和不确定性。当然，人类的责任感或者义务感也会遭到各种讨论甚至质疑，如何才能够把其中最重要最核心的部分固定下来，成为类似于数学上不证自明的公理，就成为一个需要想办法解决的问题，斯密认为，义务感的神圣化其实就是为了解决这个问题。

在详细阐明自己的"正义论""良心论"之后，斯密用了两卷的篇幅分别探讨了效用和习俗对道德情感和道德判断的影响，可见他对于这两个问题的重视。斯密之所以在对他自己的道德情感理论的主要方面进行了讨论之后，还要对效用和习俗的影响加以具体的讨论，原因之一是道德理论中的效用论和习俗论是当时较为有影响的两种理论。前者以休谟为代表，后者以常识学派的里德为代表。两人都是苏格兰著名的哲学家。尤其是休谟，不仅是英国历史上最伟大的哲学家之一，也是斯密本人的挚友。斯密不同意他们两人的观点，感到需要运用自己的同情心理论来对以上这两种当时流行的理论进行必要的批评。原因之二是，斯密对于效用问题有自己特别的知识上的背景，与休谟不同，他是一个受到斯多亚主义影响极深的人。斯密把"神"的意志和人的意志加以分别处理，认为两者在终极上是统一的，但是人并不知道神意。这样，神需要有一定的手段来引导人类的活动，以便实现那个总体的目的。所以，斯密打算在这个部分深入讨论在道德判断上人类如何处理目的和手段的关系。值得注意的一点是，在全部的六个版次中，这两卷在内容上都几乎没有做任何实质性修改，只是做了一些篇章安排上的微小改动。这表明斯密这方面思想是早就成熟稳定了的。他试图为私利和公益这个当时争论相当激烈的话题提供一种解释。大家知道，他后来在《国富论》中加以发挥的"看不见的手"的原理，在第四卷论效用中已经相当成型了。

先说说《道德情操论》的第四卷。这一卷主要讨论"效用"与道德的关系。这一卷的分量不大，但仍然有其重要性。在这里，斯密关心的一个问题是，我们人类的道德判断，在多大程度上会受到审美和利益的影响，为什么会发生本末倒置的情况。他要对如下问题做出解释：一桩事情或一件物品的"美感""效用"在多大程度上会影响人的道德判断和行为决策？为什么有些人会被手段和工具的美所吸引反而忘记了真正有用的目标？为什么本末颠倒？这在多大程度上是应该的？人类该如何对这样的事情做出评判？

比如，我们买手表，本来是为了掌握时间，但却常常更看重这手表的内部机械的精美和外观的漂亮，极端情况下，我们会犯买椟还珠的错误；财富本来只是人类实现幸福生活的手段，可是，人们常常让金钱主宰了自己的命运。在人类的许多经历中，变主为奴、反仆为主的事情十分常见。这到底是为什么？斯密在这里给出了一个十分有意思的说明，他说，人类作为被造物，不知道人生的真正意义和世界的终极意图，不能实现超越和自我清明，但却无往而不在持续地寻求生活目标与人生意义。让人类囿于自己的局促褊狭甚至"错误"的感知、"可笑"的欲望，去行动,去实践,去创造,从而让世界变得生机勃勃、繁衍不息,这是造物主使出来的一个"骗术"。而人们因审美和利益而产生的感觉就是这个伟大骗术的主要奥秘。人,如果去掉由于审美和功利所造就的动力,就不会殚精竭虑去做事,不会披星戴月去劳作,不会克勤克俭去积累财富,社会也就不会繁荣和进步。造物主在下一盘很大的棋,而每个人只是其中的一枚棋子,其进退看似自主的行动,实则不过是实现造物主意图的一个工具。每个人都关心自己的利益,都以为在为自己的利益而奋斗,其实在客观上而言,常常是达成了出乎个人想象和欲求以外的公共目标。

斯密认为,自然以这种方式欺骗我们是一件好事。正是这种欺骗唤起了人类的勤劳动机,并使之不断保持下去。它最先促使人类去耕作土地,营造房屋,建立城市和国家,去创造和发展一切给人类生活增光添彩的科学和艺术。这些科学和艺术完全改变了地球的整个面貌,把自然的原始森林变成了肥沃的平原,使贫瘠和人迹罕至的海洋变成了生活必需品的新的储备库以及地球上各个国家开展交通的康庄大道。

比如,一个地主为他对美和浮华生活的欲望所指使,试图从土地中获取更多的产出,无论他在人性上是多么冷酷无情,试图独自享有土地上的全部物品,但这是徒劳无益的。因为他的胃袋没有特别大,不可能将这种产出全部据为己有,他必须要请人来对这种产出做精细加工,为此必须支付报酬,他必须与穷人分享经营的全部成果。这个地主的贪心反倒使得其他人得以生存。这样,"他们就被一只看不见的手所指引,去对生活必需品做差不多与全部土地在平均分配给全体居民的情况下同样的分配,从而不知不觉地增进了社会利益,并为种族的繁衍提供了条件"。

总之,人类在自然的蒙骗下把"财富和地位的快乐"想象为"多么伟大美丽高贵的东西",为其而辛劳,其客观结果是增进了公共利益。因此,个人即使完全不知道何谓公共利益,即使他完全缺乏公共精神,也会被这只看不见的手导引到某种增进公共利益的结果上去。在斯密看来,这就是"神"的意志的自然展现。

斯密的这个思想十分有意思,也十分深刻,它为多年以后在《国富论》中更详细地展开关于利己心、交换、分工、财富生产与积累、自然自由、公共利益等的体系性的论述做了哲学铺垫。他也为创建某种能保障个人按照自己意图去行动的社会秩序进行了哲学辩护。

当然,人类被审美上的效用所迷惑,颠倒目的与手段,也蕴藏着巨大的社会风险,这种感情极容易助长某种"乌托邦"式的"体系精神"的泛滥。即不仅在个人事务中,而且在社会政治事务中都实行一种完全的、精密的、优美的犹如钟表机械一般的行为标准,强制性地以这种完美标准去规范一切成员的言行,这往往会导致残酷的违反人性的暴政。所以,斯密提醒大家,人是有局限的被造物,不能直接用"神"的标准去要求人,如果宇宙中有"神"的意图,那也不是直接命令人做这做那来实现的,而是通过人自由自主地为自己感受和理解的人生目的去行动来间接实现的。

所以,我们需要对现实中的人的局限性有一种主观的自觉,同时又要有自由和宽容来对这种人性加以合理的运用，使其既有益于个人，又自然而然地有益于社会，这是所有立法者和政治家都应该理解并秉持的"公共精神"。

斯密坚持认为，在道德判断方面，效用所具有的影响相对于合宜性而言是次要的。但是，这样一来他就必须面对一个相当棘手的问题：在不同国家、不同时代曾经有过多种多样的习俗，在这种习俗下生活的人们对于一种物品的美丑的看法，以及一种行为的善恶判断是依据于各自的合宜性判断的，如此一来，五花八门的习俗所导致的各得其所的合宜性会引起对同样一个行为全然不同的道德评价，这样一来岂不是没有一种稳定的道德判断标准了吗？如果我们承认这种习俗决定下的合宜感的合理性，那就要否定世间存在着某种绝对性的、一致的道德判断？而如果我们坚持绝对性和一致道德判断的可能性，那就得否定现实的各种各样习俗的正当性？

这样，斯密自然而然地面对的这个问题正是《道德情操论》第五卷的主题。在这一卷，他讨论了习俗、风尚这些现实历史因素对一个人的审美道德判断所产生的影响，以及如何评判这种影响。其论证逻辑是完全照搬了第四卷的，即先是讨论了习俗和风尚对人们审美判断的影响，然后讨论习俗和风尚对道德判断的影响。

斯密承认，在人类的审美判断中，习俗、习惯和时尚、风气有着不容置疑的影响，这些因素是支配我们关于各种美的判断的原理。习惯实际上是人们基于累积性形成的对对象及其相关关系稳定认识的一种可重复活动，是一种对外部事件因果关系稳定性的预期。休谟将习惯当作是人类有限知识的主要来源，在他看来甚至因果联系在本质上也不过是一种心理认知习惯或者倾向而已。在审美问题上，斯密显然是同意休谟的观点的。他认为，我们关于外界的某个对象是美是丑的判断，主要是一种习惯性的联想，在于我们对于外界对象在空间或者时间上的相互联系有一种合理的信念。如果这种联系之间不存在任何合宜性，习惯也会使人适应于这种联系，"习惯或者会减弱、或者会全部消除我们的不合宜感"。一旦这种习以为常的对象间的联系突然消失，人的心理马上就会产生一种严重的不适应。而如果在对象之间的联系之中本来就存在着某种合宜性，那么这种联系一旦消失，人们会变得更加不知所措。

至于风气，虽然本身不是习惯，但可以看作是一种特殊的习惯。与习惯一样，它是一种对象之间的联系，某种流行的时尚，实际上是与某些特定阶层的特定趣味紧紧联系在一起的。

所以，在斯密看来，习惯也好、时尚也好，其实都是对象或者现象间的特定的或者稳定的联系。斯密以他渊博的历史知识和文学修养讨论了家具、服装、建筑、诗歌中时尚的变化以及审美观的转型等多个事例。他试图要说明的是，每一种物品，它的自然特性和功能，有与此种特性和功能相适应的结构和形态。所以，符合其本质特征的结构、形态、表现，就是美的，否则就是丑的。我们不能够用猴子的结构、比例、形态的标准来衡量人类的美和丑，反之也不行。习惯和风尚始终在变化，但即使这样，我们仍然是可以从中寻求某些不变的审美原则，其中最为重要的当属物品的现象形态及其所呈现的功能是否能够很好地适宜于这件物品的存在目的。如果能够，那么就是美的，否则就是丑的。习惯和风尚与审美判断之间的不稳定关系由于这种合目的性而被缓和。斯密相信即使习惯的多样和时尚的多变，我们还是可以相信某种稳定的审美依据。

与人类审美易受到习惯和风尚的影响不同，人类的道德情感往往不太容易受到习惯和风尚的影响。斯密说："我们的美感所赖以产生的那些想象的原则，是非常美好而又脆弱的，很容易因习惯和教育而发生变化；但是，道德上的赞同与不赞同的情感，是以人类天性中最强烈和最充沛的感情为基础的；虽然它们有可能发生一些偏差，但不可能完全被歪曲。"

虽然，习惯和风尚对于道德情感的影响不如对审美活动那样地严重，但应该看到，当习惯和风尚同我们关于正确和错误的天然原则相一致时，它们还是会加强我们情感的敏锐性，使我们对一切恶的厌恶更加强烈。在某种极端的情况下，流行甚至有时候会颠倒是非、混淆善恶。

在不同的职业和生活状况中，人们所熟悉的事物非常不同，使他们习惯于非常不同的激情，自然而然地在他们之间也就形成了非常不同的品德和行为方式。这时，人们习惯的表现与他的品德之间的关系就是值得关注的一个问题。斯密坚持，即使习惯具有一定的影响道德情感的力量，那么，看来这也主要不是习惯本身，而是由于这种习惯与它所调节的对象之间形成了某种合宜性。而且，这种合宜性往往又是可以推演到一切情形之中的。

不同时代和不同国家的不同情况，容易使生活在这些时代和国家中的大多数人形成不同的性格，人们的是非感以及对具体问题的评判也会随着时代和国家的不同而不同。斯密区分了文明社会和野蛮社会在习性方面的不同，对其做了多方面的列举和比较。

斯密在初版《道德情操论》中，声明自己不讨论德性的本质问题，而只是讨论社会（伦理）的秩序如何形成和运作。但是，为了回应外界的质疑和批评，他在第二版中对良心论做了很大的修改扩充。随着转型社会德性腐败的严重危机带来的威胁，斯密日益感到需要有一个完整阐述自己德性论的部分。为此他花费了三年多的时间思考，撰写了《论德性的品质》作为第六卷加进了第六版《道德情操论》中。这一卷的文字较长，内容既丰富又重要，斯密本人是较为满意的，他认为一些被人误解和受到质疑的地方都已经做了较好的说明。由于这个德性论是晚年才表述出来的，它集中反映了老年斯密对于道德理论核心部分的一些看法，所以值得专门加以讨论。

斯密在这一部分要讨论的问题，在他的卷前引言和卷后总结中已经做了清楚的提示。他要研究三个问题：第一，可以增进本人幸福的个人品质是什么？第二，能够增进他人幸福的个人品质是什么？第三，要完美实现上述两种品质又需要何种品质？相应地，在这一卷里，他一共安排了三篇，分别对以上的三个问题加以讨论。在全卷的末尾，斯密加了一个很重要的结论。从体例来看，第六卷在全书中也是较为特殊的，斯密破天荒地在卷前加引言、卷后加了总结。在其他六卷中未见斯密使用这样的体例。这也许表明斯密对这部分内容的重视。

在这个部分，斯密进一步论证了德性、自制和合宜感之间的密切关系。

斯密指出，我们对自身幸福的关心，要求我们具有审慎之德；我们对他人幸福的关心，则要求我们具有正义和仁慈之德，后者中的一个是抑制我们伤害他人，另一个是敦促我们促进他人的幸福。在不去考虑他人的情感是什么，应该是什么，或者在一定条件下会是什么的情况下，这三种德性的第一种原本是我们的利己心向我们提出的要求，另外两种则是我们的仁慈的感情向我们提出的要求。然而，我们对他人感情的关照，则会强化和指导我们在随后的行动中实践所有这些美德，而且，任何人，如果他不是尊重设想的公正旁观者、心中伟大的同居者、作为行动的伟大审判者的仲裁人的感情，并以此为主来指导自己的行动，则他就不可能在整个生涯或者一生的任何一个较长的部分中，稳定、均衡地沿着审慎、正义和合宜的仁慈之道前进。

按照斯密的观点，一个人即使不考虑他人的感情，他出于对自己利益的考虑，也会知道审慎的意义；出于我们天生的善意，我们也知道应该实行正义和仁慈之德，但是，这种不考虑他人情感的认识，对于道德实践尤其是稳定、持久的道德实践来说是远远不够的。换言之，实践三种德性，要求超越自身的利益和自身的天然倾向的要求，考虑他人的情感要求。只有考虑他人的情感，尤其是心中那个设想的公正旁观者的情感，我们才能强迫性地指导自己按照这些德性的要求去行动。是故，对他人特别是公正旁观者情感的考虑始终是实践德性的要求。简言之，如果说审慎、正义和仁慈是德性的一般品质的三种类型，那么自制就是道德实践的核心，是实践道德论的主题。

如果我们不是充分考虑他人的情感，则审慎、正义和仁慈这几种类型的德性在不同情况下就可能是由两种不同的原理几乎同等力度地向我们提出的要求。尽管如此，自制这种美德在绝大多数情况下则主要是或者几乎完全是由一种原理，也就是合宜感、对想象的公正旁观者的情感的尊重这个原理向我们提出的要求。

这就是说，自制之德主要来自对他人情感的体会和尊重。这和审慎、正义和仁慈之德的自然自发性不一样。没有对他人情感的尊重就不会有自制的要求，就不会有自制的行动。

所以，斯密说，对他人的情感是什么，应该是什么，或者在一定的条件下会是什么这些事情的尊重，这在大多数场合，是威慑所有那些叛逆性的和狂暴的激情，并使其变成得到公正旁观者体认和同情的调子和脾性的唯一原理。

了解、理解、尊重他人的情感，才能克制自己的激情，才能实现两者的和谐，这也正是公正旁观者所赞同的状态。这个观点，斯密在第一卷中是早就充分讨论过的，只不过他没有如此明显地将其作为自制之德来提升。

斯密认为，一个人不可能仅仅出自对某种行为后果的顾虑或恐惧而成功地抑制住自己的激情。出于恐惧的抑制是表面的、不彻底的，往往会导致更加危险的压抑和更加狂热的爆发。只有从情感合宜性的角度出发所进行的自制，才能真正使人驾驭自己的激情，变得心平气和。

应该看到，一个人出于审慎的考虑，会非常有效地约束自己的愤怒，刚毅和自制对于这种抑制来说是必要的品行。但公正旁观者常常把它作为仅仅是理所当然的行为，也许会给予相应的认可，却绝不会对这种行为有发自肺腑的赞叹和爱戴。公正旁观者只会把这种赞美给予那些基于合宜感成功地抑制和平息了狂暴的激情，使其变得与自己所认同的情感相吻合的那种努力。所以，基于审慎的自制，虽然有其一定的合宜性，也可以从中发现某种程度的德性，但这种德性远不如那种公正旁观者带着欣喜和赞赏的态度所感受的合宜性和美德。

自制的美德与审慎、正义和仁慈的美德之间还有一个区别。对于后面三者来说，其实践所得到的认同感在很大程度上源自它给实践者本人和其他人带来的令人愉快的后果和效用。但是对于自制这种美德来说，我们对它的后果的满足有时并不构成对其认同的重要原因。自制的后果，有时是令人愉快的，有时是令人不快的，虽然人们对产生令人愉快后果的自制有更加强烈的认同，但是即使对那些产生了不快后果的自制，人们也不会丝毫不予以认同。

综观整个斯密的道德品质理论，斯密虽然对"三主德"各自的特性都做了详细的考察，先是讨论了对自己的幸福有影响的个人品质，即审慎，然后分别讨论了对他人幸福有影响的品质，即正义和仁慈。由于正义问题在第二卷中已有最详细的讨论，在这里斯密主要是研究了仁慈情感作用的机理。最后斯密研究了作为实践德性之根本的自制的品质。从内容的分布来看，斯密对自制问题显得尤为重视。这一篇占了全卷的一半以上篇幅。其原因看来一是因为只有这个部分才是与斯密的基于自身旁观者理论的合宜性原理相吻合的，是可以从斯密整个道德理论体系的基础中自动推导出来的部分，二是自制问题作为实践德性问题在斯密所处的时代是极为现实的重大问题，一切政治家、商人的狂妄，一切道德腐败现象的根源都是出自对自己激情的放纵，都是缺乏具有合宜性的自制。所以，斯密全新撰著第六卷的主旨也是发展他的自制理论。

《道德情操论》的最后一卷《论道德哲学的体系》，主要是斯密对包括他在内的所有道德哲学理论的总结和评论。在这里他比较了自己与以往所有其他人的理论的异同，阐述了他自己的道德理论的特点，给自己做了一个学术定位。这一部分对于研究学术史的人而言，自然十分重要，但是对一般读者来说，则显得较为专业，出于篇幅的考虑，在此不打算详细予以介绍，仅仅做一个简单的总结。总体上说，斯密的伦理学具有这样三个特点：首先在美德的品质是什么，它存在于何处的问题上，斯密显然是属于那个"主张美德存在于合宜性中的体系"的。强调美德等于合宜性，这个观点是古代道德哲学家的主流。柏拉图，亚里士多德，斯多亚学派的西塞罗、塞涅卡、芝诺等人都持有这种观点。但是斯密认为在他之前的这些人虽然正确地认识到了美德与情感合宜性之间的内在联系，但是都没有提供确定或判断情感合宜性的清晰的标准。斯密认为自己发现的公正旁观者的同情心，这正是一个判断和确立情感合宜性的理想标准。其次，在导致我们认识到一种情感或行为的德性从而给予其称赞的内心的动力和机制是什么的问题上，斯密不同意从人类的自利、仁爱、理性等的天性中去寻求这种动力，而是主张从人类天然的情感中寻求这种发现德性的动力机制。但是他却又不同意把这种天然情感等同于道德感，而是始终强调同情共感的能力作为指向德性的本源性动力的观点。最后，在探究人类道德准则的方法上，他对古典道德学家的那种修辞学式的德性描述方法颇有好感，而对决疑论的方法持有强烈的反对意见，但是他也并不赞成古典学者那种单纯的德性分类和描写。他主张社会科学式的方法，即讨论道德问题的共同本质，讨论可以为普遍正义规则的推行提供依据的伦理学和法理学。

三 为何今天还有必要读《道德情操论》?

如果从1759年第一版算起，《道德情操论》问世至今已经263年时间了，即使是它的最后一版问世至今也已经232年。世事变迁、沧海桑田，人类历史的发展日新月异，科学技术的进步一日千里，计算机、人工智能、互联网、机器人、量子通信等新技术新事物层出不穷。人们生活的内容也在发生天翻地覆的更新，新的文化、新的制度等不断被创造出来。在这样一个未来迅速来临，新的机遇和挑战风起云涌的时代，我们还有必要再读两个半世纪以前写出来的一本书吗？

答案是肯定的，理由如下。

第一，随着技术创新、制度变迁，人们的生活无论内容还是形式的变化固然迅速，但是人性的变化却没有那么快。尤其是，在人类情感及其表现形式方面，并没有因为技术和制度等外在因素的变化而相应变化，它的功能的稳定和强大，依然是不争的事实。用于承载感情的手段和工具，变了一茬又一茬，但是情感的内容和性质则几乎没有变化。人类的各种激情，就其种类而言，两百多年来，几乎没有增减。喜怒哀乐、爱恨情仇，一仍其旧。基于各种激情及其相互关系的道德情感于是也没有发生根本性的变化。今天，我们的"同理心""正义感""良心和义务感"，我们的道德判断受审美、效用和习俗惯行影响的方面，我们关于增进自己和他人幸福的德性的考量，与斯密时代相比，几乎一模一样。这种长期不变的一般意义上的共同的道德情感和道德判断的机理，正是我们在全球化时代，超越地域、种族、宗教信仰、性别而容易达成共同价值的前提。斯密对人类社会道德的基本原理的考察，无疑同样适合于今天的时代和社会，可以被今天的人类所借鉴。

第二，《道德情操论》把理解人类行为的奥秘引向人类的情感世界，而不是理性。虽然这一学理的开创者是沙夫茨伯里、哈奇逊、休谟等人，但只有斯密是全面、系统和非常详细地对此进行了考察和阐述。可以说，和其他苏格兰启蒙运动的前辈一起，斯密把理解社会秩序、解释社会行为、解读社会奥秘的钥匙交给了情感而不是理性，诉诸人类的情感经验和日常生活形态。这一学术理路在理性主义泛滥导致人类社会陷入困境的当今时代，需要认真地对待，科学家、政治家、企业家都有必要好好研读斯密的著作，以便克服理性主义带来的认知偏见。应该说，不同于一般人想当然的理解，斯密的《道德情操论》并非道德说教和训诫之作，而是严谨的说理之作，他说的是情感之理、正义之理、良知之理、德性之理。这些理对任何人都是适用的，都值得好好地掌握和运用。

第三，《道德情操论》创作于《国富论》之前，是斯密反复修订的最满意的作品，其中不仅包含了他在狭义的道德问题上的系统的认识，还包含了非常丰富的关于人类社会行为的思想。这些思想有些是他在《国富论》一书中全面阐述的古典政治经济学体系的方法论和理论的基石，有些则是值得经济学、社会学、心理学、政治学、法学等现代社会科学深入挖掘和进一步予以发展的。仅就现代经济学而言，斯密在《道德情操论》中所阐述的不少论断都可以作为思想资源引入行为经济学和实验经济学的发展之中。事实上，行为经济学就是带着苏格兰启蒙思想家的思想基因诞生的，它的创始人弗农·史密斯，本身就是斯密的信徒，他从斯密的思想中汲取了大量有益的资源。我相信，其他社会科学家如果打破学科偏见，也可能从斯密那里获得很多教益。斯密就个人决策的双重人格所展开的分析可以对今天经济学者最为关注的经济学理性基础问题产生重大启发；他关于情感意向性与理性化行为之间关系的讨论，对于我们深入思考人类经济行为的本质具有不可忽视的价值；他的同情论在帮助今天的经济学推进博弈论方面应该有一定的指导意义；他的幸福论可以对福利经济学的若干基本的论点构成有力挑战；他对个体选择所持有的怀疑可以对市场经济道德基础的既定解释产生冲击；他关于情感逻辑和自然逻辑之间关系的讨论对于今天研究经济学中的效率与公平关系问题是一个全新的视角；斯密伦理思想，尤其是他的系统化的同情共感理论，为心理学中的移情理论提供了基础。

国际学术界，在过去半个世纪左右时间里发起的斯密复兴运动，基本上是起因于对《道德情操论》的重新解读，以及对它的一次又一次的新发现。2017年诺贝尔经济科学奖再一次颁发给了行为经济学领域的学者，理查德·塞勒因为在人类经济行为方面的开创性研究获得该奖。可以预测，在未来的社会科学体系中，人类行为研究将成为持续的热点。而要对该领域的研究有深度的理解，就不能不了解思想史上的先驱，休谟和亚当·斯密显然是最重要的代表性人物。可以说，要了解和把握未来社会科学的发展趋势，《道德情操论》是必读的经典。

第四，中国人尤其需要重视《道德情操论》，因为，斯密的道德哲学体系，与儒家思想体系之间存在十分有趣的内在相似性，都是从人的天性，尤其是从人的情感出发来演绎社会秩序的原理，建构道德人格的要求和标准。儒家的"仁"和斯密的"sympathy"，儒家的"义"与斯密的"正义与良心"，儒家的"礼"与斯密的"规则与秩序"，儒家的"智"与斯密的"审慎""自制"存在着很多可以相互参照的内涵。至于儒家的"君子"与斯密的"有德之人",儒家的"天"与斯密"公正的神圣的旁观者"之间的关系就更加值得好好考究一番了。我以为,若从思想理论的内在性质和理路来看,斯密本质上可以被视作西方世界最伟大的"儒家"。作为一个从西方内部独立发展出来的迥异于西方主流思想谱系的理论,斯密的道德哲学体系及作为其应用的古典政治经济学体系为西方世界的强盛提供了强大的思想和理论支撑,而与这一思想体系具有极大相似性的儒家思想体系却未能在东方发挥类似的作用,这是一个值得我们深思的问题。

第五,以理性和科学为圭臬的主流观念,一方面塑造了强大的现代性力量,建构了理性化的道路、体制和理论,另一方面,这一进路又面临着极为深刻的危机,一种基于人性认知错误的总体性危机。这已经是不少伟大的思想家在进入20世纪之前就已经感觉到了的。尼采、胡塞尔、弗洛伊德这些欧陆思想家发起了反思和批评西方思想传统的学术革新,但,这些运动的影响仅限于哲学、文学等领域,对社会科学的影响总体上不大,今天的社会科学依然在按照理性与科学紧密结合的实证主义原则发展,其中以经济学最为鲜明。经济学,作为最具有自然科学形式的社会科学,虽然其技术分析的工具越来越发达,数学和计量方法的运用越来越广泛和深入,其成果的形式精确性越来越高,但是对经济活动的把握能力却未能相应提高。甚至,在解释现实人类经济行为方面,在预测宏观经济趋势方面,在应对经济萧条的挑战方面,反而表现得不如人意。造成这种状况的原因很复杂,根本上来说是因为社会科学作为研究人类社会事务的学问，需要有对人性的深刻认识和理解，而不单是分析技术和方法的发展。经济学在新古典革命以后长于技术进步而弱于理论发展，两者的不均衡所导致的结果就是，以先进方法武装到牙齿的经济学界在把握现实事务方面显得力不从心。在最近几十年来，不仅经济学，而且社会科学的其他领域，如社会学和政治学也受到经济学的影响，着力改造其理论假设以便适用于引入定量分析技术和方法，这个做法与20世纪30年代以后经济学中的数理和定量研究运动十分相似，我们既要看到这样做的某些积极的方面，也要警惕他们走上经济学的老路。无论如何，解释力是社会理论赖以生存的生命线，经济学的解释力无疑不断地增强，但总是不能符合社会对它的期待和厚望，也不能兑现它自己的承诺。现代社会科学中，能够像斯密、约翰·穆勒、马歇尔这样做到把握经济活动大势的学者几乎绝迹，这归根到底还是当代经济学界总体上对经济事务的理解深度下降的结果。学习斯密等古典政治经济学家的作品，尤其是关于人性的思想，对于当代社会科学克服简单理性化和自然科学化的片面性有极大的益处。

第六，虽然斯密的《道德情操论》主旨不在道德教诲，但他的思考、分析、叙述的系统性和融贯性，有助于读者形成完整的道德哲学认知框架，有助于走向道德认知上的自我清明。在这个浮躁的、功利的、变化一日千里的、未来不确定的时代，一种稳定的内在性的道德认知框架的形成，无异于是我们思维的稳定器，如果把我们每个人的一生比之于航行于惊涛骇浪之浩瀚大海的一条小舟，那么稳定的道德知识就是压舱石。拥有它，就能让我们立定脚跟、处变不惊。子曰："朝闻道，夕死可矣。"拥有了某种根本性的认识，则我们就不惧怕任何对我们肉身的威胁，就会拥有坚定、高贵、无畏的灵魂。在这个时代，我们需要道德英雄主义的素质，阅读《道德情操论》这样的杰作，是有助于增进这种素质的。

总之，我个人认为，今天，我们不仅有必要，而且必须认真阅读《道德情操论》。

（本文原为《道德情操论》[亚当·斯密著，罗卫东、张正萍选译，浙江大学出版社，2018年版]导读）

从《道德情操论》的汉译谈谈研究型翻译

最近20年来，国门打开，中国的学者因此而得以全面、直接接触国际学术。不夸张地说，最近国内社会科学的发展几乎是彻底的翻译导向，甚至在某些人文学科（如哲学）中，翻译的学术著作也成为引领国内学者注意力的标志。在这种情况下，中译本质量就显得非同小可。

最近几年来屡见媒体对学术翻译进行批评，一些有严重错误的译作被曝光。不过，似乎很多被曝光的译作的出版机构都是不那么有学术品位的，严肃的学者几乎不会去引证这些出版社的作品。我更加关心的是名社名译名作的质量问题。这个问题之所以重要，是因为学者对于出版社的高下在心里是有谱的，像商务、上海译文等以译介海外学术名作见长的出版机构，多能获得学界的信任。这些出版社的译作一旦存在这样那样的质量问题，其负面影响要大得多。最近笔者在做亚当·斯密的伦理思想研究，对于他的《道德情操论》有较多关注,这个关注越是深入,越感到西学中译的质量问题的关键在于译者对翻译的对象是否有研究。

随着我国市场经济改革的不断深化,关于市场经济与道德情感之间关系问题的研究也开始成为热点。作为近代经济学之父的亚当·斯密的成名作,以探讨市民社会道德情感机制为主题的《道德情操论》一书也在原著初版问世238年之后的1997年有了它的第一个中译本。这是一件值得高兴的学术事件,最近若干年以来,国内学术界对经济伦理学的研究很少有不参考商务印书馆的这个中译本的。[1]而且,这个过程一旦启动,似乎呈现出了加速度的趋势,不到6年,中国社会科学出版社又出版了该书的第二个中文译本,并将其纳入了《外国伦理学名著译丛》。[2]这样一来,中国的读者就有了选择中译本的自由。对于研究者,可以有两种译本相互参照,有助于更好地把握斯密的思想。笔者在最近的十年里一直在关心斯密的伦理学思想,虽说英语水平未必比得上两个中译本的译者,不过,自认为对斯密的思想有较为深入的考察。加之笔者所掌握的日语,能够得到当今世界斯密研究整体水平最高的日本学者的参照,因此对斯密原著的把握方面,自认为是有一些心得的。

毋庸赘述,斯密著作的中文翻译对汉语学界贡献非常之大,

---

[1] 亚当·斯密:《道德情操论》,蒋自强等译,商务印书馆,1997年版。以下简称"商务版"。
[2] 亚当·斯密:《道德情操论》,余涌译,中国社会科学出版社,2003年版。以下简称"社科版"。

但是在阅读这两个中译本时,却有一种遗憾萦绕心头。那就是译本的质量尚有很大的改进余地。由于国内学术界对斯密伦理学思想的了解总体上还是停留在较浅的层次,加上条件所限,一般的读者不太会仔细核对原文,往往发现不了这些错误。笔者手头有拉斐尔和麦克菲编辑的最权威的格拉斯哥版《道德情操论》[1]和2003年刚出版的日本著名斯密研究者水田洋翻译的《道德感情论》[2],将这两个文本与两个中译本进行对照,还是发现《道德情操论》的中文翻译存在一些不小的问题。特别是在关键词的翻译上还需要仔细琢磨推敲。这些错误应该予以认真对待,否则将会贻误进入正确学术路径的时机。

限于篇幅,我只是举出若干处加以分析。

首先,当然还是书名的翻译。这是一个老问题了,可还是不得不谈。*The Theory of Moral Sentiments* 这个书名之中,其他的词含义没有深究的必要,唯独这个 sentiments 值得琢磨。这个词有"感情""情感""情绪""情操"等意思,常用来指某种与理智相对的心理活动,还有常指某种温柔、轻度的伤感之情。按说,译为"情操"亦无不可。早年的米林富男的日译本也是选择了"情操"这个词。据说,商务版中译本的主译者蒋自强先生当初在选择这个词的中译时也是多方求教,颇费心思,最后还是定为"情操",余涌先生的新译本(社科版)同样采用了"情操"的译法,

---

[1] Adam Smith, *The Theory of Moral Sentiments*, ed. by A.L.Mecfie and D.D.Paphael, Oxford University Press, 1976.
[2] アダム・スミス:《道德感情论》(上、下),水田洋訳译,岩波书店,2003年版。

其缘由不得而知。这个词的汉译问题在天则所的一次研讨会上也有不少学者提出商榷意见，大概已经成为国内学术界的一桩学案了。根据我对斯密道德科学理论的有限了解，sentiments一词，译为"情操"的确不很确切。"情操"这个词，在汉语中多少给人以一种价值判断上的倾向性，多用来指高尚的道德情感，或者说是指一种美德。但是如果对斯密的原著做略深一些的解读，你会发现，斯密在这本书中本质上并不是探讨美德问题。他的道德理论的核心是同情心理论，是讲人们在相互关系中彼此的一种相互换位思考的心理活动和机制，斯密试图通过这个切入口来分析近代社会形成的机理，说白了，斯密是在讨论"社会何以可能"这个问题，所以主题不是什么高尚的情感或者美德。按照水田洋的说法，这本书实质是在讲那种把人类社会连接为一个秩序的"公序良俗"有着什么样的心理基础。它既不分析美德，也不宣扬美德，与道德情操的训诫不太沾边。这样的一部著作，译为"道德情操论"容易使不明就里的读者以为是一部道德说教的作品或者是励志的作品，从而在阅读之前就形成先入之见，影响对原著真实意义的把握。事实上，一些不求甚解的读者对斯密伦理学思想的误读应该与这样的译名不无关系。虽然不少学者对此提出了一些评论，我还是打算再强调："道德情操论"应该译为"道德感情论"或者"道德情感论"。顺便说一句，斯密这部书的第一个日译本是米林富男翻译的，当时的译名就是"道德情操论"，但是后来经过多次的辩论，后来的日译本就改为"道德感情论"了。这个问题我估计还是较为容易达成共识的。

其次，中译本另一个值得讨论的问题是"sympathy"这个词的翻译。两个中译本译为"同情心""同情"，似乎没有什么错。但是，仔细考虑仍然有一些不妥。"同情心"或者"同情"这类词在汉语语境中给一般的读者带来的联想是有偏向的。我们说某个人富有同情心，一般是指这个人心肠好，能够给予他人以心理上或者实际上的帮助，是一个带有某种利他主义内涵的词。将"sympathy"译为同情心是不完全符合斯密原著的精神的。斯密所讲的sympathy，是指一个人对另外一个人的情感、动机、行为的内心反应能力，是一种情感上的换位思考能力，本没有什么心肠好坏的含义，与利他主义也是没有什么实质联系。正因为如此，日本人将这个词译为"同感"，虽然翻译略显生硬，但在没有找到更加贴切的词之前，似乎比"同情"更加符合斯密所要指的含义，不容易引起人们的误解。实际上，关于所谓的"斯密问题"的争论，之所以在德语和汉语国家那么激烈，一个不得不提到的重要原因就是这个词的误译。对大多数中国学者而言，如果没有条件阅读原著，而只是通过译本了解斯密的思想，往往会对《道德情操论》和《国富论》两本书关于人性假设的不一致产生疑问，而这个所谓的"斯密问题"对于英语国家的学者来说早已经不是什么问题。不少国内的学者从同情引申到善良再推演到利他主义，从而断言斯密的道德情操论是宣扬利他主义的，而他的国富论则强调利己心才是经济社会的基础，两者之间有矛盾，完全是将"sympathy"汉译的日常用法与该词在苏格兰启蒙运动伦理思想中的本意混淆起来的结果。如果我们不是把sympathy译成同情心，而是译为"同感"或者"同情共感"，这个误解恐怕就会少一些。据我所知，目前国内还有不少学者为"斯密问题"所困扰，我建议热衷于这一问题的学者最好去看一下斯密的原文。这个被我们译成"同情心"的sympathy，在斯密那里主要不是用于指人的一种利他主义倾向的感情，而是一种中立的心理能力，每个人都会具有这样的能力，它和每个人都具有利己心一样，都是一种自然禀赋，所以同感和利己心之间并无矛盾可言。正像我们不应该对敏感的性格和利己的性格可以并存有什么疑问一样，我们也不应该对一个人同时具有同感能力和利己心表示奇怪。在斯密看来，每个具有sympathy的人都是具有利己心的人，同样每个利己的人都是多多少少具有sympathy的。明白了这一点，我们就不应该津津乐道于所谓的"斯密问题"。

再次，不得不指出的是，由于中译本的翻译者对斯密的伦理学的思想渊源缺乏应有的了解，一些反映斯密思想和信仰方面的关键词翻译的处理显得比较随意。国际学术界在最近的20多年里，一直在围绕斯密的"信仰"问题展开争论，由于斯密在去世前将很多他认为不够完善的文本付之一炬了，了解斯密宗教倾向的主要文本只有其生前出版的《道德情操论》和《国富论》两本书，以及后人收集编辑的《通信集》。斯密是一个当时十分出色的修辞学家，遣词造句十分讲究，这样他的每一个词的使用必须联系到具体的场合和问题来理解才能准确。比如god、nature、director、author等词汇的运用就是如此。特别是nature这个词以及与其他词构成的词组在《道德情操论》全书中不下一百处，每一处的词义都有些微的差异,如果一律译为"自然",显然失之粗陋。比如第二卷第一编第二章的第五段,斯密用了nature一词,斯密在这里的含义本来是指人类尚未完全认识了的自然界。所以译为"自然"就是对的,商务版译为"神"就是一个容易引起误读的处理。但是在第二卷第一篇的一个很长的注脚中,斯密又用到了"nature"一词,在这里,特别是在第四版以后,斯密用了大写的Nature,更加接近于汉语中的"苍天""老天爷"等意思,将其译为"神"则勉强成立。不仅nature,在第四版以后god、author、director等词都由小写改为大写,这被认为是斯密的自然神论者立场进一步显性化和强化的一个证据。所以,只有明白了斯密思想演变的轨迹,才能够对他用词的习惯以及用意有准确了解。斯密很多用词及其变化都是有很特殊的含义的,他时而用god,时而用nature;时而用author,时而又用director,商务版的译者把所有这些用词都一概译为"造物主"是不确切的。相比之下,社科版的翻译做了必要的区分。这些词汇的翻译确切关系到我们对《道德情操论》这部著作隐含的重要信息的解读。

"Partial"是《道德情操论》中多次用到的语词。斯密用来指现实的人在感觉和感情上的局限性,是一种与生俱来并且被后天强化了的不完全性。确切的译法为"偏私""偏爱",商务版译为"不公平"显得有些莫名其妙。作为人的一种十分自然而客观的特性,而不是指有意识的袒护或者偏向,译为"不公平"似乎突出了一种主观的价值评判,很不妥。社科版是准确的。

斯密在第三卷第四章第八节,用了"moral faculties"一词。

这个词在这里非常重要,遗憾的是商务版完全没有将其译出。社科版将其译为"道德功能",虽然不错,但是容易与宏观道德学上的那个道德功能相混淆,所以还是应该译为"道德能力"。考虑到斯密常常把道德作为人类的一种自然的官能,译为"道德官能"亦无不可。日译本译为"诸种道德能力"是因为考虑斯密这里用的是复数。

此外,Truth、selfish、fortune、Force、Merit、Demerit、affections、Principles、Humble等一些在斯密那里具有特定意义的语词翻译,两个中译本都不够细致,存在这样那样的不确切之处,这里不一一讨论。

必须引起注意的是,中译本在几个非常关键的命题上,也存在着不同程度的误译。以下举要说明。

在第三卷第三章的第38段,斯密讨论了现实的旁观者和设想的旁观者之间的关系。有一段话非常重要,斯密写道:

The man within the breast, the abstract and ideal spectator of our sentiments and conduct, requires often to be awakened and put in mind of his duty, by the presence of the real spectator.

商务版的翻译如下:"内心那个人,我们情感和行为的抽象的和想象的旁观者,经常需要由真实的旁观者来唤醒和想到自己的职责。"很显然,译者把ideal spectator译为"想象的旁观者",但是,此处斯密用了ideal,而不是"imagine",第一意应该是理想的、完善的意思。在这个场合译为"想象的旁观者"是很成问题的。因为,斯密在这里恰好是要强调那个观念中的旁观者是"理想的和完善的",现实的旁观者是不完善的。但是这个"理想的观念的旁观者"需要现实的旁观者来唤醒。因此,仅仅用"想象的"这个词无法表达斯密在这里所要传达的本意,以"想象"代替"理想",含义相差极大。这实际上关系到斯密良心论与德性论之间的过渡。值得一提的是,水田洋的日译本将其译为"理想的",这也是弄清了斯密的思想路径才做出的选择。

第二卷第二编第二章的第三段,斯密在讨论正义问题时,这样写道:

> The violator of the more sacred laws of justice can never reflect on the sentiments which mankind must entertain with regard to him, without feeling all the agonies of shame, and horror, and consternation.

两个中译本的翻译完全不一样,社科版译为:"一个违背神圣正义法则的人,他不可能不考虑人们必定会对他怀有的那些情感,因而不可能不感到极度的羞耻、害怕和惊恐。"商务版译为:"违反神圣正义法律的人,从来不考虑别人对他必然怀有的情感,他感觉不到羞耻、害怕和惊恐所引起的一切痛苦。"两个译本两者的意思完全相反。按照社科版的翻译,违反正义的人即使在犯罪时也是有同情心的,而按照商务版的翻译,罪犯在犯罪时是失去了同情心的。何者正确？这样翻译是否更好一些："这个侵犯了神圣正义法则的人，（在他犯罪时是）感觉不到羞耻、害怕和惊恐所引起的一切苦恼的，他绝不会考虑人们对他必然怀有的各种情感。"比较起来商务版更为正确。联系前后的文章含义也可以说明这一点，不如此翻译则无法理解。

在第三卷第五章，斯密在讨论道德的影响和权威问题时，说了这样一段话：

Thus man is by Nature directed to correct, in some measure, that distribution of things which she herself would otherwise have made. The rules which for this purpose she prompts him to follow, are different from those which she herself observes.

对于这段话的翻译，商务版和社科版显然产生了重大分歧，商务版如下："这样，人就在造物主的指引之下，对物的分配进行造物主本来自己会做出的某种程度的改正。造物主促使人们为了达到这一目的而遵循的各种准则与造物主自己所遵循的那些准则不同。"社科版如下："人类是受自然的指导，在某种程度上修正了对事物的分配，要不然自然本身是不会做出这样的分配的。自然为此目的而促使人类遵守的规则与它自己遵守的准则是不同的。"这第一句话，两者的翻译完全相反。但是这两种理解似乎都有一定的道理，到底该如何翻译？搞清楚这句话的正确意思的关键在于otherwise这个词的理解，虽然这个词有"按照另外的方式,除此以外,不然,否则"等多种意思,但是在这里很显然斯密是在"不然,否则"的意义上使用这个词的。根据斯密要说明的意思以及前后的关联,我认为,两个版本的翻译都有问题,商务版的理解有些不太确切,而社科版的理解则属错误。我把这段话翻译为:"这样,人就在自然的指导下,对事物的分配进行了某种程度的纠正,这个纠正如果人类不做,则自然自己终究也会做出。自然为了这个目的而提示人类遵从的规则,与她自己遵从的规则是不同的。"这段话的不同翻译会使我们对斯密自由放任主义理念的本质产生全然不同的理解。按照商务版的翻译,即使人类对物的分配不做修正,自然本来也会做出修正,这样,人类的纠正似乎就是多余的、不必要的。在某种意义上,按照这个译文的理解,分配正义内生于自然进程之中。而按照社科版的翻译来理解,人类对事物的分配,虽然要受自然的指导,但是如果人类对事物的分配不加以调整,自然本身就不会做出这个分配的调整,分配正义并不是内生于自然进程之中的。由此理解,斯密是一个坚定的国家干预主义者。这两种理解与斯密的本意都有不同程度的出入,社科版的理解自然是基本不正确的,而商务版的理解尽管基本意思看上去没有大的出入,但是仔细抠起来,还是有问题。它用的是"造物主本来自己会做出的某种程度的改正"这样的表达,而其实斯密要表达的意思是"自然自己终究也会做出"的纠正。按照前面商务版的意思是人类的干预是多余的,而按照后面的理解,则是人类的干预即便不是完全必要的,但也不是多余的。因为自然最终做出的调整虽然与人工的调整的目的相同，但是这个自发进行的调整需要有一个或长或短的时间，人类在这个时间里面道德的规则是难以得到体现的。因此，在斯密的这句话中，他并没有对自由主义理念和干预主义理念的明显倾向性，而是给出了一个提示，这个提示具有很大的解释空间。在紧接着这一句的一段话中，斯密指出，自然自己进行调整的规则和自然提示人类进行调整应该遵守的规则，两者的目的是完全一致的。

  按照商务版的翻译，斯密就是一个彻头彻尾的自由放任主义者，而按照社科版的翻译，斯密就是一个具有干预主义倾向的人，两个斯密在理念上大相径庭。而从整个章节来理解，实际上斯密这样论证的主要目的是要说明信仰是人类情感的必然产物这个观点。自然自己遵守的行为准则（或逻辑）和人类情感遵循的准则（或逻辑）是两个不同的东西，尽管最终两者的目的是一致的，但是在现实生活中两者存在着严重冲突。自然的逻辑非常强势非人力能够改变，人类的力量与自然相比显得很弱小，这样一来当自然的逻辑容许甚至鼓励某种非正义的情况时，人类就会感到不公正，就要求助于信仰，诉诸宗教的力量来缓解和消除自己的内心不平衡。所以，斯密在这里的思想没有现在人们常常发挥的那种自由主义倾向，而是对事物的实际状态做了陈述，以便说明人类在无法按照自己的情感逻辑来彻底纠正自然逻辑的力量时，需要某种信仰的力量。水田洋的日译本对这句话的翻译进行了反复斟酌，加进了一些斯密的原文中所没有的词句。他是这样翻译的："这样一来，人就在自然的指导下确定了对事物的分配做某种程度修正的方向，不然，自然自己终究也是会作出这种修正的。"在这个译文中，强调的是人类在自然指导下为纠正事物分配这件事确立了正确的方向，而不是对事物做修正。这个理解在斯密原著中并没有找到相应的根据，也许是日本学者研究后的一个结果吧，暂记在此，供学界同仁参考。

在第三卷第六章的最后一段话：

No action can properly by called virtuous, which is not accompanied with the sentiment of self-approbation.

中文翻译又产生了严重分歧，究竟如何翻译，关系到斯密关于什么是德性的本质的理解。商务版这样翻译："凡是带有自我赞同情感的行为都不能严格地称作美德。"按照这个翻译，斯密是一个明显的功利主义者，一个关系主义伦理学家；而社科版这样翻译："任何行为，若不是伴有自是的情感，严格而论都不能称之为德性的行为。"按此翻译，斯密则是一个义务论者，是一个与康德更加亲近的英国经验主义伦理学家。水田洋的口译本是这样的："如果没有伴随着明确的自我认可的感情，任何行为都是不能恰当地称之为德行。"除了社科版将properly一词翻译为"严格地"，而水田洋将其译为"恰当地"以外，这个翻译与社科版的翻译意思基本一样。根据原文，社科版和日译本的翻译是正确的，而商务版的翻译显然错了。这不是一个一般的错译，而是一个会使得斯密伦理学的基本倾向被完全歪曲的误译。

以上只是笔者在对照阅读斯密的《道德情操论》一书时，发现中译本翻译的部分错误。有些翻译仅仅是不确切，而没有根本性的错误，这里都略去不提了。但是提出来的问题确实不能说是小问题。

之所以翻译者，甚至是某些高水平的翻译者也会出现严重的错误，原因并不是他们的语言水平低，而是对于被译者的思想缺乏应有的研究，把握不够准确，或者对于某些应该认真斟酌的观点反而掉以轻心。上面在《道德情操论》翻译中出现问题的原因不外乎以下几点：第一，译者对斯密的《道德情操论》基本理论体系没有全面准确的把握，很多错误都是因为对原著的先入为主的成见所致，如对"sentiments""sympathy"的中文词汇的选择。第二，是对斯密自身思想的学术史的背景缺乏了解，如不了解斯密的思想与理神论、自然神论之间的关系，于是在"nature"这个词的翻译上出现了要么非常古板，要么非常随意的现象。第三是对斯密自己思想发展的脉络没有清楚的认识，对《道德情操论》各个版本之间的关系不甚了了，只是照着文本硬译，从而出现的问题。如同样是"nature"，在第四版以后，有的地方首字母用大写，有的地方用小写，斯密做这样的区分服从于不同的使命，是非常讲究的，而译者对此似乎注意不够。"spectator"在不同的版本中，有差别很大的前缀，在不同的部分也有不同的表达，斯密用"ideal spectator"而不是"imagine spectator"，其蕴含的思想的演变非认真研究不能发现。如果说这种需要译者认真研究对象才能避免的错误是很可以理解甚至谅解的，那么也有一些明显的语法上的错误则是无论如何都应该可以避免的，尤其是在涉及否定和肯定的关键之处时，译者稍有不慎，看走了眼就会犯大错。

对于商务印书馆这样一个以翻译经典著称的百年品牌的知名出版机构，出现这样的错误虽然是不应该的，但自有难言的苦衷。商务的经典翻译做得好的，都是由素有研究的大家亲自操刀，老一辈如贺麟译黑格尔《小逻辑》，陈康译柏拉图《巴曼尼德斯篇》，杨人楩译芒图《十八世纪产业革命》，王亚南、郭大力译斯密《国富论》等。中青年中对原著进行研究的基础上做翻译的，如邓晓芒译康德、倪梁康译胡塞尔、孙周兴译海德格尔等，其译本质量也是得到学林嘉许的。译本有问题的皆是因为译者对原作的思想研究不够或者不透，有的译者虽然语言水平不成问题，可是由于专业方面钻研不够深入，翻译出来的东西轻则关键术语和关键命题的处理不到位，让人有"隔"的感觉，重则简直不知所云，对读者产生误导。这样的例子不少，兹不一一列举。由于研究性译者或者校者的不足，一些重要的经典只能交给不是很合适的译者去翻译。况且，一些时效性强的著作也等不及发现合适的译者就必须在时限内面世，也使得出版社只能委托给手脚快但未必有专业造诣的译者。

鉴于中国学术界的翻译导向，一个错误的翻译带来的学术上的负面影响是如此之大，需要几代人的努力才能消除，我们的翻译者应该谨慎，谨慎，再谨慎。"译事三难，信、达、雅"，此乃译学大师严复之感言。信字为首，确实不假。而做到信字之所以如此不易，是因为我们不加强学习和研究，就不可能对原作者的思路有正确的把握，局限于字面的翻译，只知其然，不知其所以然，即使不错也常常失去作品的精神实质，更不必说还会导致错误的理解。因此，对于经典著作来说，尤其是对于斯密的《道德情操论》这样历经30余年的修改完善的经典著作来说，研究型翻译家永远是不可替代的。对于学术史上公认的经典，我们的译者千万要心怀虔敬，处处留意，予以善待；而对于出版商而言，如何发现和挖掘、稳定经典作品的研究型翻译家队伍看来是一个不得不认真对待的问题。

（本文原载《博览群书》2005年第3期，原题为《老调重弹：研究型翻译的重要性——从亚当·斯密〈道德情操论〉的中译本说起》）

国民财富还是国家财富：
《国富论》导读

一

曾经有一个人，未出生就失去了父亲，幼儿时一度被吉卜赛人拐走，幸得叔父奋力解救，得以生还。他的一生，大部分时间与寡母相依为命，事母至孝，终身未娶。

这个人一直以为自己体弱多病，活不长，但直到67岁那年才逝去，在他生活的那个时代，这已经远远高出了绝大多数人的寿命。

他天资聪慧，未满15岁就进入格拉斯哥大学读书，18岁就获得了奖学金就读于著名的牛津大学。虽然在牛津大学读了快六年的书，但对这所学校深恶痛绝，责其庸师充斥、误人子弟。

与他那位著名的密友大卫·休谟形成鲜明对比的是，他在事业上一帆风顺，28岁就被任命为大学的正教授，36岁出版了为他赢得巨大声望的第一部著作。这部作品的一个特殊读者，仰慕作者的道德文章，以优厚的待遇聘任他作为自己儿子的家庭教师。他毅然辞去大学教授的职位，陪伴自己的学生游历欧洲大陆数年后，还乡隐居，专心著述。

在53岁那年，他出版了第二部影响更大的作品。53岁之前，他只被人看作是一个哲学家，而53岁以后则只被人看作是经济学家。而其实，他的作品主题涉及天文学、语言学、修辞学、哲学、历史学、经济学和政治学等多个方面。

这个人常常心不在焉、自言自语，仿佛是灵魂出窍，但一上讲台却变身为口若悬河、侃侃而谈的良师，为学生喜爱和尊敬。

在生命的最后十几年里，他享尽荣华富贵，被当时的首相认作导师，并被推举为大学的名誉校长，还得到了薪俸极高而无甚责务的海关专员职位。

他一生痛恨学术剽窃者，可死后不久竟也被诬为剽窃者。直到后来的人找到了他上课时学生做的笔记，才为他赢回清白。

这个人极度在意自己的文名，晚年抱病把仅有的两部公开出版作品反复修订。死前，嘱咐朋友和学生当着自己的面把大量自己不满意的手稿付之一炬，让后人痛惜不已。

他虽然是英国人，却支持美国摆脱英国殖民控制的独立战争，他创设的理论体系为美国的制度设计提供了重要的理据，被誉为美国的"建国之父"。

在他去世217年以后的2007年4月13日，他的侧面素描头像被印在20英镑的钞票上流通全国。

他从未到过中国，他的著作也只有极少数地方提到中国，不过他写的书在这个国家有几十种译本，甚至某任总理也亲自出面向国民推荐他的书。

这个人，就是亚当·斯密，一个生于1723年，死于1790年，来自苏格兰的英国人！

二

亚当·斯密的名声如雷贯耳，甚至到了妇孺皆知的地步。他的巨大影响来自两部著作，一部是1759年问世的《道德情操论》，另一部是1776年出版的《国富论》。《道德情操论》一书探讨的问题是，人类的情感如何支持道德伦理体系的形成和演化，人的道德又如何通过自身的升华而引导好社会的建设。《国富论》的主题则是一国的人民如何实现持续的真正富裕。

这两部书都是斯密呕心沥血之作，但各自的命运却大相径庭。

《道德情操论》甫一问世即引起轰动，伦敦城里"洛阳纸贵"，但好景不长，不久即落寞寂寥，长期无人问津。在专业的道德哲学家眼里，沦为等外之作。直到20世纪70年代以后又引起了新的关注，这一状况才有了改变。而《国富论》不仅在知识界，而且在社会和政府引起持续的关注、重视和好评。两百多年来，它的影响不断地超越时空的限制，在全球传播。斯密凭借此书，成为古典政治经济学之父。有一位经济学家甚至断言，正如哲学的全部话题都可以上溯到柏拉图的《理想国》，斯密之后的经济学发展，也不过是对《国富论》的各种命题的证明或者展开讨论而已。因此对于学术圈以外的大多数人而言，斯密的主要声誉来自他是《国富论》的作者。

《国富论》的第一版于1776年问世，作者生前修订过三次，多次印刷，并亲见了数种语言译本的出版。斯密去世后，又有数十种文字出版。时间过去了两个多世纪，这本书不仅没有过时，而且可以说是常读常新，在当代经济学家心目中的地位无与伦比。不仅如此，在今天世界高水平大学博雅教育的推荐书单中，它几乎从未缺席。总之，《国富论》是一部经过时间检验的公认的思想经典。

《国富论》的全称是《国民财富的性质与原因研究》，如果我们只看这本书的简称而不关心它的全名，很容易把此书误解为是一本讨论国家致富问题的书，甚至于有一些人理解为是一国的政府如何致富的书。这当然是大错特错的。

国家财富与国民财富，一词之差，内涵及其衍生的含义却有很大不同。

固然，人民总是生活于一个具体的国家之中的，通常情况下，人民自然就是国民。但是，在中国这样国家主义传统根深蒂固的地方，人们习惯上理解的国家总是指那些管理着人民的政治家或者机关，如君主或者政府。国家富裕也总会被理解为是国库的充实，而不是人民的富裕。认真地读过《国富论》的人都会明白，斯密关心的是主要并不是国库如何充实，而是一国的全体人民、各个社会阶层如何都能获得真正的财富，过上更好的生活。这一点是我们首先要明确的，读者诸君切勿望文生义。

顾名思义，《国民财富的性质与原因研究》要讨论的问题无非是两个：第一，国民财富的性质；第二，国民财富的原因或者源泉。这两个问题是紧紧联系在一起的，如果对财富的性质不清楚，那么也就搞不清财富的来源和原因。如果关于财富的性质的认识是错误的，则财富来源和原因的认识也常常是错误的。

斯密为什么会关心这两个问题呢？

因为直到他生活的时代，很长时间里，人们关于财富的性质，在认识上是错误的。尤其是当时在欧洲各国处于上层地位的达官贵人和大商人，都相信并且传播一种"财富即金银"观点。把财富与金钱等同起来，与贵金属等同起来。当时的所谓有识之士也是基于这种认识来给政府和社会提出致富之策的。在他们看来，既然财富就是金银，那么一个国家获得的金银越多，意味着这个国家越富。那么金银从何处来呢，如果没有金银矿藏可供开采，就只能从买卖中获得，用商品从他人那里换得金银。个人如此，国家也是如此。国家的财富只能来自对外贸易，"多卖少买"，尽可能地以本国的产品从其他国家换取更多的金银，并尽可能限制本国的贵金属流向别国。要增加国家的财富，就必须加强国家对经济活动的干预，实施相应的体制与政策手段。对国内产业实施保护和垄断，奖励出口，刺激本国产品的外销；对外设立关税壁垒、限制进口等。这一套关于财富以及致富的思想观念，被称之为"重商主义"。

早在15世纪，这种思想已经开始出现并产生局部的影响，而到了17世纪的上半叶，《威斯特伐利亚条约》签订，民族国家体系逐步成型，欧洲很多的国家更有动力走上重商主义的国家致富之路。特别地，因为当时称霸欧洲的法国以及一心要与其争夺霸主地位的英国，也都采取了重商主义理论与政策体系，使得这一体系的影响力达到巅峰，成为正统的经济政策理论。

实施重商主义政策的那些国家，曾经获得了一时的经济繁荣，但是最终都陷入经济上的困境。尤其是法国这样的大国，路易十四时代的大臣柯尔贝尔强力推行重商主义政策，法国的工商业也一度取得了显著的发展。但好景不长，由于政府功能的过度扩张，自由竞争机制缺失，经济体系自身的活力受到长期的抑制。柯尔贝尔死后，积累已久的财政危机终究爆发，国民经济濒临崩溃的边缘。

17世纪末18世纪初开始，对重商主义理论与政策提出的强烈质疑和批评就不绝如缕。

18世纪上半叶，以当时的皇室御医魁奈为代表的一些人发明了一种新的政治经济学理论，认为只有来自农业部门的产出才是构成一个国家的财富，非农业的其他产业部门是不生产财富的。因此，一个国家必须以农业为中心来设计政策，要对工业和商业活动进行一定的约束。魁奈将他作为医生所掌握的关于人体各系统自动循环的知识，运用于研究社会经济系统，认为，一国的君主要让经济这个有机体自动地运行，要消除各种不合理的管制。这个理论被称之为"重农主义"，信奉它的那些人组成的团体叫作"重农学派"。重农主义的政治经济学提出以后一度吸引了不少坚定的追随者,但由于其理论的褊狭,与工商业社会崛起的历史趋势更是不相吻合,所提出的政策建议也缺乏可行性,因此实际上对各国经济政策的影响不大,而且在提出30年后就基本上销声匿迹了。

斯密的《国富论》正是在这样一个极度需求新的政治经济学理论的时代横空出世的。

《国富论》旨在全面系统地阐述关于财富性质及其原因的新理论,它既不同于重商主义,也不同于重农主义。

斯密认为,无论是重商主义还是重农主义,它们的体系都是建立在错误的"财富"定义基础之上的。他彻底批判和否定了重商主义所主张的财富就是金银的观点,推翻了建立在这种错误财富观基础上的政策主张。对于当时作为重商主义对立面出现的重农主义的一些基本思想,斯密给予了一定的正面评价,但他决心要全面超越这两种思想体系。

斯密的理论创新是从提出新的财富观入手的。

在斯密那里,所谓财富是一切能够满足人们需要的物品的总和,不论这个物品是来自自然界的馈赠,还是人类劳动的产物。也许在人类社会的早期,人的需要主要仰仗于自然的馈赠,而越到后来,人们越依靠自身的劳动来生产自己所需要的东西。财富也就越来越表现为是人类通过劳动而获得的产品。所谓的金银只是作为财富的劳动产品价值的一种衡量载体,是流通的一种媒介,并非财富本身。

基于这样的认识，斯密的问题就很自然地转向，人类如何才能够生产出更多的劳动产品，并且更好地分配它们。

《国富论》立论的起点正是这种新的财富观。

既然劳动产品才是财富的基本形态，那么一个国家的财富要增加，首先就应该是提高生产劳动产品的效率，即提高劳动生产率。斯密发现，促进劳动生产率提高的根本因素是劳动分工，他以那个著名的生产别针的例子，来展示同样的劳动投入，在有分工和没有分工的情况下，其产出效率有天壤之别的事实。斯密还解释了分工促进劳动生产率提高的主要原因。

《国富论》开宗明义，第一句话就说"劳动生产力的最大提高，以及在任何引导或应用劳动的地方的更高技能、熟练程度和判断力，似乎都是劳动分工的结果"。一言以蔽之，提高财富生产效率的关键，就在于劳动分工。

那么，劳动分工又是怎样产生并且不断深化的呢？

斯密论证出，人类的分工是由其天性中的某种倾向引导出来的。这种倾向就是互通有无、以物易物和交换。人类的基本的特点，似乎就是单凭自己的禀赋和能力不敷自己全部需要的种类和程度的物种。他要生存和发展，就必须充分发展自己的禀赋和特长去生产出更多的某种东西，以便用这种产品从其他人那里换取自己所无法生产的各种产品。于是，分工和交换就形成了不断相互强化的良性循环，越是专务一业，生产效率就越高，从他人那里可换得的物品也就越多，劳动者的生活也就会日益改善。

因为劳动分工源自交易的力量，所以，分工的程度也就决定于这种力量的大小和强弱，这叫作"分工受制于市场规模"。这是很重要的一条定理，后人叫它"斯密定理"。具体来说，如果市场规模太小，分工的好处就不能抵消分工的费用，分工就不合算，生产者也就不会去发展分工；只有当市场规模达到一定的程度，分工的好处才能实现。所以，即使分工源自人类天性中的交易倾向，这种交易倾向如果不表现为必须的市场规模，那么分工的意愿也就不会变成现实。

如此一来，扩大市场规模就成为促进分工的关键。

货币的出现一方面是分工的必然产物，另一方面也是刺激需求扩大的重要因素。在分工这个前提下，没有货币作为交易媒介的时代，人们处理剩余劳动产品主要通过以物易物的方式，而这是十分不便的，也大大地阻碍了劳动分工的进一步扩大。无论在人类生活的哪个地域，何种文化圈，不约而同地，都会演化出贵金属作为交易媒介的货币制度。这一制度的出现极大地降低了交易的成本，推动了市场规模的扩大和分工的深化。所以，货币一旦出现，就成为连接分工与交易的重要纽带。

在分工的时代，货币的确定，使得人类有了表征物品交换能力的统一手段和标准。处在不同分工链条中的生产者，和其他人交换剩余产品所商定的比例，就是商品的价格。在斯密看来，决定商品价格的主要因素是劳动者在生产过程中所付出劳动的情况，它的辛苦和麻烦程度以及应付复杂性和培训必要技巧所需要的付出。所以，归根结底，两者产品之间的交换其实就是两个等量的劳动付出之间的交换。劳动成为决定产品交换比例，即价格的基础，也就是产品价值的来源。

由于任何实际的生产活动，不仅涉及劳动的付出，还需要有其他要素的配合，如工具和材料的投入、土地的投入等。这些投入需要相应的补偿才能可持续，经济体系也只有在各种要素获得合理报酬的情况下才能够良好运行。一种劳动产品换得的其他产品，就需要分解成为三个部分予以分配，它们分别是劳动的报酬，即工资；土地的报酬，即地租；其他生产要素的报酬，即利润。在劳动产品中，工资、地租和利润以何种比例进行分配，决定了财富生产体系运行的好坏。

斯密认为，在理想的状态下，分工经济体系中的任何一个产品的销售价格都应该等于各种合理的生产要素投入（或其合理报酬）的总和，也即是这个产品的市场价格与自然价格相等。但是，由于各种自然或者人为的因素，市场价格常常会偏离自然价格。这样就会造成一定的短缺或者浪费。但是，斯密相信，在一个自然自由竞争机制充分发挥作用的经济体系中，产品的市场价格必然会与自然价格相一致，每一种要素的市场价格也会和它们的自然价格相一致。

依据以上的基本模型，斯密依次讨论了劳动工资、资本利润和地租的决定。

以上是亚当·斯密在《国富论》第一篇中讨论问题的主线，应该说也是整部书的精华与核心之所在。

斯密在第一卷讨论分工的时候就已经指出，劳动分工和生产工具的进步是互相作用、相辅相成的，所以分工经济的一个最重要的特征就是资本品的积累及其使用。资本不仅其自身是劳动生产率提高的直接手段，也是劳动技能提高和土地质量改进的重要手段，所以，资本对于建立在劳动分工基础上的财富生产体系具有至关重要的功能。正因于此，斯密在对整个经济体系进行全面讨论结束以后，立即用了整一篇的分量来系统地考察了资本的性质、资本积累和资本使用问题。

在这一篇中，斯密详细地定义了资本的性质、种类与功能；区分了固定资本和流动资本，物质资本和人力资本，还讨论了资本与生产性劳动和非生产性劳动的合理匹配；考察了影响资本积累的主要因素。特别是，斯密在这一篇中详细地研究了资本投到不同产业部门对一国财富生产的效应，讨论了国际贸易与国民财富水平之间的关系，以及资本与劳动匹配比例如何决定等事关财富生产的动态问题。

从现代经济学的角度来评价，如果说，《国富论》的第一篇是构建了一个分工与交换互动的经济体系的整体的静态模型，那么第二篇就是讨论经济发展的动态方面。这两篇内容构成了斯密古典政治经济学理论体系的主干。

第三篇虽然也讲到了某些原理性的内容，但主要是用历史材料来解释此前理论所阐述的内容。

第四篇则是以斯密自身的政治经济学体系为根据对他以前的两种政治经济学理论体系——重商主义和重农主义，进行分析批判。斯密把这一篇中主要的篇幅花在了批判重商主义上，因为，在他看来，重商主义理论体系是当时一系列错误立法和政策的总根子，必须在理论上拨乱反正，为此值得大书特书。

如果说前四篇，斯密讨论都是围绕一个国家人民的收入和开支是如何决定这个问题来展开的，那么第五篇即最后一篇，斯密讨论了国家（或君主）的支出和收入。在这里他把自然自由体系中政府的必要功能与其收支结构加以结合来予以讨论。

以上就是《国富论》一书的主线和梗概。

关于这部书的结构以及内容安排，斯密自己在该书的序言中进行了很清楚的解释和说明。为了便于大家全面把握，我将其全文引述如下：

> 一国国民每年的劳动，是最初供应他们每年消费的全部生活必需品和便利品的源泉，这些生活必需品和便利品总是由这种劳动的直接产物或用这种直接产物从他国换购来的产物构成的。
>
> 因此，一国国民需要的全部必需品和便利品供给情况的好坏，依这种直接产物或用它换来的产物与消费者人数之间的比例大小而定。
>
> 但是，在每个国家，这个比例必然是由两种情况决定的：第一，这一国国民运用劳动，是怎样熟练，怎样技巧，怎样有判断力；第二，从事有用劳动的人和不从事这种劳动的人的人数比例。任一国家，不论其土壤、气候或国土大小如何，在此种具体情况下，该国每年供应的丰裕或不足，必然是依这两种情况而定的。

这种供应的丰裕或不足，依存于前一种情况也似乎比依存后一种情况较多。在从事渔猎的未开化国家，每一个能工作的人都或多或少地从事有用劳动，力图尽可能地为自己或为自己的家庭或部落中那些过老、过幼或过于孱弱以致不能从事渔猎的人提供生活必需品和便利品。可是，这种国家穷得太可怜了，以致仅仅是由于贫穷，常常落到了，或者至少是自认为落到了这种地步：有时不得不直接杀死自己的幼儿、老人或长期患病的人，有时则任凭他们饿死或由野兽吞噬。相反，在文明和兴旺发达的国家，有很大数量的人虽然根本不劳动，其中许多人却比绝大多数从事工作的人消费高出十倍、常常是百倍的劳动产物；然而，社会整个劳动的产物的数量是如此巨大，以致所有的人常常都能得到丰富的供应，一个工人，即使是最下等最贫穷的工人，只要他勤劳节俭，也能享受比任何一个未开化之人可能得到的更大份额的生活必需品和便利品。

劳动生产力这种改进的原因，以及劳动产品在社会不同阶层和不同状况的人们中间被自然而然分配的次序，是本书第一编的主题。

不论任何国家劳动在运作中所体现的熟练、技巧和判断力的实际状况如何，在这种状况持续不变的情况下，该国每年供应的丰裕或不足，必然依存于每年从事有用劳动的人数和不从事这种劳动的人数的比例。以下将要看到，有用的和生产性的劳动者的人数，在到处都是同用来推动他们工作的资本的数量及其被运用的具体方式成比例的。因此，第二编讨论资本的性质，它的逐渐积累的方式，以及依它的不同运用方式所推动的劳动的不同数量。

在劳动运作中所体现的熟练、技巧和判断力方面比较先进的国家，在劳动的总体管理或指导中遵循了非常不同的计划；这些计划，并不同等地有利于一国产物的增加。有些国家的政策特别鼓励农村的产业；其他国家的政策则特别鼓励城镇的产业。很少有任何一个国家能平等地不偏不倚地对待每一种产业。自从罗马帝国崩溃以来，欧洲的政策有比较利于手工艺、制造业和商业，即城市的产业，而不那么利于农业这种农村的产业。本书第三篇将说明，什么情况可能会使人们引入和确立这种政策。

虽然这些不同的计划最初或许是由于某些阶层的人们的私人利益和偏见而采用的，丝毫没有考虑到或预见到它们对社会总体福利的后果，然而它们却引出了各种各样的政治经济学理论；其中有些特别强调在城市中进行的产业的重要性，其他的则特别强调在农村中进行的产业的重要性。这些理论产生了巨大的影响，不仅影响了有学问的人的意见，而且影响了君主和主权国的公共管理。我力图在第四编尽可能详尽而明确地说明这些理论，以及它们在不同时代和不同国家所产生的主要效果。

前四编的目的，在于说明是什么构成了广大民众的收入，或在不同时代和不同国家供应他们每年消费的那些源泉的性质。第五编也是最后一编讨论君主或国家的收入。在这一编，我力图表明：第一，君主或国家的必要支出是什么，哪些支出应由整个社会的总税收来支付，哪些支出应由社会的某一群体或某些成员的纳税来支付；第二，对整个社会课税以供应为整个社会所做支出的各种不同方法，以及每一种方法的主要利弊如何；第三，促使几乎所有现代政府将此种收入的一部分作为担保以借债的理由和原因，以及这种债务对实际财富、即社会的土地和劳动的年产物的影响如何。[1]

三

到2016年3月9日，《国富论》问世已经整整240年时间。在接近两个半世纪的时间里，人类的经济生活发生了天翻地覆的变化，世界的经济格局和产业版图也可谓日新月异。很多人由此而心生疑问，时过境迁，这部书难道还值得一读吗？

的确，今天无论是真实的经济世界，还是经济学理论都已经发展到了全新的状态。现时代经济组织的很多具体方式和产业业态，是斯密生活的时代闻所未闻的；人类经济生活的丰富程度也是斯密时代的人做梦都想不到的。同样，今天的经济学理论体系已经高度成熟和发达，其精细程度和严整性远远超过了斯密所建立的那个政治经济学体系，甚至，今天的经济学家讨论问题的语

---

[1] 亚当·斯密：《国富论》，罗卫东选译，浙江大学出版社，2016年版。

境也已发生了重大变化。以上种种迹象，似乎都表明，《国富论》过时了。斯密用来说明其理论的各种例子也早就是旧时代的陈迹，很难引起今天时代读者的共鸣。大概也因此，今天的人们，甚至是经济学的从业人员也多半不会再去读《国富论》了。

那么，生活在今天的我们为何还有必要读《国富论》？

我个人认为，以下几点或许是《国富论》仍值得一读的理由。

第一，经济体系无论多么发达和复杂，都有其基本的问题和简单的机理。《国富论》在揭示和说明基于人类天然倾向的那种经济体系的作用机理方面，是无与伦比的最好作品。作者极富洞察力，思考深刻，运用的语言通俗易懂、说理清晰透彻、运用事实和案例独到而贴切，只要不带成见地阅读，一定会有深切的体会和知性上的收获。这也是迄今为止很多知名人士的共同体会。

第二，斯密在《国富论》一书中所抨击的经济弊见今天依然充斥着朝野，尤其是中国这样处于改革和转型进程中的发展中大国，知识界、政界甚至企业界，关于国民财富的性质以及原因的认识依然是混乱的，其中不少是斯密在《国富论》中已经彻底清算了的错误认识。在我国，这些错误的认识依然大行其道，影响着立法、政策制定和政府行为，还在持续产生消极的后果。在世界其他地区，也有类似的情形。在这个意义上，《国富论》的基本思想不仅没有过时，反而有着十分强烈的针对性。对于那些似是而非的错误观念而言，《国富论》就是强力的解毒剂。对于容易受到谬见病毒攻击的人群，它又是抗生素。

第三，诚然，经济学的学科化趋势十分强劲，理论体系及其规范也高度成熟。如果由此而断言，只要掌握了现代经济学，就可以不用理会斯密的那一套，则是幼稚的。斯密的古典政治经济学体系是建立在与今天的经济学十分不同的思想和观念基础之上的，这个体系的推导过程远不如现代经济学严谨，概念和符号系统自然也比不上今天精密，但是它的问题意识、立论基础、体系解释力以及基于自然语言的分析水平，都是今天的数理经济学所不具备的。在某种意义上说，今天的经济学不仅无法取代《国富论》的功能，反而迫切需要《国富论》来充实、纠偏乃至改进。

第四，《国富论》不仅是理论上的杰作，也是历史知识特别是西方经济史知识的荟集之作。通读之，不仅可以得到单纯的知识上的充实，更重要的是依托于斯密所提供的观察与分析历史的立场、观点和方法，读者在面对新的历史现象时，其解释能力也能够得到提升。

第五，也许最值得今天的经济学从业人员重视的，就是斯密在《国富论》中所体现出来的卓越的常识感。《国富论》全书没有卖弄任何故作高深的理论，更不使用让人望而生畏的经济模型。至于今天任何一位经济学专业学生皆熟习并乐意使用的计量经济学工具，更是毫不沾边。斯密自始至终都在运用自己的常识感，通过细致观察真实世界的变化，借助联想和推理建立起自己系统的经济运行理论，然后旁征博引，利用历史和时代的材料加以佐证。这种基于常识感的思考和推理是传统的、质朴的，甚至可以被批评为是粗陋的，但是它却拥有了今天那些形式精致的经济学作品所没有的强大的冲击性的原始力量。斯密让每一个关心现实社会经济活动的读者都能够调动自己的常识感去分享、评鉴这种思维活动的乐趣，在这个过程中逐渐加深读者关于经济体系的系统认识。通过这种看上去十分日常化的说理方式，斯密与读者进行了思维上的深度沟通，最终彼此形成了某种思想认识的共同体。最近半个多世纪以来，经济学界日益过度沉溺于构建形形色色精致的经济学模型，经济学家念兹在兹的一件事，就是建构某种符合学术规范的、精致漂亮、同行认可的、唯一正确的"学术真理"。而另一方面，经济学家的常识感则越来越欠缺，不借助专业分析工具的纯粹思维力在弱化，超越日益细密专业学术分工的理论综合能力更是严重不足，这或许是时下学术界充斥着脱离实际的空论和似是而非的谬论的重要原因。重新恢复人们对经济学的信任，需要经济学家提高常识感、思维力和综合能力，在这些方面，斯密是最好的典范，《国富论》是最好的教科书。

除了内容上的卓越，《国富论》也是修辞和叙事的典范，许多片段令人百读不厌。言辞的力量被斯密发挥得淋漓尽致而又调控得恰到好处，此种语言能力也是很罕见的。《国富论》一书中不乏名句箴言，掌握它们也是大有裨益的。

由于《国富论》一书的特殊魅力和内在的价值，历代经济学中的杰出人士对它推崇备至。李嘉图、穆勒、马歇尔、凯恩斯、哈耶克、科斯、弗里德曼……这个名单可以列得很长。

1976年是《国富论》发表200周年，西方世界的知名经济学家纷纷发表演讲向斯密致敬。这一年的3月9日，科斯教授于UCLA发表题为《亚当·斯密的〈国富论〉》的演讲，很有代表性，值得一读。在这篇长达万言的演讲末尾，科斯这样说道："《国富论》是一部需要怀着敬意进行思考的著作，斯密的敏锐分析和篇幅都超过了其他任何经济学书籍，然而它的杰出令人心绪不宁。我们不禁要问，在过去的两百年中，我们究竟做了哪些工作？我们的分析当然是变得越来越复杂，但我们对于经济系统的运行没有显示多少洞见。而且，在某些方面，我们的分析方法还不及亚当·斯密。当我们讨论公共政策的观点时，我们会发现被我们忽略的一些命题，亚当·斯密已经论述得几近'不证自明'。我真不明白为何如此，部分答案或许是我们没有读过《国富论》吧！"

（本文原为《国富论》［亚当·斯密著，罗卫东选译，浙江大学出版社，2016年版］导读）

"人"之品格：
《学术与政治》解读

收入本书的三篇文章，是学术界公认的马克斯·韦伯的名篇。译者阎克文先生苦心孤诣从德文原文重新进行了翻译。感谢阎先生的信任，嘱我为三篇文章写一点"导读"性质的文字。

我诚惶诚恐，以自己天赋之平庸、能力之羸弱，要去攀缘马克斯·韦伯这座巍峨的巨峰，是自不量力的。几十年来，一批以学术为志业的中国学者都为韦伯所吸引，在并不具备应有的思想传统和成熟学术语境的条件下，殚精竭虑地阅读韦伯和接近韦伯。我也不例外。

我本人因为从事思想史的作业，出于专业本性，天然地关注经典著作的语言问题，对文本和版本极为在意。因为不懂德语，都是从中译本、英译本，甚至借助日文去认识和理解韦伯的思想。鉴于韦伯作品的语文方面具有某种意义上的根本重要性，不能阅读原文，以及不能确定从原文移译的品质，这样的阅读是令人忐忑不安的。所以,我自己个人的阅读策略是,同时参照各种译本来理解,试图通过这种约定主义的、"学术民主"式的阅读,尽可能避免理解上的错误。比如,韦伯的《社会科学与社会政策认识的"客观性"》(以下简称《客观性》)一文,我参阅过的中文译本就有韩水法、莫茜、李秋零、张旺山等诸位教授的作品,英文、日文版,我参阅了富永祐治、立野保男、折原浩教授的岩波文库最新译本。

令人十分欣喜的是,我国著名的韦伯翻译专家阎克文先生新近又从德文原典直接翻译了这三个名篇。[1]承蒙阎先生厚爱,我得以对新译先睹为快,阅读的体验是十分愉快而充实的。我以为这个译本,为中文世界的读者更好地理解韦伯提供了新的可能性。

如各位所知,《以学术为天职》和《以政治为天职》这两篇都是根据韦伯在慕尼黑大学的演讲整理而成,随后正式发表的。这两次演讲,《以学术为天职》演讲发表于1917年11月7日,《以政治为天职》演讲发表于1919年1月28日。而《客观性》的成文则远早于前两种,是韦伯为他与桑巴特、雅菲刚接手主编的《社会科学与社会政策文库》这本学术杂志所写的一篇文章,发表于1904年。这三篇文章发表的时间先后相差十多年,所论述的主题似乎也有很大的差别,现在的新译本将其结为一集出版,乍一看有些奇怪,这似乎不太符合一般人的认知习惯,但自有其理由。

---

[1] 马克斯·韦伯:《学术与政治》,阎克文译,上海人民出版社,2021年版。本文中所引用韦伯原文皆来自此书。

为了帮助中文世界的读者更好地阅读这三篇作品，我不揣浅陋，介绍一点相关的背景，并谈点自己的阅读心得，旨在抛砖引玉。

一

先说说《客观性》这篇文章。

这是一篇公认十分难懂的文章，初读时，很多人或许都会产生云里雾里不知所云的感觉，韦伯的思想深刻而复杂，行文繁复而艰涩。两个因素加在一起就给理解造成了很大的困难。老实说，我虽然读了多遍，但依然不能说已经真正理解到位了。因此以下解读纯粹是个人一孔之见，仅供参考。

要读懂这篇文章的意思，必须要了解韦伯的知识史、问题意识以及他内心的基本关怀。只有这样，我们才能理解他为什么要写这样一篇文章，又想要解决什么问题。概括地说，韦伯的这篇文章，探讨的是社会科学的可能性及其方法论基础这个问题。这篇文章写于他的壮年时代，年满40岁的时候。

韦伯生前并无关于社会科学和理论哲学基础和方法论的系统论著，他写过不少带有反思社会科学方法的作品，一般认为，都是些"机缘之作"，即要么是为了某种纪念性的需要，比如1903—1906年之间分几期发表的未完成长篇论文《罗歇尔与克尼斯和历史学派国民经济学的逻辑问题》，原先就是韦伯应海德堡大学哲学学院为校庆而计划出版纪念文集的要求而写的。之所以选择这个题目，是因为，当时韦伯在海德堡大学的教席是补历史学派经济学家克尼斯退休后的遗缺。1906年发表的《在"文化科学的逻辑"这个领域的一些批判性研究》一文，则是与历史学家爱德华·迈耶的论辩。1907年发表的《施坦缪勒的"克服"唯物论的历史观》一文是一篇书评，评论的是新康德主义法哲学家施坦缪勒于1906年出版的《根据唯物史观的经济与法律：一个社会哲学研究》这本书；《边际效用学说与"心理物理学"的基本法则》则是一篇短评，评论的是经济学家布伦坦诺的一篇题为《价值学说的发展》的论文；《"能量学"的文化理论》评论的是获得1909年度诺贝尔化学奖的德国科学家奥斯特华德的一本名为《文化科学的能量学基础》的书。至于1909年前后发表的《社会学与经济学等科学中的"价值中立"的意义》一文更是对当时德国学术界围绕社会科学价值判断展开的激烈争论的回应之作。

《客观性》一文则是韦伯为他与另外两位学术同道（桑巴特、雅菲）共同主编的《社会科学与社会政策文库》新系列第一卷所写的文章，这篇文章的主旨并不是专门讨论社会科学的方法论问题，而是要为这本刚从他人手上转过来的老刊物制定一个新的办刊方针。

如此说来，后来被归入韦伯方法论著作的几乎没有一篇是专门和纯粹地从知识论上建构社会科学方法体系的作品，都是在不同时期针对特定的需要而写出来的"机缘之作"。

然而，据台湾著名翻译家、韦伯学者张旺山先生的研究[1]，韦伯对社会科学方法论的兴趣其来有自，1883年，狄尔泰的《精神科学导论》出版，不久之后，未满20岁的大二学生韦伯阅读并和他的好友评论了这本书。新康德主义哲学家也是韦伯的发小李凯尔特论人文科学和自然科学方法论的主要著作，韦伯也都是认真阅读的。韦伯关于社会科学方法论方面的阅读面当然远不止于此。

另一个可以说明问题的历史事实是，韦伯一直密切关注着1883年由奥地利经济学家卡尔·门格尔挑战德国历史学派主将古斯塔夫·施穆勒而引发的"方法论之战"。这个论战对作为历史学派门徒的年轻的国民经济学家韦伯有着极为重要的影响。论战的双方，一方是正在兴起的新的经济科学的代表人物，另一方是历史学派国民经济学的领袖，也是韦伯的思想导师之一。两者之间尖锐的对立和激越的碰撞，一定让韦伯产生了深入思考社会科学方法论问题的更大动力。在某种意义上说，正是门格尔和施穆勒之间电光石火般的方法论之战催生了他长期以来关于什么是社会科学有效方法的深入思考。

从门格尔发动方法论之争的1883年到韦伯发表《客观性》一文的1904年，前后相距已经有20年之久。不知为何，对方法论问题极为关注的韦伯，并没有发表多少这个主题的文章，严格来说，只有《罗歇尔与克尼斯》这篇长文的第一部分，第二、第三

---

[1] 张旺山：《韦伯方法论文集》，台北联经出版事业股份有限公司，2013年版，第26页。

部分都发表于《客观性》之后。但是，在《客观性》以后到1909年的四五年里，韦伯则接二连三地以书评或参与论战的方式发表了多篇重要的方法论文章。种种迹象表明，韦伯尽管没有系统的方法论论述，但却在相当长的时间里，有布局、有规划地从事着方法论的探究。可见，韦伯的方法论思想有其系统性与统一性，绝非一时兴趣的"机缘之作"或"偶然之作"。[1]

在1903—1909年之间，韦伯发表的多篇方法论作品，都是应对一个时点上的特定需要而创作的，但其核心都是围绕社会科学何以可能以及什么是实现社会科学可能性的正确方法这条主线来展开的，只不过因时因人因事而各有侧重。

其中，被认为最重要的、体现韦伯方法论思想最集中和纯粹的，就是这篇《客观性》。

从知识谱系学的角度看，《客观性》一文固然与狄尔泰、李凯尔特等人的哲学的、人文的思想有相当深的关系，但我以为，其实真正的影响来自门格尔与施穆勒之间的方法论之战。在某种意义上说，这篇文章是为了解决新的"经济科学"与历史学派国民经济学之间关于何者才是有效方法的尖锐对立和分歧而作的。为此，值得稍微介绍一下这场被称为德奥方法论之争的著名学术论战。争论的核心问题是我们通过什么样的方法、什么样的工具可以认识社会，我们可否以及如何达到像自然科学认识自然这样的效果。曾经是历史学派教出来的学生、奥地利维也纳大学的教

---

[1] 张旺山：《韦伯方法论文集》，第53页。

授卡尔·门格尔在1871年前后创立了边际效用理论，用个体在消费商品过程中的主观感受去重建政治经济学中的价值理论，开创了方法论个人主义的社会科学认识论。也许他从来就没有很好地接受历史学派的学说，也许是他幡然醒悟后叛出师门，总之，门格尔在1883年出版了《社会科学，特别是政治经济学的方法论研究》一书，以相当激烈的言辞和坚定的态度批判了施穆勒的历史学派国民经济学方法论，发起了这场历史性的方法论之争。同年，施穆勒以《论国家与社会科学的方法论》一书予以回应。1884年，门格尔发表了书信体的论战作品《德国国民经济学中的历史主义的错误》对施穆勒进行了更加强硬的答复。这篇文章大大激怒了当时如日中天的施穆勒，后者退回了门格尔的信并以一封十分傲慢无礼的公开信强行终止了这场争论。施穆勒的不少门徒尊师心切，都参与了对门格尔的攻击。

门格尔关于经济学方法论的反思其实并不始于1883年的挑战之文，而源自1871年出版的《国民经济学的基本原理》一书。在这本发动边际革命的代表作之中，门格尔试图建构一套国民经济学的理论体系，以极少数基于个人的普适性的行动原则来演绎经济生活的各种复杂纷繁的现象形态。门格尔认为，只有这样做，经济理论才有可能达到像自然科学般的严谨，可以通过模型来精确地描述经济生活中的各种现实形态。门格尔甚至认为，这是国民经济学唯一正确和有生命力的范式。对此，德国历史学派的经济学家，尤其是其领军人物施穆勒却完全不以为然，他认为，门格尔所主张的经济学方法不但会使国民经济学脱离实际，成为一门"抽象的""空洞的"学问。在施穆勒看来，门格尔的那种基于鲁滨逊式的个人主义方法论所做的理论推演，完全是一具骨架，没有血肉。因为它忽视了那些对各个特定民族和国家的"经济上的实在"产生重大影响的历史因素，如宗教信仰、法律、政治、习俗和伦理等。对于历史学派的批评，门格尔完全不予妥协，他在1883年那篇充满了战斗精神的挑战之作中，明确地批评了历史学派国民经济学的各位代表人物，认为，把伦理准则与经济生活的现实混为一谈，片面地强调各个民族和国家，或者各个历史时期经济体系的特殊性，否认有体现一般经济体系共同性的行动法则与规律，已经让国民经济学走进了没有一般解释力和预测力的死胡同。对于来自门格尔的攻击，施穆勒的反应是极为强烈的，他对门格尔进行了猛烈的抨击，完全否定了门格尔试图通过演绎法去建构新的经济科学体系的任何正当性，他认为，每一个时代、每一个民族、每一个国家都不是空洞的结构，而是由其文化来充实其内涵的，因而是独特的。它们彼此之间不存在一般的共性或者终极性的共同原理，试图从某种抽象的个人天性出发去推演一般经济体系规律的做法无异于是从假设的前提推出假设的结论，是不可信的。

根据历史考据，韦伯深深地关注了这场争论，他意识到国民经济学遇到了一场空前的方法论危机，这场危机的具体表现就是"理论的与历史的考察形式的分裂"，造成了"两种经济学"。此一状况让大批年轻人深感绝望和痛苦。

韦伯本人虽然是历史学派的门徒，但并未不经审视地偏向施穆勒一方，而是形成了自己的观念和立场。《客观性》一文便是韦伯区别于门格尔和施穆勒两方的国民经济学方法论的集中而系统的表达。不过，韦伯将论述的对象范围扩大到了整个社会科学领域。

《客观性》一文的论域相当广阔且极为深入，涉及社会科学可能性及其实现的方方面面。阅读的困难和魅力须读者诸君亲自仔细披阅才能体会。以我等的平庸材质，没有数倍于该文的文字是难以介绍清楚的。在此也只能勉为其难，提供一个理解的梗概。

在《客观性》一文中，韦伯首先对什么是社会实在进行了讨论。他表达了以下几个方面的观点：首先，"社会实在"是文化的或者说是历史的，因为社会实在是由形形色色的社会事件构成，而社会事件既是某种价值观的产物，也导致了某种价值观的巩固或者解体，因此是被意义呈现的或者说是文化的。其次，"社会实在"是混沌的，具有极大的复杂性和多样性，我们根本无法清楚地判断和断定所谓的"社会实在"是否有一个稳定的总体结构，即使有些学者宣称把握了这个结构，那也只是一家之言，只能表明某种智力上的高度。根本上说，人只能研究"社会实在"的某个部分、某些环节，而这些部分和环节总是由特定的问题所凸显的。弱水三千，只取一瓢饮。没有问题意识的导因，我们就没有进入"社会实在"的入口。再次，"社会实在"是不确定的。社会实在中任何两个事件或者因素之间的关系都不是决定性的、单向的因果联系，它们总是镶嵌在其他要素构成的系统之中，所以，我们不能断言自己能够彻底把握全部因果联系的链条。只有不确定性才是社会实在的明显特征。正因为社会实在所具有的这样一些性质，人类就难以达到关于社会实在的总体性的认识，或者基于某种确定和普适性的前提去推演关于整个社会实在的一般知识。体系化的宏大叙事往往是空洞的和无意义的。

既然社会实在具有如此难以把握的特点，那么社会科学如何可能？

首先，在韦伯看来，社会科学的可能性首先来自我们自身遭遇到的问题。没有问题也就找不到捕获社会实在的入口。"有限的人类精神对无限实在的所有思想认识都潜在地依据于下面的前提：每次只是这个无限实在的一个有限部分才构成科学探讨的对象，唯有它才应在'值得认识的'意义上是'根本性'的。"究竟哪个有限部分才成为值得进行科学探索的对象，取决于特定的个人对时代精神和时代需求的把握。从这个意义上来说，韦伯也许同意这样一个观点，作为本质上是文化科学和历史科学的社会科学，一切问题都应该是由特定的情境激发的，因而总是具有当代意义。脱离了情境的，关于社会实在一般的考察，本质上是做不到，或者是无意义的。于是，价值关联就成为社会科学研究不可或缺的因素，甚至是某种基础性和前提性的因素。

其次，社会科学的可能性在于我们能够发展起一种关于特定的行为动机和手段之间"逻辑"关系的考察技术。在被情境激发的有限问题的前提下，社会科学家必须先固定目的的一端，然后考察一切合乎这个目的的备选手段，在它们之间建立起联系，形成关于事件之间作用机理的认识。只要我们认同了研究的出发点和假定，那么对于作为逻辑推演结果的理论就一定会是共识性的。"一切关于人类有意义行动的基本成分的思考首先是与'目的'和'手段'这两个范畴直接联系在一起。"手段对于既定目的的适用性一开始就可以通过科学研究而无条件地获知。因为我们能够有效地确定，哪些手段适宜于或不适宜于达致先定的目的，这样我们就可以凭借这个方法权衡利用某些可支配的手段最终达到某一目的的可能性，因而我们又可以根据当时的历史状况间接地把目的设立本身评判为实际有意义的，或者相反评判为对于既定的各种情形而言是无意义的。目的和手段这种内在联系为我们考察一个实际的或者备选的行动方案将会达到的结果提供了可能。可以说，每一种手段都会导向一个结果，这个结果是否符合既定的目标是完全可以比较的，不同的目标、手段和结果之间的权衡，虽然最终涉及价值判断，但是赖以做出合理选择的还是彼此之间的技术分析带来的结论。所以，对于目的与手段之间联系进行技术考察的经验科学就必不可少，离开它的工作，我们就会无法权衡。简言之，关于目的与手段之间联系的经验科学为我们把握社会实在提供了可能，韦伯甚至暗示，经验社会科学是社会科学的核心。

问题在于，我们如何来处理那种作为一种专门分析前提而接受下来的关于意义的前提"假定"。韦伯对这个问题的考察是他的全部理论中最具有价值也是最难理解的。在这里韦伯建构了自己的社会科学方法论，它由关于价值关联、价值中立、理想类型、概念体系等若干重要的论述构成。其中尤以理想类型的思想为重。

关于韦伯意义上的理想类型，到底该如何把握和理解，是20世纪以来尤其是最近半个多世纪以来学术界讨论的焦点问题。中国学者在此方面的讨论也曾经是非常热烈的，首先对于"ideal types"这个词的中译，就有着不同的主张，有的译为"理想类型"，有的译为"理念型"，有的译为"理念形式"，张旺山教授主张应该译为"理想典型"。每一种主张都陈述了各自的理由。在这里，我们不必陷入文字上的纠缠，而应内在地把握这个韦伯社会科学方法论的核心概念。

韦伯提出"理想典型"的初衷，正如他自己所说的："我们现在终于可以转向在考察文化认识的'客观性'时在方法上使我们感兴趣的问题：我们的科学和其他科学所使用的概念的逻辑功能和结构是什么？或者我们要特别考虑这个关键的问题：理论和理论概念的构成对于认识文化实在的意义是什么？"也就是说，理想典型就是文化实在或者社会实在的逻辑结构。

还是引用他自己所借用的国民经济学的事例来对此进行说明：

> 在抽象的经济理论中，我们面前就有一个这种综合法的范例，即通常所说的关于历史现象的"观念"。它为我们提供了一个在易货经济的社会组织、自由竞争以及严格的理性行动条件下商品市场过程的模板。这种思想画面把历史生

活的某些内在联系和过程组装成了一个被**设想**为连贯性的自足世界。就其实质而言，这个建构由于**在想象中**强化了某些现实因素而获得了**乌托邦**的性质。它与经验上给定的生活现实的关系仅仅在于，凡是它以抽象方式描述的关联性，也就是取决于"市场"的那些过程，都被确定或假定某种程度上在现实中发挥了作用，我们就可以根据**理想类型**对这种关联性的**特征**做出实用性**说明**，使之易于理解。这样做的可能性不仅具有启发意义，对于价值阐述也是不可或缺的。理想类型概念可以训练**研究**中的归因判断力：它不是"假说"，而是要为假说的形成指引方向。它不是对现实的**描述**，而是为这种描述提供清晰的表达手段。因此，它是在历史**给定的**现代社会交换经济的组织基础上发展出来的"观念"，是根据——例如与中世纪"城市经济"观念那样的"遗传学"概念（"genetischen" Begriff）——完全相同的逻辑原则建构的。

以此类推，亦可以了解经济学之外其他社会科学的理想类型的情形。

要更加准确地理解和把握理想类型这个重要的概念，必须认真仔细阅读原文中不厌其烦的论述。

二

《以学术为天职》是韦伯应慕尼黑大学学生的要求，对他们今后从事什么工作进行指点而做的一次针对性的讲话,据说反响极为强烈,以至于听过这次讲课的很多后来思想史上的赫赫有名的人物终身难忘。这次演讲一年多以后,韦伯也是在慕尼黑大学进行了题为《以政治为天职》的另一场演讲。这两篇演讲实际上是韦伯临去世之前的一个思考,而这个思考又是面向学生的,所以相对而言,解释得比较通白,但内涵却是非常丰富,甚至含义非常深奥。当时在场聆听韦伯演讲的一位青年学生,后来成为著名哲学家的伽达默尔,在晚年回忆了他听演讲的感受,他说听完之后,被强烈震撼到了,就像是受到了电击,很长时间里脑袋一直嗡嗡作响。温克尔曼当时是马堡大学的学生,没有去现场聆听韦伯的演讲,而是阅读了这两篇演讲的单行本,深受激励,当即决定转学到慕尼黑大学,希望拜在韦伯门下,虽然因韦伯猝逝而未能如愿,但此后毕生献身于韦伯思想的研究和韦伯著作的整理出版,尤其是推动了《韦伯全集》的编辑工作。还有一些学生后来从政了,据说也是受到韦伯演讲的巨大感染。以我有限的视域,整个20世纪,似乎再没有其他的学术演讲,产生过如韦伯慕尼黑大学演讲那般巨大的感染力和影响力。

这个演讲的中心思想在于阐明这样一个观点:学术活动在理性主义时代已经不再承载信仰的目的,而是成为一种技术性的生产活动,一种职业。学术价值既不可以根据它能够证明某种价值观来确定,也不可以根据学术解决人生目标的可能性来确定。

近代以来,价值多元成为常态,任何事情都有其自身的逻辑和理由,而这些逻辑和理由再也无法统一和整合到一起。当代的学术工作就是像知识生产，像经济生活中的企业制造产品一样。所以，韦伯心目当中的纯学术只是了解这个事情的逻辑，比如社会学只是了解这个社会是怎么运作的，社会各个阶层是怎么形成的，形成之后的结果如何，社会团体是什么样的内部关系，内部的冲突服从什么样的机理，至于这个阶层该不该存在，这个冲突该不该发生，不是社会学家应该回答的，也不是他们能够回答得了的。这样我们就必须给学术确定一个非常有限和非常专门化的功能，那就是服从于认识上的不断分工，然后对事情本身做一个更加清晰的澄明，而不是试图去告诫别人该干什么，不该干什么。

在韦伯看来，政治或是指导生活实践的艺术是不属于课堂的，在课堂里或所谓的知识殿堂里只是告诉学生社会发生了什么，为什么是这样子的，而不应该是说教，或者告诉学生社会应该是什么样子的。真正严肃的社会科学作品所应该承载的功能只是把事情的逻辑关系解释清楚明白，其结论不应该涉及价值判断。韦伯说，一个合格的学者在大学里讲道德或者政治生活都是无可非议的，但正确的方法就是讨论民主的各种形式，分析民主的运作方式，比较不同形式的民主对生活状态的影响，然后将民主形式和非民主政治秩序的形式加以对照，努力让学生进入到一个能够找到出发点的状况，以便他们可以根据自己的终极理想确定自己的理想。他不应该打着让事实说话的幌子把特定的政治立场灌输给学生。

在韦伯看来，社会科学的作用不必高估，但作为专业的知识生产活动，有三个作用是值得提出来的。第一，一种可靠的知识或学问能够让我们得到关于技术或技能的知识，好让我们通过计算或逻辑训练来支配我们自己的生活或支配外在的一些事物，以及对别人的行为做出一种判断，所以学问虽然不提供对生活意义的判断准则，但是它却提供我们参与社会生活的技能；第二，学问给我们提供思想及应有的思想方法，提供思考的工具，提供某种思考的训练，这种训练比单纯地掌握某种技能更高一个层次；第三，韦伯认为最重要的是学问能让人变得清明。也就是说通过对知识的接受或形成知识的逻辑的接受，我们可以判别，一旦我们认同某个观念或者我们认识到生活的某种意义，那么服从于这种意义的一整套逻辑体系是什么样子的，一旦生活的意义和目标被确定，什么才是实现这个目标最好的手段、程序和途径。通过学术训练我们可以比普通民众更清楚地知道，在我们已经了解自己的人生目的，清楚自己的人生意义的前提下，服从于这个目的和意义的一整套操作过程应该是什么样的。在这个意义上来讲，学术训练是帮助一个人提升判断自己的责任、提高履行责任能力的一桩事情。

学问就是一种按照专业原则经营的一种事业，是一种志业。学问最大的用处就是为了达到认识上的自我清明，它有助于我们透过芜杂的表象认识事物的真正联系。人文社会科学和大学的人文教育要做到的也正是这一点。社会科学学术研究应该是一种单纯的、价值无涉的生产活动，其主要功能就是帮助自己形成一种关于目的—手段之关联的非常正确、清楚、明白的看法，道理讲清楚以后，会有助于一个人投身到生活的实践当中去。社会科学的认识不一定能帮助一个人确定什么人生目标，但却可以帮助他更好地实现既定的人生目标。

总结起来讲，韦伯就社会科学可能性的回答，贯穿在他关于问题意识、目的—手段链、理想类型的艰深讨论之中；而关于社会科学功能的意见则显然是克制的、低调的，他认为经验社会科学不应该有指导生活实践和政治实践的功能。

这篇文章发表以后，引起了韦伯的很多朋友和敌人的评论。

第一个评论来自德国很有名的一个哲学家，新康德主义的代表人物之一李凯尔特。他认为韦伯的演讲非常正确，但首先也许太冷静了，把学生给吓坏了，因为学生到高校来就是抱着求人生的意义来的，他太严肃、太沉重、太阴郁，因此让许多有志于学术的年轻人和抱有生活激情的年轻人一下子万念俱灰，彻底心灰意懒，使很多听了演讲的人沮丧到了极点。虽然这个沮丧非常有好处，因为可以立刻就把生活领域和学术领域区别开来，知道什么是该向大学要求的，什么是不该要求的。但是，李凯尔特还是对韦伯提出了批评，认为韦伯关于世界的知识所做的两分——一种是实证科学的东西，一种是生活的意识——过于绝对。韦伯认为世界只有这两种东西了，一种是普适性的，一种是完全个别的行动选择，但是在这两个层次之间的那些东西，韦伯未加注意，尤其是韦伯特别忽视哲学的影响。在李凯尔特看来，韦伯对哲学的忽视损害了他对学术志业的更加公平的看法，他认为哲学虽然不是科学，也不是人生的意识，但哲学却是能在某种意义上通过形而上的思辨使人生的观念变得清明,从这一点来讲韦伯没有给哲学更多的关注。

另外一个激烈的批评者卡勒认为韦伯讨论的科学只是已经消失的或是即将消失的学术活动,这些是纯理性的科学,而他认为西方未来的科学是把纯理性的和很多非理性的东西结合起来形成的一个新科学,如果是这样的话,那么韦伯对学术问题的非常有限的很悲壮的态度是不必要的。

大名鼎鼎的现象学家舍勒则完全赞同韦伯的观点,认为应该把意识形态从科学和学术当中放逐出去,但是和李凯尔特一样,他也不同意韦伯对哲学的忽视,他认为哲学被韦伯忽视是一个悲剧,但原因确实是哲学本身还需要做潜心的改造,以前的哲学起不到这个作用,所以舍勒致力于发展自己的质料伦理学,他也是要完成对哲学的改造,以便对科学本身存在的片面和缺乏意义的片面进行弥补。

总之,一个共同的批评是韦伯对哲学的忽视。这个问题我记得韦伯的思想传记曾经做过交代。韦伯虽然受新康德主义的影响很深,但是本人对哲学没有太大的兴趣,而且反复强调自己并不是在哲学层面进行思考和学术工作的人,他自己承认对哲学的忽视所引起的问题,不过他拒绝做出妥协,因为他的问题意识是那样的独特。

韦伯在此讨论的问题,始终是社会科学应该如何处理"应然"和"实然"的问题,他的主张是学术只能够处理"实然"的问题,至于应然的问题那是其他意识形态该做的。韦伯的这个态度与《客观性》这篇论文中所涉及的"价值关联"和"价值中立"讨论的立场一脉相承。如果我们以此为判据去理解那篇文章的基本含义，那我们完全可以发现，韦伯是一个更加深刻的方法论学者，甚至是一个社会科学哲学的大师。

韦伯维护了社会科学的正当性和纯粹性，指出了其地位和尊严得以确立的根柢。

三

《以政治为天职》这篇演讲，就其基本的旨意而言，是帮助作为政治门外汉的大学生理解政治这个行当的性质和功能，明晰政治从业人员应该的职责和操守。但是，这个具体的辅导任务却演绎为一篇极为重要的学术作品，淋漓尽致地展现了韦伯对政治职业之历史维度和社会维度的精湛理解，以及兼具现实主义和浪漫主义的创造性解读。

现在让我们尝试着理解韦伯这篇长文的主线和基本内涵。

《以政治为天职》围绕着政治是一个什么样的事业，它作为一个专门的职业是如何形成的，这个行当对从业人员的基本素质和操守有什么要求这些问题来展开。

把《以政治为天职》和《以学术为天职》这两篇演讲进行参照阅读是有利于我们更好理解韦伯这个人的思维理路和叙事习惯的。《以学术为天职》这篇演讲是先做的，它确立了韦伯处理一个主题的基本范式，或者说，韦伯在公共演讲的场合表达思想的基本样式，先对何为学术生活进行解释，从外在的方面、内在的方面、其他可能的方面，都予以尽可能的覆盖，然后讨论学术这个职业的社会的和形式方面的内容，再进入到讨论从业人员所应有的心理的、信念的、习性的素质，最后阐释学术职业对于专业人员的真正功用。这个基本的叙事策略和习惯，也体现在了《以政治为天职》这篇演讲中，虽然后者所花时间更长、篇幅更大，涉及的专业知识也更加丰富。当然，与《以政治为天职》不同，韦伯在讨论学术职业时，在整体短得多的篇幅内，却用了相当大的分量讨论了学术本身的意义和价值。虽然他最后否定了社会上关于学术意义的普遍认识，而只是集中到了学术使人清明这个最核心的方面。比较起来，关于政治的意义和具有特定内容的任务，韦伯避而不谈，他只讲政治的"形式"方面，不厌其烦而又兴致勃勃。

和《以学术为天职》这篇文章的叙事结构相似，韦伯首先从解释"政治"到底是一件什么样的事情入手，进而讨论政治作为一个行当，有着怎样的"社会学意义上"的内涵和结构，再讨论政治行当中的各种从业人员的职责及其来源的依据，最后就一个人以政治为天职这件事意味着什么阐发自己的理解。整篇文章的形式结构看似散漫，其实内在地具有十分严谨的叙事结构，把演讲者自己想要表达的内容都有效地组织在这个架构之中。

作为一篇彪炳史册的演讲，其价值当然不只是在于韦伯表达了自己对政治这个行当的独创性的理解，而在于蕴含于其中的作者对政治的那种激情。在巨大的篇幅中，韦伯一直以冷静而描述性的话语讲述政治，对政治的精神、心理、情绪和态度是被压抑着的，只有到最后的一段，韦伯才一吐胸臆，仿佛是在演奏一部将高潮安排在最后的交响曲。我在阅读这篇文章的时候，大多数时间都是心如止水，而读到最后一部分，特别是最后一段时，则是心潮澎湃，感动莫名。隔着文字，我都能强烈地感受到演讲者的激情所具有的巨大感染力，遑论当年那些在现场聆听演讲的莘莘学子！

现在，让我们看看韦伯是如何阐述以政治为天职这个主题的吧！

首先，韦伯以自己的理解来定义政治，以此作为此后叙事的前提和出发点，这一点与他在《新教伦理与资本主义精神》一书中，从定义资本主义开始很是相似。当然，在《以学术为天职》的演讲中，他基本上也是这么做的。

他赋予政治以自己的定义，牢牢地支配了这个主题。我们知道，这个对政治的定义，并不是韦伯演讲那一刻的心血来潮，而是他在这个主题上长期思考和研究的产物。

在《新教伦理与资本主义精神》这本书中，韦伯将自己定义的资本主义从历史上存在过，或许在当时仍然存在的形形色色的资本主义中区分出来，指出他要研究的资本主义不是泛泛而谈的那种只要盈利就算是的资本主义，比如军事的、政治的、商业的、投机的资本主义等。韦伯自己感兴趣和要研究的资本主义是以自由劳动、经济核算和交易为特征的理性资本主义。

与此相似，在《以政治为天职》一开始，韦伯就举出了广义的政治的各种事例,"这个概念极为宽泛,囊括了一切自主的领导活动",从国家的治理到一个精明的妻子管制她的丈夫。但他不在这个宽泛的意义上谈论政治,而是将政治这个术语的定义限定在"一个政治集群(politische Verbandes)——这在今天就是仅指国家——的领导权,或者对这种领导权施加影响力"这个含义上。不仅如此,韦伯也不是从所有其他的方面来谈论作为领导权的政治,而是从社会学的方面来谈论。

从社会学的意义上谈论作为领导权的政治,就必须定义国家。"从社会学角度来说,归根结底,只能根据国家——就像任何其他政治集群一样——所特有的手段,即物理暴力(Gewaltsamkeit),对现代国家进行定义。"因此,"'政治'指的就是争取分享权力或对权力分配的影响力,无论那是发生在国家之间还是一国之内的群体之间"。

当某个问题被称为"政治"问题,某位内阁部长或官员被称为"政治"官员,或有个决定被称为"政治"决定时,其中便总有这样一层含义:在回答那个问题、做出这个决定以及确定该官员的活动范围方面,对权力分配、维持或转移的关切起着决定性的作用。任何积极从事政治的人都是在追求权力,或者是把权力作为达到某些理想或自私目标的手段,或者仅仅是"为权力而追求权力",即享受权力带来的声望感。

> 就像以往历史上的政治集群一样,国家也是一种以正当(就是说:被视为正当的)暴力为手段的人对人的**支配**关系。

> 要让国家存在，被支配者就必须**服从**任何特定时候的支配者宣称他所具有的权威。什么时候以及为什么要服从？这种支配又是以什么内在的辩护理由和外在的手段为依据的呢？

总之，所谓政治，在韦伯的语义上，就是对权力的经营，或者根本来说是对暴力这种权力的获取与经营。这里包括了几项十分重要的事情，首先是弄清楚被政治所经营的那个权力，它的来源和基础是什么？掌握了权力的人又如何才能维持自己的支配权？或者说，支配权的再生产系统是如何通过某种经营而得到建构和维护的？

关于第一个问题，韦伯指出了三种获得正当支配权的依据：基于习俗权威的"传统的支配"，基于个人神宠的"卡里斯玛支配"以及凭借"法制"支配。在现实中，这三种纯粹类型并不是独立运行，而常常表现为极其繁杂的变种、过渡形式和组合。其中第二种类型是韦伯最感兴趣的，因为天职观的最高表现形式就根植于这个支配类型之中，原因是几乎所有的政治领袖身上都或多或少地存在这种基于卡里斯玛的支配的力量，即便是其他两者支配类型，也或多或少地存在着这种支配的影响。

不过，韦伯并不研究这种力量本身，而是转入了另一个直接的话题，就是，那些手握重权的人，如何才能维持自己的支配。韦伯之所以更加关心这个问题，是因为作为权力共同来源的卡里斯玛，是一个几乎无法研究的东西，而权力形成以后的再生产和运维则不仅是一个可以研究的问题，而且关乎韦伯本演讲的主题，即政治的职业化和专门化。

政治的职业化和专门化实质上是对支配权力的经营，它需要持续的行政活动，这又是需要物质手段和资源的。当权者如何保障其他人对权力的认可和服从，不仅仅要建构这种权力来源正当性的社会意识，也要满足相关的个人利益，为此需要物质奖赏和社会荣誉。其形式在各个国家的历史中都有着各个不同的表现，但也有形态学上的共性。物质奖赏方面，比如封臣的采邑、家产制官员的俸禄或公务员的薪酬；社会荣誉方面，比如爵位、骑士的等级、集权制国家官员的册封，等等。事实上，并没有彼此完全分离的奖赏系统，社会荣誉和物质奖赏总是或多或少地相互关联的。所不同的是，有些掌权的政治体自己直接控制和配置这些用于赏罚的资源和手段，有些则是委托代理人来分配。早期的国家常常采取前一种形式，而近代以来的国家，特别是现代国家则普遍采取了后一种形式。

"现代国家的发展，无论在何处，都是开始于君主决意剥夺他周围所有独立的'私人'所拥有的行政权力，亦即剥夺他们个人拥有的行政于段和战争工具——金融组织以及一切可用作政治资本的货物。这整个过程，同资本主义企业通过逐渐剥夺独立生产者而得到发展是并驾齐驱的。"因此，我们便可以清晰地观察到："在现代国家，进行政治经营所需的全部手段，其控制权实际上便集中到了一个最高权力手中，任何官员对于自己所支出的资金或自己管理的房屋、必需品、工具和武器都不再拥有个人所有权。因此，今天的'国家'始终是在严格贯彻行政班子（包括行政官员和工作人员）与物质行政手段的'分离'——这是国家概念的基本要素。""就像经济经营一样，维持任何一种暴力支配，也需要某些外在的物质手段。一切国家制度都可以根据以下原则加以区分，即行政班子成员——不论他们是官员还是其他什么人（掌权者必须能够依靠他们的服从）——是**自己**拥有行政手段（不管构成这些手段的是货币、建筑物、战争物资、车辆、马匹还是其他什么东西）还是与这些行政手段相'分离'，一如今天的资本主义企业中办公室劳动者或无产阶级与物质生产手段相'分离'一样。"由此，现代国家制度中，或者现代的政治体系中，便形成了一个专门的"职业政治家"阶层，就如在现代企业制度中出现了一个经理阶层。这个阶层中的人"与卡里斯玛领袖不同，他们不打算自己成为主子，而是只想成为政治主子的**臣僚**。在这场政治斗争中，他们站在君主一边为他所用，通过替君主料理政事，一方面挣得了物质生活所需，另一方面也获得了自己理想的生活内容"。

韦伯由此便导入了对"职业政治家"或者政治家职业这个问题的讨论。在这里，他有意识地重新定义了这个人群的外延和内涵。他把历史上存在过的各式各样的临时的、业余的政治家都排除在外，把职业政治家限定在"专职"这个含义上，也就是说，所谓的职业政治家就是专职政治家。

专职的政治家，意味着有一些人把从政变成了一种职业。这又包括了两种情况，"一是'为'政治而生，一是'靠'政治为生"：

"为"政治而生的人，从**内在**的意义上说，是将政治作为他的生命：或者是因拥有他所行使的权力而得到享受，或者是因为他意识到服务于一项"事业"而使生命具有**意义**，从而滋生出一种内心的平衡和自信。从这种内在意义上说，所有为事业而生存的忠诚之士，也在依靠这一事业而生存。因此，这里的区别所涉及的是十分基本的层面，即经济的层面。"靠"政治这项职业为生的人是在追求把政治作为固定的**收入**来源，"为"政治而生的人则不是这种情况。

"为"还是"靠"，两者之间或许有着理想、信念、激情等方面的根本区别，但最可以辨析的一个区分标准是，"为"政治而生的人不仅是经济独立的，而且必须是经济上能够脱身的，即他可以不劳而获。"这种职业政治家不必直接为他的政治活动谋取酬劳。"

但是，"靠"政治为生，或者以政治谋生的人，却不是如此：

可以是纯粹的"食禄者"或领薪"官员"，他的收入可能来自因特别服务而得到的收费和酬金——小费和贿赂只是这类收入中不定期的、形式上说非法的一类；也可能来自实物形式或者货币薪金形式的固定报酬，或者两者兼而有之。他可以扮演一名"企业家"的角色，像过去的雇佣兵队长、包租人和捐官者，或者像美国的党老大（Boss），他将自己的花销视为投资，然后利用自己的影响力获得收益。他也可以有固定的工资，像党报编辑、党的书记、现代的内阁部长或政治官员。

政治职业化意味着政治成为一个行当，一个类似于生产岗位的行当，一种不产出经济产值而以分配岗位及其与此相连的受益为主要事务的行当。在现代政党政治中，党派的更替就是政治行当就业岗位的大轮换。也因如此：

> 一切党派之争都不单纯是客观目标上的冲突，而且也是——尤其是——争夺官职庇护权的斗争。……各个政党都会认为，在谋求共享官职分配上遭受挫折，要比反对它的客观性目标的行动带来的损失更为严重。……由于官僚化的普及造成官职数量越来越多，也由于这些官职代表着特别**可靠**的生活保障，使得这一趋势在所有政党中都有愈演愈烈之势，以致在追随者看来，政党已经日益成为达到这一目标的手段。

当然，与此同时，也出现了一种相反的趋势，是伴随着官僚体系的文官系统的出现和巩固，具备专业素养的官员系统崛起。"不可抗拒的纯技术性行政需求决定了这项发展。"在那些十分需要技术的领域，如财政、军事、司法等领域，这一发展表现得最为显著和典型。

这样，"政治发展成为一种'经营'（Betrieb），要求在由现代政党发展出来的权力斗争及其手段方面训练有素,由此便决定了公职人员(öffentlichen Funktionare)分为两类,这两类人虽然没有严格的界限,但区别却是显而易见的:一类是专业化的职业官员(Fachbeamte),一类是'政治官员'(politische Beamte)"。前者是即便权力来源发生怎样的更替,其作用和地位都不会受影响的技术职员,后者是依附于政党或者其他政治权力主体,其地位和作用随权力主体的更替而变换的政治官员。韦伯在这里区分的两类政治从业人员,以今天的术语来表达,前者类似于"事务官",后者类似于"政务官"。

韦伯声明,他这里所要讨论的职业政治家,指的不是"事务官",而是"政务官"。从历史上来看,僧侣、受过人文主义教育的文人(例如中国古代的士大夫)、宫廷贵族、"绅士"这一英国特有的阶层,还有大学里训练出来的法律学者都曾担任过这种职业政治家的角色。政党政治兴起以后,律师这一群体就在西方政治中发挥了重要作用,原因就在于政党政治意味着通过利益集团来经营政治,内在地需要律师这样的专业人士来从事诉讼、权衡利弊和以理性合法的手段获取利益。

韦伯用了相当大的篇幅谈论了新闻工作者特别适合成为职业政治家的一种类型的原因,比如记者这个职业的特殊要求,如吃苦耐劳、抗挫折等,以及擅长运用语言进行鼓动、"煽情"等职业特性。

韦伯还特别地研究了近代以来才发展起来的一类职业政治家——"政党官员"。为了理解这类人物在历史进程中的地位,又对新旧时代的政党和政党组织做了一番考察。比如，1868年之前被其称为旧时代的各种政党制度，以及1868年之后出现于英国的"考克斯体系"（Caucus system）、美国的"政党分肥制"等。尤其是后者，已经成为赤裸裸的争夺政务官分配权的制度。

　　这种分肥制，也就是把各种联邦官职送给获胜竞选人的追随者，对于今天的政党构成意味着什么呢？这意味着政党之间的竞争是完全肆无忌惮的，它们变成了纯粹的猎官组织，按照争取选票的一时之需，为每一次竞选运动制定变动不居的政纲——变化多端之态尽管其他国家也不乏同类，但程度上却完全不可企及。这些政党彻头彻尾是为竞选运动设计的，就是为总统宝座和各州州长的职位而战，因为这对于官职的庇护权至关重要。

一种以民主的名义从事的一桩生意，一桩以官员职位分配和交易为内容的政治生意。韦伯在1903年曾经去美国旅行了近半年时间，那时候正是美国两院的中期选举，他得以对美国的以政党分肥制为特征的总统选举有近距离的观察和了解，尤其是对政党分肥制中的"党老大"这个角色的性格特点和行为方式有深刻的印象："他是政治上的资本主义企业家，按照自己的计算和风险评估提供选票。""党老大没有固定的政治'原则'，他毫无信念可言，他关心的问题仅仅在于：如何争取到选票。"因此，"这是一种强有力的资本主义政党经营……他们完全是通过政治支配，尤其是通过对地区行政（这是最重要的榨取对象）的支配，为自己追求利润"。至于韦伯的祖国德国，在他眼里，政党制度的特征和气质，颇像是古代的行会组织，即便是新兴资产阶级的政党也已经完全成为显贵们的行会组织。

在韦伯的眼里，当代政治生态中，到处都弥漫着蝇营狗苟的市侩气息：

> 目前还无法看出，以政治经营为"天职"会有什么样的表现形式，甚至更无法看出，沿着什么途径才有可能找到机会，使得有政治天赋者承担起遂其心意的政治使命。基于物质条件而不得不"靠"政治吃饭的人，几乎总是会首先考虑新闻工作或党内官员职务作为典型捷径，或者考虑充当某个利益集团的代表，比如工会、商会、农会、手工业协会、劳工委员会、雇主联合会等等，或者考虑谋个合适的地区职位。关于形式方面，所能说的也不过如此了：就像新闻工作者一样，党的官员也会被人当作"失意者"受到厌恶，他会一再听到"受雇文人"或"受雇说客"这种不幸的称呼，尽管不至于当面明说。凡是心理上不堪一击，没有能力自寻答案的人，最好还是远离这种生涯，因为无论如何，这条道路除了展示强大的诱惑之外，也会不断带来失望。

总之，在他所处的那个时代，政治这个职业表现出来的是一种令人沮丧和失望的面目。

如此一来，必然要回答的一个问题，就是以政治为天职会得到什么样的真正的内心享受？对此，韦伯的回答十分简单：

> 此时，它首先保证的是：权力感。一个职业政治家，即使形式上仅仅是个地位平常的人，也会知道自己在影响着别人，分享着统治他们的权力，尤其会感到自己超然于日常的琐细事务之上，手里掌握着重大历史事件的命脉。

与此密切相关的第二个问题就是，一个人如若希望选择这种职业政治家的生涯，他又应具备什么样的资质？韦伯把这个问题转化为一个更加庄严而郑重的发问："一个人如果有权转动历史的车轮，他必须成为什么样的人呢？"

有三种素质对于政治家尤其具有决定性作用：激情、责任感和眼光。这里的激情是理性而冷清的稳定激情，韦伯称之为"客观性意义上的激情"，它极为热烈、强烈地富有献身精神，而不是心血来潮的冲动性狂热，不是空洞无物、缺乏任何客观责任意识的"徒具知识关怀的浪漫主义"。这意味着，职业政治家不能仅仅只有激情，还必须具备责任心和判断力，即韦伯称之为"眼光"的那种素质。这样的素质使得他在遭遇巨大现实压力时得以保持内心的沉着镇定，泰然处之。这三种素质，对于以政治为天职的人是缺一不可的。只有结合在一起，"才能把激情和冷峻的眼光同时熔铸在一个灵魂之中"，"才能实现对灵魂的坚定驯化"。做到这些，才使得他具有区别于那些业余政治家或者说政治票友的强大的政治"人格"。

韦伯特别在意职业政治家与人、事必须保留适当的距离感这一点。我理解韦伯主张的这个"距离感"不应简单地解读为是一种冷漠无情,而是一种超越感。尤其是政治家对自己也应该保持这样的距离感,必须对自己有所超脱。对自己的无距离感,将豢养出一个政治家的天敌,那就是虚荣心。虚荣心人皆有之,只是对政治家而言,是一个大忌,因为它会令人在追求权力的时候丧失**客观性**,把对权力的追求变成为纯粹的自我陶醉,玷污了自身肩负使命的崇高精神。"在政治领域,致命的罪孽说到底只有两种,不再实事求是和无责任心",这两者又常常是由于虚荣心诱发的。"他不再实事求是,这会诱使他不去追求真实的权力,而是追求耀眼的权力外表。他的无责任心,又会使他缺乏实质性的目标,仅仅为了权力本身而享受权力。……对政治活力最最有害的扭曲,莫过于像暴发户一样炫耀权力,无聊地沉醉在权力感之中,实际上还有对权力本身的所有崇拜。"虚荣的政治家必定是色厉内荏、外强中干的,这类人在政治上的失败,"是以极为贫乏浅薄的自负态度对待人类行动的意义所导致的后果,它与所有行动,尤其是与政治行动真正交织在一起的悲剧意识毫不相干"。

演讲至此,韦伯必然十分自然地导出当晚演讲的最后也是最感人的一个部分,讨论政治作为一项"事业"的伦理问题。换言之,在伦理世界中,政治的家园在何方?在这个问题上,韦伯对以日常的伦理观去衡量政治事业的做法持有极大的怀疑甚至反感。他认为这样做常常误解了政治事业的根本特性,其方式是卑鄙的。与个人之间的冲突既不相同，又有类似，政治事业的成功与失败，也有道德上的赞扬和谴责，但不止于道德，比如两国之间的战争，胜利的一方和失败的一方，所面临的道德责任自然不一样。胜者狂欢庆贺、自我表彰；败者痛心疾首、自我检讨，这些都是正常的，甚至追究战争责任和赔款，该怎样就怎样，都可以理解。然而，如果胜利的一方在精神和心理上凌辱败者，宣称之所以能取得胜利，是因为手握正义，这样做则在伦理上是可鄙的，而战败国如果把失败归诸战争的不道义，同样也是伦理上的不诚实。在韦伯看来，战争之后，与其像老妇人那样追求"罪魁祸首"，不如以男子汉的坦荡和严肃的姿态对敌人认输，但坚持彼此以高度的责任心来面对未来，讨论什么是以及怎样做才符合彼此的客观利益。除此以外，任何其他的做法都会有失尊严，更糟糕的是会种下祸根。在所有不负责任的行为中，再没有比战胜者以绝对伦理的名义谴责和羞辱战败者更糟糕、更愚蠢的做法了："一个民族可以宽恕自身利益受到的侵害，但没有哪个民族能够宽恕自身荣誉受到的侵犯，尤其是来自专横的刚愎自用者的侵犯。"真正结束一场已经结束的战争，不是靠在战败者心灵的创口上撒盐，那会激起痛苦的记忆、仇恨和愤怒，而要凭借一种客观精神和骑士精神，尤其是要保持一种尊严的风度。韦伯认为，仅凭一般意义上的伦理学是做不到这一点的。因为：

> 政治家关心的是未来以及对未来的责任，而这种伦理关心的却是过去的罪责问题，这在政治上是不会有结果的，因

为它根本无法解决问题。如果说存在着政治犯罪的话，这种做法**本身**就是。更有甚者，它忽视了这整个问题将由于非常实际的物质关切而不可避免地受到歪曲：胜利者的利益所在，是尽可能多地获取道德和物质利益，战败者则希望借着悔过换回一些便宜。如果还有什么事情可以称之为"**卑鄙**"（gemein），这就是了，它是利用"伦理"作为手段以示"唯我正确"产生的后果。

我相信，韦伯在说这番话的时候，心中不仅充满了对自己的祖国败于刚刚结束的大战的痛苦和今后命运的担忧，而且还怀有对《巴黎和约》可能造成的战后国际局面的严重忧虑，这一点我们在他演讲的最后部分再一次深深地感受到，在那里，他忧心忡忡地说道：

> 我们不妨设想一下**十年**之后再来讨论这个要点。由于一系列的原因，我不得不担心，那时或许已是反动岁月降临已久的时代。各位中间的许多人，坦白地说，也包括我自己，我们的希望和期待可能极少如愿以偿，极少，也许不会一无所获，但至少在我们看来，很可能是太少了。

韦伯否定了用日常伦理标准去衡量和评价政治职业的合理性。但他将以何种伦理观去替代呢？只要是人的行动，都不可能不是伦理的，群体选择自然也不例外，政治的事业必然内在地具有伦理维度,这毋庸置疑。问题是,政治的伦理原则是什么?

围绕这个重要的问题,韦伯展开了具有重要意义的阐述。

思考政治事业的伦理问题,就必须思考政治事业的自身逻辑,弄清政治行为的因果律,非此没有其他办法。正因为政治的事业是以经营合法使用暴力的权力的事业,它就不同于人与人之间日常交往的行动。它所应该遵循的伦理要求,就必须具有自身的特殊性。不同于那种不问后果的绝对伦理,政治,它必须高度关注一项选择的后果,"这就是关键所在!"

为了进一步回答这个问题,韦伯对伦理准则做了更深入的思考,区分出了两种伦理。"我们必须明白,一切有伦理取向的行动,都有可能面对两个根本不同且不可调和的对立准则,一是'信念伦理'(Gesinnungsethik),一是'责任伦理'(Verantwortungsethik)。"两者之间虽然存在着一定的联系,彼此并非泾渭分明,但的确存在着极深刻的矛盾。秉持"信念伦理"的政治行动者,往往不顾及后果,绝不会从自己的信念式的政治目标本身去寻找政治灾难的根源,在他们看来,"如果由纯洁的信念引起的行动导致了罪恶的后果,那么,在这个行动者看来,罪责并不在他,而在于这个世界,在于人们的愚蠢,或者,在于造出了这些蠢人的上帝的意志"。

他们为了目标而不择手段,更不会对不道德的手段所引发的一系列灾难性的后果承担伦理责任和现实责任。或者准确地说,这类人只承认并坚持对信念的绝对责任,其他都无关紧要。"坚持信念伦理的人则会认为,自己的'责任'仅仅在于盯住纯粹的信念之火（例如反对社会秩序不公正的抗议之火）不要让它熄灭。他的行动目标就是使火焰不停地燃烧，这从可能的后果来看是完全无理性的，只能、也只应具有楷模的价值。"

与此不同，信奉责任伦理的人，"就会考虑到常见的人类缺陷，就像费希特正确地说过的那样，他没有丝毫权利假定人们是善良和完美的，他不会以为自己所处的位置，使他可以让别人来承担他本人的行动后果——如果他已预见到这一后果的话。他会说：这些后果都应归因于我的行动"。坚持责任伦理的人，未必没有信念，但他更关注行动的现实逻辑以及表现出来的后果的影响。

如果美好的信念、伦理上绝对良善的目的真能够带来好的后果，那么秉持信念伦理的一切行动都是后果上圆满的、价值上圣洁的。那么所有的选择都会变得容易。政治家也不必为自己做出的任何决定可能导致的不良后果提心吊胆。

然而，情况完全不是这样，"这个世界上没有哪种伦理能回避一个事实：在许多情况下，达到'善'的目的会不得不采用道德上可疑的、或至少是有风险的手段，还要面对可能出现，甚至是极有可能伴生的罪恶效应。什么时候、在多大程度上，伦理上为善的目的可以把伦理上有害的手段和伴生恶果'圣洁化'，对于这个问题，世界上的任何伦理都无法得出结论"。

政治的领域更不是这样。政治的决定性手段是使用暴力，正是人的联合体掌握的正当暴力这个特定手段，决定了一切政治伦理问题的特殊性。不管什么人，也无论他出于什么目的，只要他同意使用暴力手段，他就必须接受由此产生的特定后果。

凡是将投身于政治的人，就是说，将权力和暴力作为手段的人，都是与同恶魔势力定了契约的，关于他们的行动，真实的情况并不是唯善有善果、唯恶有恶报，而是经常截然相反，任何不能理解这一点的人，事实上都是**政治婴儿**。

采用暴力手段并遵守责任伦理的**政治**行动，它所追求的一切都会危及"灵魂得救"。但是，如果在一场信仰之战中，纯粹是出于信念伦理去追求灵魂得救，这个目标很可能也会受到伤害，并在未来几代人的心目中名声扫地，因为这里没有对**后果**承担责任。

为自己和他人追求灵魂得救的人，不应通过政治途径追求这个目标，因为政治有着完全不同的任务，而这些任务只能靠暴力来完成。政治的守护神，或者说恶魔，与仁爱之神，甚至与教会塑造的基督教上帝之间，始终都处在一种内在的紧张关系之中。这种紧张随时都可能导致无法调和的冲突。

任何想要从事政治的人，特别是打算完全以政治为天职的人，都必须认识到这些伦理上的两难困境，以及在这些困境的压力下**他本人**可能承担的责任。我要再说一遍，他这是在与潜伏在一切暴力之中的恶魔力量打交道。

如果政治事业果然如此，那么对于那些正在面对职业选择的大学生，应该怎么办？演讲至此，韦伯所表现出来的主张，给人的印象都是，以政治为天职的人，与其说必须坚持某种纯粹的信念伦理，不如说更应该坚守责任伦理。

但这样理解韦伯就流于简单了。

面对慕尼黑大学大讲堂内济济一堂的听众，面对无数渴求答案的学生，韦伯断然否定了存在适用于所有人的现成答案的可能性。"应该遵循信念伦理还是责任伦理采取行动，以及何时应该遵循何种伦理采取行动，并没有任何人能够为他人制定准绳。"

韦伯所能谈的只能是自己的一种期待，一种根植于自己心灵的倾向：

能够深深打动人心的，应该是一个**成熟**的人，无论他年龄大小，他意识到了对自己实际后果的责任，真正发自内心地感受到了这一责任，然后遵照责任伦理采取行动，到了某个时刻，他说："这就是我的立场，我别无选择。"这才是真正符合人性的感人表现。我们**每一个人**，只要精神尚未枯死，就必定**有可能**在某时某刻置身于这样一个处境。就此而言，信念伦理和责任伦理就不是截然对立的，而是互为补充的，唯有两者共同作用，才能造就出真正的人，**能够**担当"政治天职"的人。

做人应该如此，政治家就更应该如此！

虽然，韦伯拒绝提供一个职业政治家到底应该秉具何种伦理原则行事的标准答案，但他明显地感受到，越是坚守责任伦理，一个政治家的伦理负担就一定会越是沉重。因此，想要成为韦伯意义上的具有真正责任感的职业政治家，就必须具有极为坚定的性格，必须具有某种意义上的"天职"感。他对这类政治家的自身品质的全部期待都体现在了演讲的最后一段：

> 政治就相当于坚定而从容地钻透硬木板，这需要兼有激情和眼光。确凿无疑的是，全部历史经验都在证明：除非你不懈追求世间的不可能之事，否则连可能之事也会不复可能。但如此作为的必须是个领袖，不仅如此，在非常通俗的意义上说，他还必须是个英雄。即使那些既非领袖也不是英雄的人，也必须准备好一颗坚强的心，可以用来承受全部希望的破灭，现在就应当这样去做，要不然，甚至连今天可能做到的事都无力做好。一个人只有确信，即便他打算为之献身的这个世界在他看来如此愚蠢和卑劣，他仍然不至于心灰意冷，面对这一切他仍然能够说："但是！"只有做到了这一步，才可以说他担负起了政治这项"天职"。

总之，一个人若要以政治为天职，就必须了解政治这个行当的特性，就要真诚地面对政治事业的逻辑，要具备责任感，以及为自己的行为的后果承担一切责任的坚定决心和勇气。只有这样，才能够说自己为以政治作为职业做好了准备。

四

以上，我简单地谈了自己对这三篇文章的大意的理解。现在，我可以谈一下为什么把这三篇主题各异的文章放在一起，将三者连接在一起的内在理由是什么。

此前，一般的做法是，将《以学术为天职》和《以政治为天职》这两篇演讲放在一起。其理由，众所周知，这里不再赘述。把《客观性》一文和《以学术为天职》这两篇演讲放在一起的做法也不鲜见。但是，将《学术与政治》和《客观性》合出一个集子，这样的做法，据我所知无论海内还是海外，都是第一次。因此，值得稍微加以解释。

《客观性》这篇写于1904年的长文，所要处理的主题是如何才能"科学"地看待社会，以及从事社会历史问题的研究，它旨在建构（社会科学）学术事业的方法论。而《学术与政治》这两篇演讲，则是以学术职业和政治职业为事例，告诉年轻的大学生，什么才是思考人生和选择职业的正确态度。乍一看，是不同的主题，但体现出来的是韦伯同样的精神气质和思想后台。关于这一点，我想陈述一二。

首先，韦伯在《以政治为天职》演讲的最后部分，提出的信念伦理与责任伦理的二分，以及对两者之间尖锐对立的深刻感受，是理解全部三篇演讲精神气质的钥匙。虽然，在写作《客观性》一文时，韦伯尚未形成关于信念与责任两分的明确思想，但全文贯穿着的关于"价值"和"实证"问题的双重主题，可以看作是信念和责任的二分思想在科学研究领域中的一个镜像,两者相互参照,便可理解其中的相通之处。

我们知道,韦伯关于意义、价值、信念、世界观这类问题的思考,有一个总的判断,就是基于宗教信仰统一性的价值体系解体,万事万物都进入了"除魅"的时代。现代社会,上帝死了,诸神大战,人应该伺奉哪一个"神"的意志,不再可能定于一尊。人和人,各有各的意义认知,彼此或一致或差异甚至对立,再也没有一个强大的信仰系统可以提供内在一致性的价值依据。在这样的大背景下,一个人要理解自身、理解他人和社会,就需要有十分清明的认识。韦伯将实现这种清明认识的意向,称之为"客观性",并赋予其很大的期望。

事实上,在我看来,"客观性"思想,是一条可以串起三篇文章的主线。韦伯在《学术与政治》这两篇演讲中,多次用到了"客观性"这个概念。尤其是在《以政治为天职》中,他认为政治家具有客观性的意识,并因此而保持一定的"超然"的处事态度,这可以称作是职业政治家最重要的道德素质。在学者的场合,这也同样是最重要的品质。

《客观性》一文,要讨论的就是,在价值多元时代,一个想要认识社会和认识历史的人,如何以理想类型的研究策略,来建立起这种知识上的"客观性"。鉴于人类的一切判断和决策都建立在认识的基础上这个毋庸置疑的事实,《客观性》这篇文章,相比于《学术与政治》演讲,就具有更为基础的地位。我甚至认为,如果不去读《客观性》一文,或者没有读懂它,那要准确地理解韦伯在《学术与政治》这两篇演讲所要表达的意图，其实是不太可能的。西方的整个方法论话语都是建立在知识论的基础之上的，就韦伯个人而言，这篇《客观性》，就是理解他中年以后所有重要作品的知识论基础。正是这篇文章为此后韦伯的学术思想提供了根本性的范式和中枢机制，它也是我们这些后来人打开韦伯思想世界的关键钥匙。众所周知，与《客观性》一文同期撰著的《新教伦理与资本主义精神》这本韦伯的代表作就是体现这个范式的杰出典范。

《学术与政治》这两篇韦伯的绝唱，也是他传世的精品，在某种意义上，可以看作是韦伯基于《客观性》一文的范式，在指导大学生人生选择的两个场景中的应用。至少，如果我们有意地忽略演讲中韦伯的那种压抑着的充沛激情，而仅仅是关注其中体现出来的思维方式，那么，处处都有《客观性》一文的影子。

比如，研究者必须具有理智上的诚实，这个要求，在《学术与政治》中，也是屡见不鲜的，所不同的只是论及的行为主体有所不同而已。

再比如，建立在客观性意向和认识基础上的"责任感"，更是贯穿于《学术与政治》中的重要思想。其他，还有关于分工、资本主义化等的论述，都无不与客观性的主题有着密切的内在关联。读者诸君可以通过系统悉心的阅读来体会这些方面。

最后，我想要说的一点是，韦伯这三篇作品中体现的一个带有根本性的问题，就是如何做一个真正意义上的"人"。

在《以学术为天职》这篇演讲中，韦伯曾经说过，在学术领域，只有那些纯粹为了事业而献身的人，才能说是有"个性"的。一个人只有发自内心地献身于他的使命，才能使他达到他所服务的事业那样的高贵与尊严。

在韦伯演讲的一百多年前，18世纪末，费希特在刚亲自创办的柏林大学发表了《论人的使命》《论学者的使命》的伟大演讲，以古典时代启蒙哲学家的热情阐述了人之为人的使命以及学者作为人类教师的使命，阐述了这一使命的具体内容和要求。经过一个多世纪的风风雨雨，尤其是第一次世界大战的巨大创伤，欧洲，乃至整个人类社会都面临着严峻的考验和挑战。在这个新的背景下，人应该如何理解自己的使命？这是韦伯要面对的真正的问题。与费希特不同，韦伯更在意的不是使命的内容，而是人履行使命的品格、态度和方法。这样的关注，体现了幼年时代就已经被虔诚的新教徒母亲塑造了心灵底色的韦伯的价值倾向，以及作为杰出国民经济学家的韦伯的专业素养，当然，或许还有作为某种意义上的斯多亚主义哲学家韦伯的内在气质。尽管有这样那样的差异，费希特与韦伯都体现出对人之为人的可能性问题的严肃态度。

康德有言，人即品格。韦伯其实翻来覆去讲的正是做人的品格，但他不是高头讲章，空谈教条，更不是轻佻的励志，而是极为严肃地指出了人的困境，在学者、在政治家那儿，经过反思就一定会暴露出来的困境。我们时代的人，该如何面对这样的困境，进而，我们该怎么做？严肃、诚实、负责任地面对人生，不论你做的是哪一行，学术事业也好，政治事业也好，人，必须自我清明地做出选择。这大概是韦伯的回答，也是韦伯本人毕生力行着的。他的所有的文字里，都藏着他自己生命经历和思想实践的影子。所以，我斗胆猜测，这三篇作品的终极宗旨，就在于塑造人之所以称之为"人"的品格。这一点，他虽未明言，以他的性格，也不会言明，但他的作品，特别是《学术与政治》的演讲中，却是欲盖弥彰、呼之欲出的。

我以为，韦伯内心最为关注的还是这样一个问题，即在一个已经高度资本主义化的时代，一个国家要避免走向文明的反面，需要怎样的"人"的前提。只有政治家和学者，这些影响社会的职业阶层，是自我清明的、诚实的、负责任的，国家才有未来，文明社会才有根柢，人类才有希望！

基于这个理解，我认为，将这三篇旨在"立德树人"的作品结为一集，实在是合情合理的。

今年是韦伯逝世100周年，谨以此文纪念之。

（本文原为《学术与政治》[马克斯·韦伯著，阎克文译，上海人民出版社，2021年版]导读，收入本书时做了修改）

经济学入门必读的20篇文献

经济学是当今的一门显学。经济学专业的学生和教师在这样的大背景下，无疑多了一分荣耀和自信。但经济学不是一门容易掌握的知识，那些属于前沿的高深理论和复杂的数学模型让人望而生畏，自不待言，即使是属于常规性学科知识的部分对于数学基础不好的初学者来说也成为一个不低的门槛。

对于想学习经济学的人来说，最困难的未必是最重要的。如果你想成为职业的经济学家，当然必须要经过专门的研究方法的训练。如果你是一个经济学的门外汉，只想尽可能准确而且迅速地接触到经济学中最重要的理论，那么除了认真学习教科书上的内容之外，选择性地阅读那些历久弥新的经典作品乃是非常有效的途径。这不仅是我个人的体会，也是许多今天已经成为大师的那些人的切身体会。

有些经济学家甚至认为，教科书是无足轻重的，经典文献最重要。高水平教师的标志并不在于他在讲台上讲解教科书的水平，而在于能否开出一份高水平的阅读书目。此话虽然有所偏颇，却有相当的道理。教科书固然重要，但它却不能代替原著。两者的功用是有所不同的，前者注重体系化的知识和成熟的知识，后者则体现着鲜活的思想。即便经典著作的"精髓"被成功吸收进了教科书，教科书仍然不能代替经典。因为，阅读经典，乃是与大师的对话，这是读教科书所不可能有的体验。成功的教科书不应该有知识上的歧义，而经典则可以作多种解读。

在我教书的近40年时间里，接触过的本科生和研究生可以说是不计其数。在我看来，真正出色的学生多半是那些不拘于教科书内容而到处出击寻访，阅读经典著作的人。这也许可以作为支持课外阅读的理由。我经常询问学生对教科书的态度，若学生感到书上内容尚且多到无法应付，哪来时间看别的东西，可以断定，这样回答我的学生要成为一名有思想深度的出色学者几乎不可能。那些完全不满足于使用教科书，要求教师提供其他阅读材料的学生，至少他对这门学科已经有了更进一步的要求。我敢说，这类学生更有可造就的潜质。

我们读大学的时代，接受的经济学基本是传统的马克思主义政治经济学。拿今天大众的眼光和流行的学术标准来看，这种理论已经非常陈旧过时了，但是我们至今对于这门学科的印象非常深刻。原因当然不在于我们对那些充斥着陈词滥调的教科书下了多深的功夫，而在于我们是通过阅读《资本论》这样一部伟大的经典来学习政治经济学的。对于一个真正需要掌握马克思经济学的人来说，没有一本政治经济学教科书可以取代《资本论》。那时，我们不仅读《资本论》，还要阅读其他的马恩经典著作，如《共产党宣言》《反杜林论》《哥达纲领批判》等。虽然，至今我仍不敢断言自己已经完全读懂，但与那些只背过《政治经济学（南方本）》《政治经济学（北方本）》等流行教科书的后来的学弟学妹们相比，对马克思经济学的理解要更加深入一些。对此我是有充分自信的。大学教育与中学教育的一个基本区别，也许就在于中学是老师教学生"背"书，而大学是教人自己"读"书。作为大学教师如果仍然沿用中学老师的套路，轻则不敷学生的要求，重则简直可以说是误人子弟。所以，我自己在上课时，虽然常常不怎么把教科书放在眼里，但是绝不忘记给学生开课外阅读的参考书。

问题是，经济学不仅是一门显学，更是一门大学问。这里的大，不独指其难与用，还指其门类多、范围广。经济学是一个庞大的家族，即使不包括马克思经济学这样一个日益被边缘化的理论体系，仅就当今世界的主流经济学来说，自斯密的《国富论》出版以来的200多年里，已是几经革命和发展，新的理论、流派、分支层出不穷。如果把斯密的《国富论》比作一棵参天大树，那么，今天的经济学简直可以说已经成为郁郁苍苍的热带森林。230年前，对于一名经济学初学者来说，《国富论》一册在手，经济学基本理论和知识尽收眼底；150多年前，初学者只要读过穆勒的《政治经济学原理》，他就可以应付知识界对经济学的要求；100年前，只要通读马歇尔的《经济学原理》，所得到的经济学知识可包打天下。甚至，在50年前，一个通晓了萨缪尔森《经济学》的学生对经济学的掌握也有相当自信。然而，对于今天的学生来说，看了萨缪尔森或斯蒂格里茨或曼昆的《经济学》，他还只是刚刚跨进了经济学的门槛，还不能说对经济学有多么深刻的认识。从这个意义上说，已经没有哪个人敢说自己精通了全部经济学。这不仅会使那些有学术上的雄心壮志的后生感到沮丧，也会让那些虽不想以此为业但有此爱好的人无所适从。在这个时间非常金贵的年代，我们要花去多长的时间才能得到经济学的真谛呢？

好在，经济学有它的门径。在这个领域里，无论是那些历经周折、迷途知返者，还是那些得到过高人指点不费吹灰之力即大踏步登堂入室者，都非常清楚找到门径的重要性。这个门径就是读经典文献，读最少的但确实是最重要最有用的文献。

我们这一代人在寻求经济学的智慧方面吃过苦头、走过弯路。因此不希望后来的人在黑暗中摸索，浪费时间走迷途；更不希望在我们曾经摔得很惨的地方再次摔倒，因此而耽误前行赶路的时间。所以，早就有心要把自己关于经济学文献研读的心得通过一个合适的方式介绍给后来的学习者，编一个基本文献读本也许是最好的方式。

在浩若烟海的经济学文献中挑选适合初学者研读的基本文献委实不是一件容易的事情，既要对各个方面有所覆盖，也要突出主线，还要控制文献的分量，以便让初学者在尽可能短的时间里找对感觉，走上正路。也许，我们未必是完成这项任务的最好人选，但是，考虑那些有资格做这些事情的大家，每日东奔西突，无暇顾及此类小事，有感于此事的紧迫，自认为不应让其拖延下去，故决定勉力为之。

经济科学的文献汗牛充栋，哪怕只是其中一个领域——比如说经济增长理论的文献——也是一个人穷一生之功无法读完的。我感到，关键是要有助于学生认识经济科学的基本精神，而不在于提供了多少具体的知识。让学生对于经济学的基本背景、精神有一个清楚的认识要比向他们灌输一大堆这样那样的具体理论更为重要。如果这样来挑选经济学的基本文献，那么，够得上候选资格的并不是很多的。

著名的文献学专家阿德勒曾经列出了使一部作品足以成为名著的六个条件。

其一，名著一般都拥有最广泛的读者。名著问世后未必在那个时代就成为畅销书，要有一定时间才能拥有越来越多的读者。

其二，名著通俗易懂，不卖弄学问。它们不是专家写给专业人员看的专门性著作，无论是关于哲学或者科学，历史或者诗歌，它们所论述的是关于人类共同感兴趣的题材，而不是学究式的空谈。这些书并非为教授们所作，而是为普通人而写。要学高深的教材，必先学基础教材。名著所论述的都是各个专题的基础，从这个意义上，我们可以说名著是基础教材，所不同的是它们不是互有联系的一整套教材，也并非按难易程度和问题的技术性而编排。

其三，名著不会因思想运动、学说更迭、舆论分歧而过时。

其四，名著令人百读不厌。只要你认真阅读，你绝不会感到扫兴。一页名著所包含的思想要比一整本普通书的内容还要丰富得多。它可以使你百读不厌，其中的养料汲之不尽。

其五，名著最富有教育意义。名著含有其他书籍所没有的东西，不论你是否赞同书中的观点，它们都是人类不可缺少的老师。

其六，名著论述的大都是人生有待解决的问题。世上有一些真正奥秘的东西，那是人类知识和思维局限性的标志。人们不仅带着疑问开始探究，也往往满腹疑团终止探究。

按照阿德勒的这六条标准，经济学中的名著并不多。也许可以说经济学难以产生阿德勒意义上的名著的条件。本书所收的20余项文献，并不完全符合名著的标准，但是相对而言，我认为它们的重要性和意义是不容忽视的。

我挑选这些文献的主要标准有三个：第一，能够增进对经济学基本理念、分析方法、基本知识的了解和理解；第二，能够引起进一步的思考，对一个善于钻研的阅读者而言，大部分文献都有助于举一反三的联想；第三，能够激发进一步学习的兴趣。当然并不是全部文献都同时符合全部三项标准的。

这些文章被归入六个模块之中，这六个模块分别是经济学的性质与方法，经济运行的一般机理，知识、信息和经济行为，产权与激励，收益递增与经济变迁，经济学的边界及发展趋势展望。我们认为，这几个角度关系经济学演进的命脉，是所有想进一步学习的人必须了解的。按照这样六个模块来组织的20余项文献应该说都是在经济学这个领域中必读的基本文献。基本文献当然不止这些，但是肯定应该包括这些。为什么要选择它们而不是其他的，自有其中的道理。

第一模块的主题是经济科学的性质与方法。我们把弗里德曼的《实证经济学方法论》作为打头的一篇，理由在于今日之经济学作为一门实证科学，它所遵循的研究规则和方法是这门学科赖以存活和发展的生命线。在经济学史上，阐述经济科学研究方法的文献很多，其中不乏优秀的作品，如罗宾斯的《经济科学的性质和意义》、马克·布劳格的《经济学方法论》等，但是它们的篇幅都不小，可以作为扩展读物。唯有弗里德曼这篇文章，在不长的篇幅里，对经济学方法做了出色的阐述。这篇文章的重要性不仅源于作者在20世纪经济科学发展史上的显赫地位，还在于它一经发表就引起了经济学界的激烈争论，成为经济学方法论领域中影响力最大的单篇文献，成为主流经济学中不可动摇的基础部分。当然，不必否认弗里德曼的方法论受到的非议很多，但是并没有遭到毁灭式的打击。

我觉得，中国的学生，尤其是受传统知识体系影响很深的文科学生，多半不太了解和理解科学研究的方法，经济学专业的也不例外。由于方法方面的底子太薄，中国的经济学研究也是感性的、随意的，不少论文甚至只可说是纯粹个人情绪的一种宣泄，不经过严格的研究程序，这种成果的可靠性、确定性、可检验性都很值得怀疑。大陆经济学界这么多年来生产了太多的文章，但取得的知识进展实在太少，更遑论理论创新和重大突破了。之所以会出现这种吊诡的现象，我认为就与经济学研究中公认的研究方法的缺失有关。别说是学生，某些已经得到教授头衔的名人，其研究很难说是科学意义上的经济学研究。文章很多，"创见"很多，可靠的太少。弗里德曼的文章发表至今已历经半个世纪，对于西方经济学界来说，把这篇文章放进经济学史的纪念馆已经没有什么问题了，但是对于需要进行方法论补课的中国学生而言，这篇文章所讲的东西仍然是难以绕过去的。

弗里德曼的实证经济学方法论遇到的最大批评来自经济社会学家和制度学派的经济学家。在最近的几年里面，提倡真实世界经济学的新制度经济学尤其是科斯的理论显而易见是不同于弗里德曼教授的，甚至可以说两者形成了一种方法论的对立。虽然科斯没有专门的方法论作品，但他的有关思想很好地融在自己的论文中。为了帮助大家理解，这里不妨就两派的经济学方法论多说几句。

科斯及其后继者大声疾呼要研究真实世界的真实问题。这种呼吁乃是对经济学界过分发达的数理取向的一种回应。这种回应的意义何在？在于它体现了经济学作为社会科学应该有特殊性的一种理论诉求。如果弗里德曼的文章想要以自然科学的方法对经济学进行基本改造的话，那么，科斯则想要把经济学复归到真实的社会当中。如果说弗里德曼的方法论旨在将经济科学自然科学化，以便在社会经济运行中求得确切的普适性的知识，那么科斯所主张的则是通过丰富多彩的经济学现象去把握各自的机理，通过对各个局部和个体的深入体察去接近经济现象的真谛。

那么，这样两种方法论是否存在着矛盾呢？我认为很难对此做出简单的回答。也许可以说这两者是既相矛盾又不矛盾。说这两者本质上并不矛盾，是因为弗里德曼的方法论归根到底建基于经济学的归纳方法，而个案的分析正是归纳研究的一个重要环节。两者都认同经济生活具有某种"客观性"的可以刻画的事实存在。所以弗里德曼和科斯通过经济学的事实相互连接。但是，对于什么才是经济学的"事实"，两者的分歧则非常严重。在科斯看来，对经济理论研究来说，唯一重要的就是经济现象或者经济生活呈现出来的事实，是真实的世界，如果经济研究必须关注事实本身，那么最好把理论悬置起来。这意味着经济学的研究是不能有假设的，经济学只能按照现象自身及其变化的路径去发现，充其量经济理论只能去直面真实世界。如果不是这样，那么经济学的科学性将难以保证。从科斯开始的经济学革新不仅强调研究假定的有效性，而且强调研究假定的真实性。经济研究不能为了追求研究的效率和表达方式的精致优美而牺牲掉真实世界。以牺牲真实性为代价获得的经济理论是得不偿失的，而且很可能这种理论是错误的。就像世界是真善美三位一体，经济研究的有效性和真实性必然也是统一的。离开真实性的有效性是靠不住的。

但是弗里德曼坚持，事实可以是完全理论的。一个所谓的事实，只要它合乎经济学逻辑推演的要求，便是可以接受的。比如自由落体定律，它不考虑自然界的事实，而是设定了真空这样一个纯粹的设想。这样做不仅无碍于经典力学反而是经典力学得以成立的重要基础。相反，如果在一个探索自然的过程中，一开始就全面考虑各种现实发生作用的因素，而不进行任何必要的抽象，那么，没有一个学者能够对事物的规律做出简洁的说明。结果无非就是把这件事情描述一番而已。经济现象之繁杂，更在自然现象之上，要对经济现象进行深入的研究，没有必要的抽象显然是不行的。当年马克思写作《资本论》时，就非常重视运用科学的抽象法，他指出这种抽象完全是在头脑中进行的，不同于自然科学中的化学试剂或显微镜。弗里德曼的方法论本质上讲的就是如何在经济研究中对事物进行合理的抽象，如何进行最合理的假设，并在此基础上展开推演。没有好的假设就不会有好的经济学理论。对弗里德曼的批评主要集中在如何判断假设的好坏以及如何获得好的假设这样的问题上。在这个方面，弗里德曼是大胆的工具主义者（实用主义者），在他看来，假设不在于它本身是否真实，假设的真实性不是事先的要求，否则，任何研究工作都将无法开展。任何假设都离开事实有一定的距离。要求假设符合事实无异于想要制作一份1:1的地图，既不可能也无意义。假设的合理性依存于它是否有助于进行逻辑推断，是否有助于得出可以验证的结论。如果一个研究的结论本身是可以解释现象而且是可以做出正确预测的，那么它所依据的假设就是好的、合意的、可以接受的。即使这个假设离开真实世界很远，那也无关紧要。弗里德曼的方法论常被人称之为工具主义方法论，也即指这种方法强调研究结果与观察到的经济事实的契合，至于这种结果的推断所依赖的假定的真实性大小是无关紧要的。

但是，我们看到，这样两种看似针锋相对的方法论又有着某种共性。弗里德曼的假设不能完全是无中生有、与现实没有任何关系的断言。没有一门科学,它的假定是完全没有事实依据的胡言乱语。科斯的真实也不是没有受到任何人类思维和观念影响的真实。所谓真实的世界和假设的世界之间的区分绝没有一般人想象的那么明显。拿科斯的方法来说,他提倡的研究真实世界,当然必须有方法论的基础准备,比如,挑选什么样的个案以及如何来处理个案以便抓住本质,这些都不是一个对经济学原理不甚了了的初学者所能够具备的。所以,个案何以可能,这在事先是已经被理论做过加工的。我们凭什么认为当下研究的个案是值得研究的,我们为什么不是随机抽取一个事件来研究,等等,这些至少在科斯这样研究个案的大师那里是已经清楚了的,或者即使事先不甚明了,但是随着研究的深入逐渐明了起来。他拿灯塔说事,把它作为纯粹公共产品供给的典范;他研究联邦通讯委员会,把它作为产权变迁以及管制的典型机构……这些无不体现着某种深刻的判断,是理论抽象的产物。这样做不仅是可能的,而且是必须的。

任何一个研究者都会碰到的一个难题就是当不具备观察某些真实世界的条件时,我们如何开展真实世界的研究?如何进行经济学的研究和探索?这个问题,弗里德曼从学理上做了回答,而科斯则用行动做了回答。弗里德曼的回答就是从不完全的事实中抽象出假定,而科斯则是从不完全的世界中寻求真实。抽象也好,寻求也好,都是离不开支援性的理论知识的。从某种意义上说,科斯的真实世界未必会比弗里德曼的工具主义更加真实。因为，我们无从做出这样的判断，即使一个个案本身的真实性毋庸置疑，但这是否代表着普遍的真实则仍然不得而知。世界如此多样，没有一件事情是可以用来完全代替另外一件事情的，个案研究的本质缺陷就在于此。所以，弗里德曼的方法论和科斯的方法论之间的冲突并没有一些人想象的那么不可调和。也许我们将会在一个较长的时间里不得不接受必须以不真实的假定为基础展开经济学研究的痛苦事实。

弗里德曼和科斯都是在经济学行当的内部各执方法论一端的大家。他们有资格来为自己的方法做出有力辩护，因为，他们都能够把各自的方法运用得炉火纯青，是真正的大师。这意味着方法论的争论对于一般的研究者来说也许是不太重要的。只要你用得好，哪种方法都可以，所谓"条条大路通罗马"。

那么，在经济学领域以外，是否有对这两个方法在经济学研究中的评述呢？我们确实找到了这样一个文献，那就是美国著名的社会学家、战后著名思想家、哈佛大学的丹尼尔·贝尔教授所撰写的一篇题为《经济论述中的模型与现实》的长文章。顾名思义，这篇文章主要对经济学中的模型及其与现实世界的联系进行评价。贝尔教授虽然不是一个科班出身的经济学家，但是以他的学力和悟性，完全能够胜任讨论这样一个主题的工作。文章的具体内容，大家可以自己去看，不必我来重复。贝尔的社会学训练也许会使得他给科斯那样的研究方法于较高的权重，而不太接受弗里德曼的方法。贝尔实际上把战后经济学的危机归因于经济学方法论的缺陷。这篇文章还有一个非常特殊的功能，那就是在有限的篇幅里最大限度地回顾了经济理论的历史。对于无暇或难以阅读《经济分析史》这类艰深的大部头学术史作品的人而言，适当地了解西方的经济学术和经济理论发展的理路是很有必要的。

阿尔钦的《不确定性、演化和经济理论》一文也是谈经济学性质和基础的经典之作。该文的主要特色在于它不再是囿于经济学的领域探讨经济学本质和应该接受的研究范式。阿尔钦重点指出了经济学研究范式的演化论基础，也就是，在人类行为中，演化的机制一直在起着重要的作用，演化并不遵循最大化的原理，而是遵循比较优势原理。其含义是个体只要做得比同类强，哪怕只是一点点，就能获得更大的生存可能，以便让自己的基因存在下去。此一原理完全可以援引来作为评判经济学研究所基于假定的理论合法性的基础。

文选的第二个模块是讨论经济生活的机理，旨在帮助大家认识经济活动某些普遍的机制，尤其是价格机制作用的范围和深度。我们挑选了三篇文章。

第一篇必须给亚当·斯密。他的《国富论》第一篇的前三章所提出的命题可以说是后来的经济学家展开工作所围绕的核心，以致有些人认为，《国富论》的其他部分对经济学家而言都不重要。著名的"看不见的手"的原理当然也是在这个部分中提出的。其实，在这一部分中，斯密关于"分工受制于市场范围"的命题，成为后来经济学家争论的一个重要焦点。所以，把这个部分置于全书的核心也无不妥，但是考虑到体系上的匀称，我们只好将其放在第二个模块之中。

第二篇是里德的《铅笔的故事》。这篇文章写得非常通俗，但绝不肤浅。它从一支铅笔的身世切入描述了自发的市场价格机制的了不起的资源配置作用。中国古代虽然也有"千层饼"的故事，但主要是讲劳动的艰辛和财货之不易得，没有从经济机制的角度进行阐发。《铅笔的故事》篇幅不长，但是表达了一个非常重要的经济学真理：任何一种物品的生产都是由供求机制来调节的，即使是铅笔这样一种再普通不过的物品，它的生产和交易也都是一般均衡的过程。这篇文章深得自由主义经济学之真谛，所以连弗里德曼这样的大师也赞叹有加。

第三篇是雷德福德的《战俘营的经济组织》。选这篇文章的主要理由是，经济生活即便在某些极端的状态下也可以抽象为市场作用的产物。如果说铅笔是我们每个人都打交道的一种物品，那么战俘营则是很少有人亲身经历过的极端的生活环境。雷德福德的文章之所以重要正在于它把战俘营这样一个极端的案例引进经济学，用以说明价格机制在人类社会生活的几乎所有场合都在自发发挥作用。里德和雷德福德两人都不是专业经济学家，但他们文章中所说的案例及其体现的道理是很多大部头的专业教科书上所无法学到的。正因为如此，这两篇文章都曾经被收进过很多的经济学读物。《铅笔的故事》一文是不胫而走，《战俘营的经济组织》也被萨缪尔森收进了他那本多次再版的《经济学阅读文选》中。我相信，这两篇文章对于那些刚刚学过价格理论的学生来说是有帮助的。如果读者认真体会文章背后的意思，收获一定不会小。正如张五常在多个场合反复强调的那样，经济理论的精髓是对经济生活内在机理的观念理解和把握。对于初学者而言，我们所选的这三篇文章，都是采用散文体裁写就的，未必符合现代经济分析专业学术论文的要求，但是它们体现的观念和思想要比大多数充满数学公式的专业经济学论文深刻得多和有益得多。

现代经济生活的基本维度是两个：信息和激励。所以，第三、第四两个模块，我们向大家推荐的是信息和激励两个方面的文献。

第三个模块我们推荐信息经济学与经济行为分析的经典著作。

不用我多说，大家都知道，最近十年来，信息经济学和博弈论的研究如日中天。它们为微观经济学提供了新的范式。交换现在被当作博弈过程来考察，博弈活动涉及的信息被认为是理解经济主体理性经济行为的关键。不论今天的文献如何丰富，信息经济学的先驱文献不会不包括哈耶克的《知识在社会中的运用》和施蒂格勒的《信息经济学》。

哈耶克是20世纪最伟大的自由主义思想家，他的思想的社会影响日益超出学术界而进入政治界和商业界。但是哈耶克思想的根源在于他的知识论。其中，收入本书的这篇发表于1945年《美国经济评论》的著名文章可以说是旨意高远，不仅对后来的经济学进路影响巨大，甚至对整个社会科学都产生了相当的影响。

如果说哈耶克是一个严谨、执着甚至有些古板的奥地利知识分子，那么施蒂格勒则是一个志趣高雅、极富幽默感和知识渊博的大学教授。他所关注的问题总是那样新鲜而重要，文笔生动幽默，旁征博引，读来引人入胜。我国曾经出版过他的多部论集，著名的有《经济学家与说教者》《产业组织和政府管制》《知识分子与市场》及《施蒂格勒论文精粹》。我的一位不是经济学行内的朋友曾经对我大谈施蒂格勒，谈如何喜欢他的文章和思想，可见施蒂格勒的学术、思想、文章已经不局限于经济学界。在芝加哥大学经济系，施蒂格勒也是一个受人尊敬的好教师。学生喜欢听他的课，所以教室常常爆满。同时，他也是一个非常合格的沙龙主持人，懂得如何进行沟通，如何推进大家的思考。施蒂格勒的文章总给人一种举重若轻的印象，一个在别人看来非常困难的论题，他却能轻而易举地娓娓道来，庖丁解牛，游刃有余，让人佩服。常人往往容易产生施蒂格勒不过是一个经济学散文家的印象，其实，他更重要的贡献全是在严肃的学术问题上。本书收录的《信息经济学》就是一个典范。在这篇不太长的论文中，他提出并初步解决了经济运行中的一个重要问题——交易活动的双方与信息的关系。这篇发表于20世纪60年代初的论文，引发了经济学中的信息经济学革新，这一点也许他本人事先没有预料到。

乔治·阿克洛夫的《柠檬市场》使他一举摘获了诺贝尔经济学奖。这篇文章已经跻身于经典之列。文章通俗易懂但阐发的问题则非同小可。它给出了理解微观经济行为与信息之间丰富联系的基本视角和重要模型，使得经济学关于信息、知识与价格关系的讨论的宏观（哈耶克）、中观（施蒂格勒）和微观的层面形成共存和互补。在某种意义上，它开出的新研究领域是前面两篇论文所无法比拟的。

第四个模块是产权与激励方面的著作。

这个模块的设计坦率地说并不是非常成熟。因为，在最近的半个世纪以来，经济学中讨论激励问题的文献主要是在新制度经济学领域，其中又以科斯、阿尔钦、德姆塞茨等为代表。所以将其命名为新制度经济学也未尝不可，但这样一来，就和以知识模块而不是领域为标准的选编方式不吻合了。

在这个领域中，公认的大师当然是科斯。他的两篇文章几乎改变了现代经济学的路径。《企业的性质》和《社会成本问题》，这两篇相隔20多年的论文被认为开创了经济学的两个重要分支，即交易费用经济学和法经济学。一个人两篇文章，开创了经济学的两个领域，这在经济学领域中也属于罕见的现象。关于科斯，国内的介绍性的文章已经很多，这里不再赘述，大家可以去阅读张五常的一系列文章。

阿尔钦，我们在前面已经介绍过他早在20世纪50年代初就撰写的一篇重要经济学文章《不确定性、演化和经济理论》。作为经济学界的宿儒，他是一个厚积薄发的学者，东西不多但是十分严谨。张五常在他的一系列散文中对于这位导师有生动的描述。他和德姆塞茨发表于1972年的《生产、信息费用与经济组织》是新制度经济学的经典作品，长期以来一直有很高的引证率。在这篇文章里，他们首度从信息和激励相结合的角度考察了各种经济组织形式的发生机制。

《产权》一文乃是阿尔钦为《新帕尔格雷夫经济学大辞典》撰写的条目。虽然是一个词条，但是阿尔钦把它当作学术论文来写，这篇文章最重要的是给出了产权的经典定义，并由此深入分析了产权的几种具体形式。如果你能够仔细读完整个词条，相信对于产权的基本问题会有确定的认识。

德姆塞茨是产权和激励研究领域的另一位重要的经济学家。他在学术上的地位，可以从科斯的诺贝尔奖致辞中看出。在那里，科斯感谢的少数几个人中就有他。他的《关于产权的理论》是一篇风格清新、结构严谨、分析独到的作品，那种将案例与经济分析熔为一炉的研究方式具有很强的示范意义。

第五个模块，我们重点要推荐的是收益递增和长期经济增长的研究文献。虽然，亚当·斯密的《国富论》较早地对分工促进经济进步的机制进行了高度概括的考察，但是由于多个方面的原因，这个学术线路和交换与经济均衡的线路相比是过分落后了。在20世纪的第一个十年，熊彼特出版了他的《经济发展理论》，试图对经济进步现象做出系统的解释。这本书是动态经济学的里程碑式的作品。然后就是第二个十年，阿伦·杨格对斯密的定律进行了全新的诠释，试图把收益递增现象建立在分工的基础上。所以，今天的收益递增经济学事实上是在杨格所做工作的基础上逐渐发展起来的。

对于中国的经济学界来说，与萨缪尔森、哈耶克相比，杨格这个名字就要陌生得多，原因大概有两个，一个是杨格生前述而不作，没有多少作品传世，据说真正成文的不过是一篇他就任英国皇家经济学会会长的就职演说。第二个原因则是杨格的工作并不在经济学主流上，不容易引起学界的关注。但是似乎没有人怀疑杨格的经济学大师的资格。杨格的声望因为两件事而得以奠定，一是他指导了弗兰克·奈特的博士学位论文，二是担任了英国皇家经济学会会长并发表了著名的题为《收益递增与经济进步》的演讲。作为一个美国人，杨格在被推举为英国皇家经济学会会长之前，没有什么重要的作品。他的这篇会长就职演讲稿也是他人整理后发表于《经济学杂志》上的。他自己似乎对于发表论义没有兴趣，此后也没有什么重要的经济学论文面世。要说杨格是发表作品最少但是名气最大的经济学家，恐怕行内人不会有异议。这足以说明，杨格发表的这篇文章的学术价值。他的这篇文章完全是创新之作，他对于亚当·斯密以来被经济学忽视的收益递增问题进行了思考，把收益递增和近代经济成长联系在一起，把分工纳入收益递增的范畴内来思考和处理。这一考虑今天看来非常重要。

他的这篇文章在发表之后最初并没有引起应有的重视，一直到20世纪80年代，保罗·罗默开创了内生经济增长研究的新领域，其基本的思想才重新受到关注。而通过杨小凯和博兰德等人的直接努力，杨格的原创性思想已经发展成为经济学中一个重要领域。也许可以说正是这篇文章开启了经济学中的长期动态分析中最有价值的进步之路。所以我们把杨格的文章也收入这本文集。

看过《复杂》这本书的中国读者，对于布莱恩·阿瑟这个人应该是不陌生的。作为收益递增经济学体系的创立者，布莱恩·阿瑟是非常值得重视的经济学家。他领导的桑塔菲学派对经济生活中正反馈和自加强的问题进行了开创性的研究，与斯密、马克思的分工理论，奥地利学派中的自发扩张秩序理论以及前述杨格的研究形成了有力的呼应。他经历了很多的挫折才得以发表的《经济学中的自增强机制》也是收益递增经济学体系的奠基之作。

道格拉斯·诺斯，对中国的经济学界来说，他的名声也许仅次于科斯。他在运用新制度经济学的理论和分析工具研究经济史尤其是西方近代以来的经济增长史方面取得了举世瞩目的成果，晚年又致力于推进新制度经济学研究范式自身的进步，不断拓展新的研究领域，是一位一直活跃在学术舞台的老经济学家。他的作品很多，本书收录的是他在自己任职的华盛顿大学发表的诺贝尔经济学奖获奖演说。这篇演说全面而概括地总结了他研究长期经济发展方面的主要工作，可以帮助我们认识基于新制度经济学范式的经济增长理论的基本要点。

第六个模块，也是最后一个模块，我们挑选的文献集中在对经济学未来的发展以及经济学与其他学科的关系的论题上。这里我们收进了兰格、贝克尔、赫什莱佛、布坎南等著名经济学家的论文。

现代经济科学中，经济学家对待马克思主义经济学的态度一直存在矛盾。一方面，一些人断言马克思的理论不应该当作经济学来评价，毋宁说是一种社会理论和历史理论；另一方面，也有的经济学家高度推崇马克思在经济学中的贡献。前者如庞巴维克、哈耶克、萨缪尔森等人。而熊彼特、兰格、罗宾逊夫人、里昂惕夫、斯拉法等经济学家对于马克思经济学的内在价值又给予了极高的评价。如何认识经济科学内部的这种分歧，我个人认为，奥斯卡·兰格撰写的这篇《马克思经济学与现代经济理论》的论文，还是非常值得一读的。作为一名对马克思经济学和现代经济学都有深入研究和重大建树的著名经济学家，兰格的分析总的来说非常到位，评价很公允，对于马克思的拥护者和批评者应该都有启发。

经济科学的前进在近半个世纪以来有加速的趋势，表现之一就是经济学不断将其分析范式拓展到社会科学的其他学科领域。这种现象被形象地形容为"经济学帝国主义"。贝克尔1977年在法国巴黎发表了一次讲话,指出经济学的分析就其对象而言有过三个阶段。第一个阶段是分析物质形态的商品阶段,第二个阶段是分析劳务这种无形商品的阶段,第三个阶段是研究非经济领域的一般人类行为阶段。他认为经济学目前已经全面进入第三阶段。毫无疑问,贝克尔本人是第三阶段经济学的旗手。他在理论上的主要贡献就是把经济学的分析范式扩展到对人类一般行为的研究,把婚姻、生育、进化、犯罪等社会问题纳入了经济学进行分析。在这方面,毋庸置疑,他是当今世界最具影响的在世的经济学家。1992年,他因这个方面的重要贡献而被授予诺贝尔经济学奖。收入本书的这篇《观察生活的经济方式》是他的诺贝尔经济学奖获奖演说,在不长的篇幅里,贝克尔对经济学的研究方法应用于人类社会其他领域的可行性和具体领域都做了提纲挈领的概括。读者若对此文章的内容有进一步了解的兴趣,还可以参阅贝克尔的其他作品。

赫什莱佛,这个在张五常的文章中频频出现的名字,对于中国的学生来说也许是陌生的。这位加利福尼亚大学的教授,多年来一直在经济学基础领域的多个方面进行探索,其中关于经济学研究领域扩张的可行性以及限度所做的分析有相当的影响。他于1985年发表于《美国经济评论》上的论文《扩张中的经济学领域》是这个方面的经典之作。在这篇文章中,赫什莱佛对原有的经济学扩张的机理及其所遇到的限制进行了深入的分析,并且指出了这种扩张在下一阶段必须要解决的基本问题。赫什莱佛并不否定经济学向其他领域扩张其研究方法的可能性和必要性，但是他不认为按照传统的理性主义方法的扩张是可以达到目的的，为此，他建议再对理性人假说做一些修改和调整，把理性的个人不是看作是一个统一的人，而是由至少两个相互差异的理性人结合而成的混合体。他试图以此来解释理性人的后悔和矛盾的行为。这种建议与单纯的原始的经济人模型相比，离现实形态要近一些。总之，赫什莱佛对经济学帝国主义的对外扩张的方法论基础进行改造的尝试是非常有意义的。

任何经济学理论都不应该忽略布坎南，他创立的公共选择学派是经济学最近半个世纪以来的一朵奇葩。但是，我们这里收进的一篇文章，并不是他专门讨论公共选择或者宪政经济学的论文，而是一篇对经济学和政治经济学之间的关系加以阐述的文章。我们这样做的目的是为了帮助那些在狭义经济学理论的学习方面已经有了一定感觉的人，能够跳出已有的训练来观察作为资源配置机制基础的政策、体制及其决定机制。布坎南所谓的政治经济学，或者我们今天所了解的新政治经济学已经不再囿于对价格机制的简单分析，而是关注一切经济行为背后的制度政策和决定制度选择的制度如何形成以及如何合理化的问题。在这个意义上，布坎南的工作和科斯等人的工作是异曲同工的，虽然布坎南本人的兴趣似乎更加接近政治学。

至此，我们把六个模块的内容全部推荐给了大家。

（本文原为《经济学基础文献选读》[罗卫东编选，浙江大学出版社，2007年版]导言，收入本书时做了修改）

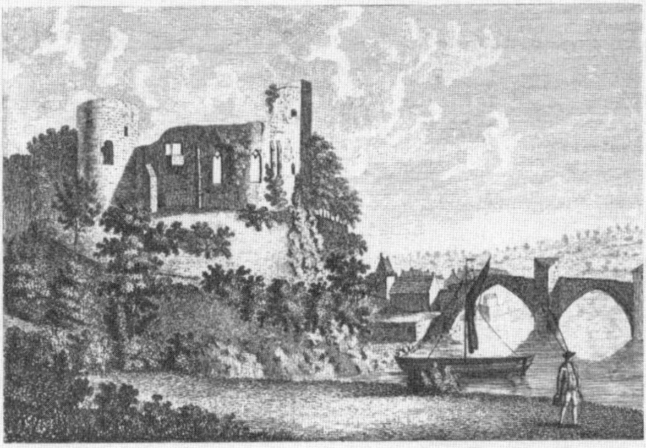

人类的启蒙永无止境

如果将启蒙理解为人类自身认识的不断进步，是人类精神的不断成长和发育，那么，它便是贯穿人类历史的主题。在此意义上，整个人类的精神史其实都是启蒙史，而18世纪肇始于欧洲的那场被称为"启蒙运动"的历史活动可以被视作只是人类启蒙史的一个特殊阶段。

但是我们以"启蒙运动"来命名这场持续时间不到人类文明史百分之一的精神事件，自然是有其理由的。著名的柏拉图洞穴寓言，刻画了人类自我认识的进步及其限制，这对于刻画18世纪启蒙运动之于人类最近三个世纪的精神成长而言同样是适用的。

让我们简要地回顾西方语境中的人类精神进步史。

希腊文明开始于万物有灵、神人一体的思考，希腊神话里的神看起来都是人的化身，有人类的优点和弱点。具有人性的诸神之间的关系也十分类似于现实的人与人之间的关系。正因为人们从诸神那里看到了人的影子，也自然会从人身上寻找诸神的印记。希腊的文学家和哲学家以神为参照来观照和探究人类的能力及其限度，以此导向了理性的思考。

苏格拉底的追问本质上是对人类自身认知能力所能达到的边界的一种探寻。在柏拉图那里，苏格拉底的发散和开放的认识方式被统一为呈现人类精神世界秩序感的理念论的范式。自柏拉图以来的哲学家无不服膺于这种震撼人心的哲学创见。理念、理性、整体秩序、规律性的变化等成为人类把握外部世界和自身的基本认识论的前提。在柏拉图开创的这样一种哲学道路上，亚里士多德等人尝试着建立个别的事物解释的理论框架。师徒三代人的工作基本上奠定了西方文明的基本气质和样貌。

希腊晚期兴起的斯多亚学派把柏拉图的理念论强有力地推进到了价值领域，泛化并绝对化了的"自然的理性"把客观世界的秩序与生活世界的实践紧紧地联系在一起。斯多亚学派点明了"自然理性""人类的意志""美德"三者之间的内在联系。这样的哲学实乃构建起了一种无（泛）"神"论的宗教体系，严格地说是"理神论"的信仰和知识体系。所以，通过它的转化，柏拉图主义很自然地转化为基督教信仰体系的重要来源。斯多亚主义所推崇的人类对理性的认识，以及对自然理性的顺从，提醒人们对非理性的激情保持高度的警惕和克制，所有这些都成为耶稣基督信仰体系中极为重要的内容。因此，虽然我们不能简单地断言是斯多亚主义的哲学体系催生了西方文明史上最具影响的信仰体系，但我们仍然可以发现支撑这一信仰体系的神学原理在很大程度上被其塑形。基督教神学的核心部分从斯多亚主义的"理神论"中呼之欲出。

基督教的兴起将人类认识论意义上的理性生活转化为价值论意义上的理性生活，正是在这个过程中，西方文明将希腊罗马形成的文明脉络拨向了一个极为特殊而又片面的路径上。

欧洲进入了长达千年的中世纪时代。虽然今天很多学者的研究揭示出这个被认为禁锢人类精神的时代仍然不乏多样性和活力，但与此前和此后的时代相比，它无疑是单调、压抑和阴郁的。不过，这个时代将人类的精神世界带进了某种意义上的极限状态，唤起了人类自身蕴藏着的、基于纯粹信仰的、熔理性与情感于一炉的巨大能量。这种力量似乎在此前任何时代都不曾被激发。也许在广义的人类自我认识上，中世纪也是别具含义的"启蒙"，一种对自身具有的某种神性的意识。

作为一个历史的辩证过程，人类自我认识的钟摆在中世纪末开始朝感性这一端摆动。感性的复兴和解放是文艺复兴给人最大的印象，但是，这种复兴的前提以及贯穿始终的基调是基督教信仰的坚守。它的意义在于，通过那些艺术作品，神性与多样化的人性之间的关系被表达出来。通过文学和艺术的形式，人类自身的身心特征被作为神的表现加以颂扬。神的无限性被允许通过最适宜于人的感觉特性的方式予以阐述，人们通过分散和具象性的感知途径接近上帝，这是对漫长的中世纪，人类以思辨、冥想、形而上的方式认识和接受上帝的巨大革命，也是哲学上的经验论对理念论的暂时胜利。文艺复兴对人类认识的最大推动是，引导人们从现实世界中寻找神迹，理解神意，由此逐渐将人的注意力转向生动的、活的、实际的世界，即那个神的秩序赖以展示自身的现实世界。唤醒人类感性的这种方式也极大地助长了对感性甚至是欲望的"合法性"的确认。既然在现实的世界中，到处都是上帝的杰作，我们理解和认识上帝或许不必再通过那种符号推理的方式来完成。人就是上帝的某种表现，认识人是认识上帝的路径!

宗教改革本质上是重返信仰纯洁性和普遍理性的一种尝试，在某种意义上甚至是对文艺复兴导致的感性复兴的否定，但是就将人类的关注从抽象世界转向生活世界这一点而言，它与文艺复兴殊途同归。无非是，文艺复兴促使人们从人自身的感官中认识上帝的崇高、伟大与美，而宗教改革则要求人们从尘世生活中寻求理想的信仰世界的可能性。出发点相反，而最后的效能却统一于对俗世生活的认同。

路德发起的宗教革命危及并最终切断了几个世纪以来神学家们反复论证并经由复杂的运作而建立起来的上帝与教会的神权、皇室的君权之间的联系，将教会代表的神权和君主代表的君权从信仰的体系中剥离。这导致人与神之间的关系变得空前简单和片面。人们关于这种关系的信念在世俗生活中的意义日益式微，人的主体意识开始被释放出来。路德论证了个人自身可以直接面对上帝的可能性，由此也解除了教会加之于信徒身上的束缚。在新的时代，信徒个人获得心灵解放的程度，不再取决于教会和其他的外部力量，而是他对上帝的信念。

所有这一切不仅都为18世纪启蒙运动的兴起创造了条件，而且其自身就具有启蒙的意义。历史地看，18世纪这场波及多个国家的启蒙运动乃是此前欧洲发生的各种精神事件积累和彼此作用的产物，甚至那些被后人认为是反启蒙的力量也以特定的方式参与了启蒙运动。

启蒙，在康德那里是一种理性解放的活动，是人类对自身理性能力的勇敢认识和运用，在卡西尔那里是一种普遍的批评意识的觉醒和批判能力的培养。正是因为这一场启蒙运动，人类才得以较为彻底地摆脱神权和君权造成的身心束缚，并牢固地确立了人类关于自身事务的主宰地位。大概也是这个意义上，在很长的时间里，人们似乎都把18世纪的启蒙作为人类精神的最后一次彻底的解放，并倾向于相信此后的人类精神史将趋于终结。但是三个世纪以来的历史表明，这样的认识过于简单。

启蒙运动的最大历史产物是奠定了理性和科学在一切人类精神活动和社会事务中的主导地位。宗教的权威被人自身的力量所取代。此后的一切探究的活动、建构的活动、变革的活动都以理性和科学之名展开。一切对自然的认识自不待言，战争、革命、社会建设与管理等一切社会活动也都从科学和理性之中寻求合法性。科学和理性甚至觊觎人类的心灵和精神生活。

但是，正如一般文明史所呈现的，任何一种历史力量的成长总会激发和孕育作为对立面的另一种力量。对立统一的辩证法则，同样对启蒙的历史进程起作用。自常规科学与理性的力量被作为人类新的救世主的那一天起，人类也开始面临另一种形式的专制和蒙昧的威胁。科学和理性从最初作为一种导致人类解放的力量逐渐转变为一种对人类解放的新约束。在科学昌明和理性发达的时代，人类并未如当初启蒙学者所乐观预期的那样全面摆脱蒙昧状态。这一方面是因为科学和理性俨然已经取代宗教成为新的信仰，人类自由的可能性被限定在科学和理性发展的程度之内，这一点就与中世纪人类认识自然的能力受制于神学相仿佛。另一方面，应该承认，那些未被迄今为止的科学和理性活动所接纳的力量具有实际的影响力，这种影响力的存在与科学精神的不彻底并无关系。

严格地说，并不单纯是启蒙运动本身造成了今天的局面，历代人所理解和接受的启蒙思想也在很大程度上塑造着启蒙后的历史进程。或者说，启蒙运动的各项精神成果和社会变革之间的互动演化是理解人们在认识和接受启蒙过程中形成某些倾向性的主要原因。也就是说，人们对什么是启蒙成果的选择性认识，恰好是形塑今天人们思想和行动的主要力量。

三个世纪以来的大多数时期，欧洲大陆的启蒙思想主宰着全球社会思想的主流，而法国人又是启蒙大合唱的领唱者。彻底和激烈地否定神权以及一切与神权相联系的君权，对人的理性的功能抱有强大的信心，对基于个人选择的社会秩序具有乐观的预期，对一切外部专制的清算，是法国启蒙运动的最大特征。今天看来，当年法国社会和思想运动所具有的那种气质更像是法国式浪漫主义气质的自然流露。

德拉克罗瓦的那幅命名为《自由引导人民》的著名油画展现的正是这种为了自由而决绝斗争和勇于牺牲的公民气质。这种气质所具有的情感力量和审美特性是特别能够打动人们心灵的。就其激发人的情感和激励人的革命行动的效能而言，远胜于那种稳妥而中庸的绅士精神。这也许是我们乐于接受某种特定的启蒙思想的心理基础。而正如已有的诸多研究所揭示的，我们所熟知的启蒙观念和思想已经在我们的政治哲学和政治制度上打上深深的烙印。今天时代的一切美好和丑恶，无不与启蒙的遗产相关联。

18世纪启蒙运动已经成为人类历史的一部分，但是长期以来，人们对它的认识仍然是不完全甚至是不一定正确的。大量值得进一步探究的主题没有得到应有的重视，很多有意义的思想被忽视……

今天，启蒙自身所具有的局限和人们对它的认识上的局限，应该引起我们的高度重视。

思想史的基本作业，不仅在于弄清那些影响人类精神世界的观念如何形成以及怎样流变，还要探寻这种观念通过人类的行动而与制度发生互动的机理。无意识的忘却和选择性失忆，是人类的通病，思想史则是要通过类似于考古的作业来重新挖掘和保留那些不应该丢失的记忆，为我们更好地理解历史以及面向未来进行更好的选择提供资源支持。在启蒙运动的研究中，思想史再一次发挥着它不可替代的功能。

自20世纪70年代以来，人们对启蒙运动多元性和复杂性的认识随着学术研究的不断深化而逐渐确立。在这其中，我个人认为，关于苏格兰启蒙运动的研究所起的作用是不可忽视的。这个方面的研究不仅仅对于认识苏格兰人的思想是有益的，即便是对于反思法国启蒙运动也是有益的。

中国的学者对世界范围启蒙运动的全面研究起步甚晚，受80年代西方自由主义思潮复兴的影响，国内的学者开始将视野投向法国以外的地区，包括苏格兰地区的启蒙运动，最近十多年来，这个方面的工作渐成气候。首先一个标志是浙江大学启真馆推出了《启蒙运动经典译丛·苏格兰系列》《启蒙运动研究译丛》和《启蒙运动论丛》。前两个文丛主要译介启蒙学派代表性人物的作品，特别着力于尚未译介到中国的重要作品，有填补空白之意，目前已经推出数种，初具规模，形成了一定的学术影响。第三个着重反映中国学者最新研究启蒙学派思想的作品。其次一件值得一提的事情就是，自2009年起，浙江大学召集国内学术同行召开每年一届的"启蒙运动学术研讨会"，每年确定一个主题。迄今为止的三次会议共征集了数十篇学术论文。这些论文可以说总体上反映了中国学者在启蒙运动研究领域的现有水准。本书的大部分论文便是从作者向"启蒙运动学术研讨会"递交的会议论文中遴选出来的，绝大部分都是第一次发表。

本书的多数文章都有挖掘启蒙运动研究史上被忽视甚至丢失

的主题的意图,旨在恢复某些历史真实,丰富人们对启蒙运动的认识,深化对它的理解。

我们以"启蒙及其限制"作为书名,是想要体现一种思想史学者必须具有的反思和批判的学术旨趣,而且,也想要传达一种信念,即从本质上看,启蒙是无止境的历史活动。

(本文原为《启蒙及其限制》[罗卫东、陈正国主编,浙江大学出版社,2012年版]编者序言)

启蒙运动的多副面孔

作为人类全面深刻认识自身本质、能力和责任，反思人与自然、社会之关系的一场巨大社会思想运动——启蒙运动，是西方历史上的转折点之一，至今仍在很大程度上塑造着西方世界的文化。不仅如此，由于战争、殖民、贸易及和平的文化交流，它的影响也流布到西方以外的其他地方。今天我们生活的世界，其主导的思想观念乃是启蒙运动思想家们创导并发展起来的。严格地说，21世纪初的我们仍然是18世纪启蒙思想的产儿。

启蒙运动作为长达一个多世纪的时间里波及许多国家和领域的一系列思想运动的总和，具有极为丰富的思想内涵和强大的张力。彼得·赖尔和艾伦·威尔逊撰著的《启蒙运动百科全书》中涉及的国家有16个，涉及的思想家、政治家和著名社会活动人士超过百位，足以证明这场运动涉及范围之广、领域之多。

"18世纪的思想启蒙运动"更应该看作是一个"家族类似"

概念，很可能并不具有人们一直以来所定义的某种本质主义内涵。当然，我们可以隐约发现某些共同的"思想意向"和"理论企图"。比如，对人类凭借自己能力（理性、情感和经验）摆脱神权和其他神秘力量的统治，形成世俗社会的合理秩序，达到幸福生活状态的可能性持有某种信念，以及对这种信念进行多个角度的阐述、解释和论证，等等。各国、各个流派的启蒙思想家可以在相信人类自身具有不依赖外部力量追求幸福的能力这一点上团结起来。但是，将这种内涵上的共通性加以夸大是不适当的。在已经远离了启蒙运动的今天，我们可以逐渐辨认出启蒙思想家的多副面孔。

在欧洲大陆，笛卡尔、斯宾诺莎和莱布尼茨三大理性主义系统都导出了自成一体的启蒙思想，彼此之间的差异不应该被简单略去；在英国，培根、牛顿力学体系和洛克的经验主义思想带给启蒙运动的影响也各不相同。一旦我们把目光聚焦到那个时代，就能够发现，启蒙思想家之间，也曾经发生过激烈的争论，在若干核心观念上，彼此的认识差异极大。

在西方文化大背景下产生的具有某种基本共通性的启蒙思想观念，在其逐渐形成和传播的过程中，是与某个国家自身文化传统及现实情况相结合而呈现出来的，它们是各具特色的思想画卷。即使是在同一个国家，持不同文化立场的思想家们也以不同的方式处理这些观念。启蒙运动是一场思想解放和文化批评运动，是在各学派之间不断的相互批评中逐渐形成的。所谓法国、英国、德国、意大利诸启蒙学派其实是思想交流和论争的产物。

由于某种特殊的历史原因，加之知识社会学机制的作用，国内思想界在很长时间里把目光集中在伏尔泰、卢梭、狄德罗等法国启蒙学派的思想家身上。法国之所以在很长的时间里被作为启蒙运动的主要代表，一部分原因是启蒙运动时期，巴黎是西方文化的中心，是启蒙运动思想家的圣地；另一部分原因是法国的启蒙思想家催生了影响深远的法国大革命，谱写了很多跌宕起伏、曲折离奇的故事。但更主要的是，笛卡尔所创导，经由启蒙运动大大发展起来的理性主义与近代社会政治实践结合在一起，成为主宰人类思维的基本观念。毫无疑问，我们都曾生活在这样一个理性主义的时代。

但是，随着历史的变迁及其导致的问题意识的改变，那些没有得到应有重视甚至一度被忽视的启蒙思想家开始进入人们的视野。其中，苏格兰启蒙学派正是这样一个日益引起人们高度关注的启蒙学派。

所谓苏格兰启蒙学派，乃是指18世纪上半叶到该世纪末，活跃在苏格兰地区的持启蒙思想观念的知识群体。人们一般认为，该学派的重要创始人和主要成员是弗兰西斯·哈奇逊、托马斯·里德、大卫·休谟、亚当·斯密、亚当·弗格森、杜格尔德·斯图尔特等人，来自爱尔兰的埃德蒙·伯克因为长时间在该地区活动，也常被人归入该学派。

虽然苏格兰启蒙学派内部各种思想观点之间的分歧也不小，彼此之间的争论也很激烈，不过，它们也表现出了某种相当一致的特性：在哲学上，这个学派表现出了强烈的经验主义和反唯理论的特色，并且常常与心理学和认知理论联系密切；在社会理论上，这个学派重视个人知识在形成人类秩序中的作用，也更加重视个人的局部经验（哪怕是错误的）在社会演化中的重要性；在经济理论上，众所周知，它主张自由放任主义。哈奇逊的道德情感主义、休谟的怀疑论、里德的常识哲学、斯密的自由放任经济理论、弗格森的演化社会思想……所有这些都与大陆哲学影响下的理性主义启蒙学说有相当大的不同。

在某种意义上可以说，是20世纪人类政治实践的巨大挫折才促使人们返回到苏格兰启蒙学派。经济学中奥地利学派的一些学者，在学理上把给全世界带来巨大灾难的乌托邦主义政治实践与笛卡尔主义产生出来的法国启蒙思想联系在一起，把20世纪人类政治生活的危机归于唯理主义者们的"理性狂妄"。在他们的影响下，人们开始认识到，应该批判和清算法国启蒙学派的思想遗产，人类须从其他方面寻求思想资源。众所周知，米塞斯从康德那里寻找新体系的脚手架，而哈耶克则转向了斯密和弗格森等苏格兰启蒙学派思想家。

除了政治实践方面的原因，市场经济的道德后果问题也是苏格兰学派受到日益关注的重要因素。基于个人利益最大化的市场机制给个人带来的德性败坏以及给社会带来的宏观后果，在20世纪的最后四分之一的时间里愈演愈烈，让人担忧。而以斯密为代表的苏格兰启蒙思想家对此早就有自己的思考。斯密对商业社会道德后果的忧思贯穿了《道德情操论》最后一版的全书。今天，再一次阅读他的作品，对这一点会有深刻的印象。最近30年，国际学术界对《道德情操论》日益重视的程度大大高于斯密的另外一部作品《国富论》,也正说明了这一点。

与国际学术界相比,中国在苏格兰启蒙运动方面的研究显著滞后。一个很重要的原因是,由于语言和文化的阻隔,这个学派的主要作品从未被系统和集中地介绍到中国学术界。《人性论》和《国富论》虽然较早被译介给汉语学界,休谟和斯密在中国也可说是妇孺皆知的大思想家,但很少有人把其与苏格兰学派联系在一起。弗格森的重要作品虽然也译成了中文,但似乎并未引起应有的反响。至于哈奇逊、里德和斯图尔特等人的作品,从未被完整和系统地翻译成中文。

今天,当我们开始清算指导政治实践的唯理主义,反思和怀疑指导经济生活的市场原教旨主义时,需要对苏格兰学派思想有更深入的认识。鉴于此,我们策划了本译丛。希望它们的问世能够在一定程度上推动国内知识界对苏格兰启蒙运动的了解和研究。

必须说明的一点是,本译丛的组织出版是一项需要各方支持的探索行动。由于国内研究苏格兰学派的力量十分薄弱,而18世纪的英语经典学术翻译不仅要求较高的语言能力,更要求对相关主题有相当的研究。尽管各位译校者尽心尽职工作,但限于水平和经验,一定存在不如人意之处,企望各位读者包涵。

(本文原为《启蒙运动经典译丛·苏格兰系列》
［浙江大学出版社］总序）

亚当·斯密的启蒙困境

最近数十年里,国际学术界逐渐认识到,解读和理解苏格兰启蒙运动重要思想家亚当·斯密的关键在于正确认识两组关系,一是他一生仅有的两个作品《道德情操论》和《国富论》之间的关系;二是《道德情操论》不同版次之间,尤其是初版与第六版之间的关系。关于前者,人们在"斯密问题"的大题目下已经写出了不少论著,品质参差不齐,时下的很多文章多属于炒冷饭,但学术界的热情似乎没有消退。后者,即通过版本考订和语篇分析这样的文献学作业来寻求斯密思想变迁轨迹的工作,虽不多见,却也可以举出拉斐尔、麦克菲、田中正司等例子。

如果说,解读《道德情操论》与《国富论》的关系是理解斯密社会理论体系的重要一环,那么比较《道德情操论》不同版本的信息则是认识斯密问题意识、思想倾向变化的重要线索。

《道德情操论》第六版,最迟出版于斯密逝世之前两个月左右的1790年5月16日（这一天斯密给出版商卡德尔去信询问新版的销路）。主要的修改之处在于以下几点：对第三卷中良心论部分进行进一步的全面增补修改，新增两章，对旁观者概念进行了重新建构。新撰写了《论德性的品质》作为全新的第六卷。学术界公认，这是第六版的最大变化，可以说这一版中，主要更改都包括在全新的第六卷中。此外，还有一个明显的变化在于他把初版的第一卷第四编第三章《论斯多亚哲学》的一部分与前一章合并，其他部分移到第七卷《论道德哲学的体系》中，新加了长篇的讨论。在这个部分，斯密集中地表达了他晚年对斯多亚学派伦理学的思考。原来第一卷中讨论斯多亚哲学的部分，代之以讨论道德情感腐败的一节。此外，较大的改动是前五版中置于关于正义论的第二卷第二编第三章末尾的"赎罪"一段被全文删除了。

根据现有的记载，直到1785年之前，斯密都没有对《道德情操论》做重大改动的打算。在1785年4月21日致卡德尔的信中说："如果《道德情操论》有出新版的需要，我打算在不是很主要处作些改动。"由此判断，斯密对《道德情操论》的细小修改已经完成。同年11月1日，他在致法国人拉罗什富科公爵的信中也说修改出版工作"在这个冬天结束之前就可以完成"。由此可知，斯密在这个阶段并未考虑对《道德情操论》做大幅度的修改。但是在1788年3月15日致卡德尔的信中，斯密说："现在我告别同事们四个月，目前正紧张地专心用功。我工作的主题是《道德情操论》，该书的每一个部分我正在做添加和改正。主要和最重要的增补在第三卷，该部分论述的是'义务感'，还有关于'道德哲学史'的最后部分。"斯密还说,至少要到当年的6月底,他才能够把修改的书稿寄给卡德尔。而据莫斯纳等人的考证,直到1789年12月,斯密才将增补部分寄给了出版商。所以,我们可以断言,斯密虽然是在1785年以后即着手对《道德情操论》进行认真修改,但直到1788年春天的这个时点上,都还没有插入全新的第六卷《论德性的品质》的计划。斯密直到1789年3月31日给卡德尔的信中,才明确写到自己的这个做法:"除了我跟您说过的增补和改进之外,我在紧接第五卷之后插入了全新的第六卷,内容是实践道德体系,标题为'论德性的品质'。"

所以,第六版的修改经过了至少四年以上的时间。为了修改这部作品,斯密付出了巨大的辛劳。他在致卡德尔的信中说:"我是一个迟钝、非常迟钝的作者,每一篇作品在我能够勉强满意它之前,至少要写上六七遍。""自从我上次给您写信后,我一直努力工作为计划好的《道德情操论》新版作准备。辛劳甚至损害了我的健康……"

斯密为什么如此专注于第六版的修改,尤其是为什么要增加全新的《论德性的品质》这一卷,学术界的研究形成了一些不同的意见。一部分人从斯密本人的文字中找根据,认为斯密这样做完全是出于他一贯对自己著作精益求精以及实现体系完整性的考虑(斯密曾经在去世前两周要两位朋友当面烧毁他的十八巨册手稿,理由是它们的文风不典雅、整体上不成熟)。作为这一观点的证明,可以援引他致卡德尔的信(1788年3月15日)的内容:"由于认为我的生命期限极不稳定,很难说我能活到完成几种我已经计划好的和已经写了一部分的其他著作,我想,我能够做到的最理想事情是使那些我已经出版的书籍能以最好、最完整的状态留诸后世。"斯密毕生对自己的身体变化非常敏感,谨小慎微。好几次临时取消从爱丁堡去伦敦看望挚友休谟的计划,都因为他觉得自己的身体不能够适应远行,休谟常常在信中抱怨斯密的失约。如果说大多数情况下斯密对自己身体的过分在意有些可笑,那么去世前两年写的这些话则证明了他的担心并非多余。他感到自己的身体开始走向衰老,原本打算撰写的科学史、文学修辞学、法律史等几种著作的计划不得不放弃,因此有必要使自己已经出版的著作更加完善。由此来判断,斯密对《道德情操论》的重大修改,似乎出于使自己的传世之作更加精致完善的动机。

但是,如果我们仔细考察第六版修改、补充的内容,并且将其与第一版做比较,则发现,这次修订的动机绝非单纯地完善作品这一动机所能解释。因为,第六版《道德情操论》在一系列重大问题上的观点都与初版及《国富论》中的观点有很大不同。比如,在第一版中,斯密着力论证,人类仅凭与生俱来的同情共感(sympathy)机制以及由此衍生出来的"公正旁观者"功能就可以形成社会生活所需要的基本生活秩序和合意的社会结果,导致公序良俗,无须神意或者强制性的外部权力插手;又比如,斯密按照自己的同情共感原理解释自由市场的合理性,论证了平等主体之间的自主自发交易是实现交换正义的最佳机制;再比如,斯密在《道德情操论》第一版中满怀信心地把商人阶级作为新道德的载体,认为在他们身上财富与德性有着完美的统一;在早前的一些版本中斯密还认为"公正旁观者"的功能有赖于社会舆论和社会意见；等等。

但是，在第六版中，我们看到的是很不同的意见。

初版第一卷第四编第二章，即以《论野心的起源，兼论社会阶层的区别》为题的这一章中，斯密指出人类"对快乐要比悲伤更加具有全面的同情共感"的自然倾向，但在那里，斯密是将此作为人类追求财富、推动繁荣的基本心理倾向和动力源来评价的。他在初版第四卷第一编（第六版第四卷的第一章）中，认为人类受到天性（nature）的蒙骗，把来自财富和地位的快乐作为"伟大而美丽高贵的东西"来加以崇拜，这刺激了人类的勤劳，创造了财富，推动了文明成长。分散在初版这两处的观点具有内在的一致性。

在第六版中，斯密将初版第一卷第四编第三章有关斯多亚思想的部分全部删除，而代之以"论由钦佩富人和大人物，轻视或怠慢穷人和小人物的这种倾向所引起的道德情感的败坏"。因为第一卷是讨论同情共感的基本原理的，这样的调整势必意味着人类天性可能导向道德情感腐败这个基本观点有可能成为后面一系列分析的出发点。这虽然未必可以立即得出他对情感与德性之间可能关系的认识已经发生了重大逆转的结论，但这一调整耐人寻味。

在新版的第四、第五两卷，也就是论效用、习俗对赞同情感的影响的部分，斯密完整地保留了肯定人类天性积极作用的内容，但在其他部分他稍稍改变了叙事的调子，转而讨论了人类那种自然情感导致道德腐败的可能性。他写道：

> 钦佩或近于崇拜富人和大人物，轻视或至少是怠慢穷人和小人物的这种倾向，虽然为建立和维持等级差别和社会秩序所必需，但同时也是我们道德情操败坏的一个重要而又最普遍的原因。(《道德情操论》第一卷第三章第三节第一段)

在这段话中，我们看到他对听任人类自然情感倾向作用所产生的后果的多重性、不确定性，对基于自然同情共感的道德情感腐败的可能性有了明确的自觉和认识。在初版中，斯密认为"只有错误的宗教观念才是导致我们的自然情感发生极大错乱的几乎唯一的原因"(《道德情操论》第一版，第三编第六节第十二段)，可是在第六版中，斯密则把人类羡慕财富和权力的情感倾向作为"道德情操败坏的一个重要而又最普遍的原因"。

在第六版第一卷中，斯密还新加了一段话，他这样写道：

> 为了获得这种令人羡慕的境遇，追求财产的人们时常放弃通往美德的道路，不幸的是，通往美德的道路和通往财产的道路二者的方向有时截然相反。(《道德情操论》第一卷第三章第三节第八段)

这个论断确实耐人寻味，表明斯密对财富的评价不再像早年那样积极，转而对财富能够带来真正的幸福和高尚的德性持深深的怀疑。

在第六版新增加的《论德性的品质》一卷中，他也是从"对富人和成功者的钦佩的倾向"中寻求道德情感腐败的原因。斯密在隔了30年之后，改变了自己的财富观以及对财富所具有的积极社会功能的正面评价，在临死之前，他已经确认"财富的集中无论是对于道德还是对于经济都是有害的"。这个认识与他一向以来所主张的"看不见的手"分配正义自然逻辑合理性的观点真是大相径庭。离开人世前的斯密似乎更加担心另外一种逻辑过程的发生：人类对快乐的同情共感天然地强于悲伤的天性→爱慕浮华和虚荣→追求财富和地位→背弃德性和道德情感败坏。

斯密在做《道德情操论》第六版修订的时候，一定发现了他的道德哲学体系内部存在的这种分裂，他全力以赴地工作，旨在修补人类同情共感机制、自然自由体系与道德情感之间的裂痕。而如果不能为基于同情共感合宜性的社会交往伦理学指派一个德性内涵和基础，则他的道德哲学体系会被自身现有的内在逻辑毁坏。为了完成这个任务，他不得不引进斯多亚主义伦理学的元素，试图将斯多亚的完美德性论与旁观者同情共感的合宜性论进行对接，试图由此来实现合宜性理论的德性化。其具体的阐述方式就是将斯多亚贤人模型所体现的完美德性原理注入公正旁观者的体内。所以，我们在第六版也就看到了一个超越情境合宜性和道德相对主义的、认识自然逻各斯的理性旁观者形象，它这是"最完美合宜性"的体现者。这个新的旁观者概念不再是初版那个附着在生活世界的行动者身上，或者介于多位行动者之间的作为独立第三方秉公裁决的想象的旁观者，这个初版的旁观者所具有的主要品质是公正、中立、掌握充分的信息，除此之外再无其他。但是在第六版第六卷中，斯密赋予了旁观者以多方面高尚的德性，比如"高尚的顺从""坚定的自制""普遍的仁爱"等，具有"圣人般的超凡脱俗的资质"。很明显，在斯密心中具备全部德性、能够识别一切具体对象和事情、遵从自然或造物主所制定的法律和指示、作为最完美合宜性体现者的半人半神的存在身上，有着斯多亚贤人的影子。这个理想的"旁观者"，被斯密赋予了极为重要的社会任务，那就是作为伟大的政治家和立法者去治理国家。

归根到底，斯密对通过人类天性自发实现道德生活的可能性日益丧失信心，是对现实社会变化的某种内在趋势的敏锐反映。商业社会兴起尤其是产业革命以后，伴随着经济的急速成长和财富剧烈集中的过程，暴富起来的商人阶级表现出了多方面的道德缺陷，炫耀财富、爱慕虚荣、尔虞我诈、钩心斗角，通过缔结价格协议等不正当手段对他人和公共利益进行肆无忌惮的侵害，这些问题都是斯密在写作《道德情操论》初版的18世纪50年代时尚未充分暴露的。被休谟和斯密作为新社会希望的商人阶级逐渐变得唯利是图，缺乏公共精神和道德上的担当，这是令他们始料未及的。休谟已死，眼不见为净，可斯密难免失望之至。他对作为自然自由体系核心观点的加尔文主义"神意的欺骗"的正确性产生了深刻怀疑，与此相反，日益对斯多亚哲学产生了越来越强烈的好感也就很好理解了。

斯密在斯多亚学派伦理学中寻求自己德性论建设的依据，这个尝试是否成功，我不敢妄加评论，但是他后期的转向对其自由放任主义立场无疑会造成一定的冲击。如果不能在严格的人类天性基础上推演出斯多亚贤人的模型，则其道德哲学体系就不能免于拼凑的嫌疑。他的自由放任主义也就无法避免道德基础合法性的质疑。我以为斯密自己是清楚地意识到这个困境的，其内心的焦虑自不待言。他在人生的最后不到一年的时间里，不顾年老体衰，殚精竭虑地工作，看来也是迫不得已。

斯密思想倾向从早年的自由放任主义者到具有某种建构倾向的德性主义，这一转向值得关注。暂且不论这个转变是否意味着斯密动摇了自由放任主义的基本立场，他从政治家的德性和行为中寻求新社会建设的出路，今天的自由主义者会心存恐惧，为此烦恼。如果斯密只是把贤明有德的人作为暴发起来的商人阶级个人自我道德修养的榜样，这无可厚非，而如果要由某种具有美德的政治家来施行德政以便构建美德社会，则对自由放任主义基本理念的冲击可就太大了。

（本文原载《读书》2010年第12期）

英国古典政治经济学的苏格兰渊源

摆在读者面前的这本文集，是最近30年以来学术界引用较多、影响较大的，研究苏格兰启蒙运动及其思想理论的重要作品。

这本书的论题覆盖到了苏格兰启蒙运动中的经济、社会、政治、文化的各个领域，所研究的学者既包括洛克、休谟、斯密这些早就为中国学术界熟知的人，也涉及哈奇逊、弗格森等正在引起国内学术界关注的重要人物，甚至还有专章来讨论此前基本上不为中国学术界所重视的那些人物及其思想，他们曾在苏格兰启蒙运动中发挥过重要作用，比如弗莱奇、凯姆斯、卡迈克尔、斯图尔特、米勒等。至于论及的历史人物就更多了。尽管本书论题的覆盖范围比较广泛，但正如副标题所示，它的重点在于考察苏格兰启蒙运动中的政治经济学的发展。

确切地说，本书的各篇文章从多个角度切入这样一个主题，即，以亚当·斯密的理论为代表的英国古典政治经济学与苏格兰启蒙运动的各种思潮之间到底有着何种内在的联系，这种联系使得古典政治经济学具有什么样的基本特性。对中国的经济学说史研究者来说，这无疑是一个非常新颖的主题。长期以来，我们所接受的主流理论是以"科学的劳动价值论"为标准来研究、衡量和评价政治经济学的基本发展历程的。根据这种理论，英国古典政治经济学始于威廉·配第，经亚当·斯密的发展，到大卫·李嘉图，达到了顶峰。这也为马克思创立政治经济学体系提供了最重要的理论准备。马克思在其《剩余价值学说史》一书中确立起来的考察政治经济学说史的范式被反复形式化乃至教条化以后，积淀为我们的思维定势。对中国学者而言，似乎并不关心英国古典政治经济学起源和演化的实际缘由，尤其是，对苏格兰启蒙思想与古典政治经济学之间的内在联系，可以说不甚了了。

毫无疑问，马克思揭示出了英国古典政治经济学起源、发展以及达到高峰的某种重要机理，有助于我们理解这一理论体系阶级属性的一面。但我们必须注意的是，这种考察是严格从属于马克思剩余价值学说的总体框架的。马克思以唯物史观作为其基本的概念范式，对历史（无论是现实的还是思想的）经过了某种特殊的处理，抽象了大量内容，旨在更好地贯彻他自己的理论使命。仔细阅读马克思的作品，不难发现他自己对这样处理的前提和局限条件有着相当的理论自觉。对此，受庸俗马克思主义毒害很深的中国学术界需要有清醒的意识。而最近30年来，随着苏格兰启蒙运动研究的不断深入，西方学术界已经有可能复原出一个非常有趣的历史情境，可以帮助我们更加丰富，也更加深入地认识英国古典政治经济学赖以形成和发展的基本背景。

包括本书在内，有越来越多的研究表明，英国古典政治经济学之所以被创立并在最初阶段就取得了迅猛的发展，一个非常重要的原因在于哈奇逊、休谟、斯密这些苏格兰启蒙思想运动的领袖在特殊历史情境下秉据的特殊问题意识。具体而言，这些思想家，无论彼此之间在知识背景、个人气质以及社会政治地位具有多大差异，都关心一个极为迫切而深刻的问题，就是在一个历史文化具有一定的特殊性，而经济相对落后的体系中，如何能够实现长期的、可持续的发展，达到国富民强。提出并回答这个问题的现实性和紧迫性，来源于这些学者该如何面对自己的祖国——苏格兰这样一个在经济上相对落后的国家，在1707年与经济上先进的英格兰合并这一历史变化。

事实上，苏格兰与英格兰，在长达数个世纪的时间里，都是不共戴天的仇家。与南部的近邻英格兰相比，苏格兰更愿意与英吉利海峡对岸的法国交好。如果不是苏格兰在1559年左右爆发了宗教革命，新教徒取得了国家权力，也许这一切不会有太大的改变。新教信仰占据统治地位后的苏格兰，与同样以新教为国教的英格兰之间终于开始有了某些基于宗教的共同利益。1603年发生的王位联合事件，将英格兰和苏格兰这两个曾经的仇敌联结在了一起。但是此后一个多世纪之内，苏格兰事实上日益成为经济力量更加强大的英格兰的附庸。苏格兰的经济实力本来就显著弱于英格兰，加上发展腹地小，没有海外殖民地提供的商品市场和原料来源作为支撑,产业发展空间狭小。加之王位联合以后,实际的政治运行中,苏格兰议会的权力受到英格兰的钳制和抵消,几近名存实亡,在贸易、外交等涉及国家重大利益的领域,苏格兰实际上丧失了自主权,根本无法维护本国利益。事实上,王位联合加剧了苏格兰经济上的贫弱局面,也激化了国内矛盾。因此,对苏格兰人来讲,要么抛弃王位联合模式,彻底回归到1603年之前时代的自主模式,要么与英格兰实现真正意义上的合并。围绕苏格兰前途和命运的激烈讨论在17世纪下半叶开始一直到18世纪初,从未停止过。在思想界,各种利益集团的代表纷纷卷入了关于苏格兰政治经济前途的争论。可以说,民族感情很深厚、自主意识很强的苏格兰人,尤其是普通的苏格兰国民是不愿意看到自己的祖国与英格兰合并的。詹姆斯二世党人在18世纪上半叶的复辟活动之所以能够造成一定影响,与这一社会基础不无关系。但是,很多有识之士也清楚地意识到,如果不实施基本经济政治制度的改革,不对国际社会实现进一步的开放和合作,尤其是不能与强大的英格兰合作,苏格兰就无法实现富强,保持自己的民族尊严。一方面是对本民族历史文化的深沉的情感,另一方面是基于强烈发展愿望及对严酷外部约束认识的理性分析,两者之间所具有的张力转化成为苏格兰知识界活跃思想创新的基本动力。

由于经济的不断恶化、大饥荒导致国民生活的困顿、海外投机活动失败造成的惨重损失等一系列因素,加上一部分苏格兰贵族和大地产阶级的利益倾向,在18世纪初,天平迅速向赞成合并的一派倾斜。1707年1月16日,苏格兰议会以110票赞成、41票反对通过了合并法案的全部条款。最终通过的合并法案共包括25个正式条款及3个附加条款，在这25个条款中，涉及经济方面的多达15条。条款中给予苏格兰人以贸易自由；取消了航海条例的限制；取消了关税壁垒；还规定由英格兰拨出资金，作为苏格兰分担英格兰国库债务的补偿，在实际操作中，这笔资金也被用于向在达瑞恩计划中蒙受经济损失的苏格兰投资者提供补偿。除此而外，条约还包含了在苏格兰征收更轻的税收及每年向苏格兰投资发展工业等内容。同年5月1日，《英格兰及苏格兰王国合并法案》正式生效，苏格兰王国和苏格兰议会都成了逝去的历史。

合并法案虽然生效，但无论是对于英格兰人还是苏格兰人，合并，都说不上已经完成，更说不上成功。在实施合并后的数十年里，苏格兰人都面临一个必须回答的问题，那就是合并的政治经济效应到底会是什么，如何才能够确保合并有利于苏格兰的利益。当时的苏格兰知识界和文化界热烈讨论的一个问题正是，在社会历史文化传统、现实政治经济结构、经济发展水平方面都存在较大差异甚至冲突的两个国家，在合并后的时代如何相处，才能实现有益于双方的有机融合。从静态上看，只有从本质上把握政治—经济关系的深层结构，才有可能予以解答；而从动态上看，这又是一个后发国家如何实现经济转型和发展的问题。其实我们很容易在斯密的《法理学讲义》和《国富论》中找到他思考和回答上述问题的主要轨迹。

总之，苏格兰这样一个经济上弱小的国家与经济实力远远强于它的英格兰合并的这件事所蕴含的尖锐的历史矛盾，促使各路人马深入思考经济发展、政治转型、社会建设等一系列重大的现实问题，这应该是导致苏格兰启蒙思想蓬勃兴起的一个基本历史背景。

本书各篇文章的论题看似散漫，出现在书中的人物众多，主题不容易把握，但若仔细阅读，可以发现斯密是本书事实上的主角。全书基本上还是围绕着斯密的《国富论》的问题意识及其真正贡献这样一个主题来展开的。众所周知，两个多世纪以来，尽管人们赋予斯密的这部经典之作以耀眼的光环，誉为经济学的"圣经"，但对它的真正主题以及与后来经济学发展之间的联系，其实不甚关心。正因为如此，后人对斯密政治经济学理论的历史贡献和当代意义也就不可能深入认识和准确评价，甚至存在严重偏颇和误解。即使是如弗里德曼那样的杰出经济学家，据说也不曾从头至尾认真读过一遍《国富论》。学术界对斯密的伟大贡献津津乐道，但似乎并不清楚这种贡献之所以伟大的缘由以及伟大的具体内涵。我认为，最近一个多世纪以来，经济学发展的过程不断发生摇摆，并且似乎日益偏离正确方向的状况，与此相关。国际思想史界在《国富论》问世两百多年后的20世纪80年代，重新研讨这一主题，其实非常有必要。本书的各位作者把斯密及其作品置于一个历史情境中加以考察和分析，帮助作者以"同情的理解"方式进入当时的历史之中，帮助读者理解那一代苏格兰人，特别是斯密的问题意识以及理论贡献的多个维度。

撰写本书各篇论文的作者，都是欧美苏格兰启蒙运动研究领域中的重要学者，他们的学术观点不尽相同，甚至在一些重大的问题上存在深刻的分歧,但是其视角、较为深入的分析以及新颖的观点必将对中国学术界提升对苏格兰启蒙运动以及政治经济学史的研究水平产生重要的促进作用。

在经济学日益剔除历史因素,远离真实世界,无视人类基本价值关怀,逐渐蜕变为应用数学分支的今天,回顾它的祖先——英国古典政治经济学诞生及发展的历史背景和社会机理,面对斯密等学科拓荒者当年深沉的理论使命和历史责任心,缅怀那一代人的伟大思想贡献,不由让人感慨万千!

(本文原为《财富与德性:苏格兰启蒙运动中政治经济学的发展》[洪特、伊格纳季耶夫编,李大军等译,浙江大学出版社,2013年版]序言)

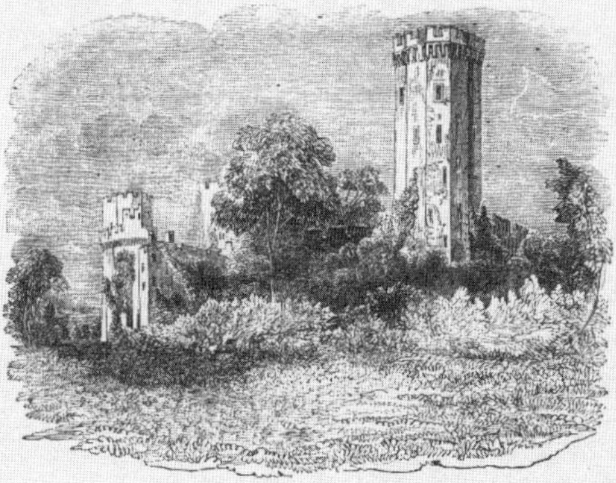

市场经济成长的"理想类型"：
读希克斯的《经济史理论》[*]

约翰·R.希克斯（1904—1989）是一个新古典综合派的大师，但其晚年的《经济史理论》[1]和早年的新古典主流思想却有极大的差异。在这本小册子中，希克斯按一些经济学概念整理在他看来具有"统计一致性"的史料，从发生学层面讲述了一个市场经济动态演进的故事。

学术界关于市场经济社会兴起的讨论一直以来就非常热烈。随着中国走向社会主义市场经济体制进程的深入，对市场经济体制的演进路径及其条件的讨论开始引起了新的进一步的关注。在这样一个背景下，重读英国经济学家、诺贝尔经济学奖得主希克斯晚年的代表性作品《经济史理论》一书，应该是有必要的。这

---

[*] 本文为罗卫东与陈春良合作撰写。
[1] 约翰·希克斯:《经济史理论》，厉以平译，商务印书馆，1995年版。

本小册子为希克斯自己所珍爱，以至于在他看来，实际上他此生做出的最大的学术贡献并不是获得诺贝尔经济科学奖的比较静态新古典分析，而是这本小册子里表达出来的思想理论。

在这本篇幅不足十万字的小书中，希克斯表现出惊人的驾驭重大历史题材的功力；他对西方经济史的材料的熟悉以及对运用动态研究范式的自如，使得这部书看似简单，实则旨意深远，耐人寻味。笔者在阅读过程中感受良多、获益匪浅，愿将一点心得贡献出来，旨在抛砖引玉，企望方家赐教。

《经济史理论》是希克斯晚年的一部作品（1969），这部作品和他早年的风格有很大的差异。早年的希克斯以IS-LM模型、资本和价值理论等在新古典经济学领域中享有盛誉，他也正是由于在这个领域和福利经济学中的突出贡献而获得1972年诺贝尔经济学奖。他早期开创的分析方法是新古典比较静态分析的典范。然而，到20世纪50年代以后，晚年的希克斯逐渐感到这种比较静态数理分析无论如何精美，都不能脱离纯粹逻辑推理的新古典范式，归根到底就是得不出任何的"历史感"。在熊彼特看来，这种新古典沉湎于建模型的"恶习"是从李嘉图开始的。为了追求完美和严谨，古典经济学家，如斯密开创的历史传统从这里开始被很大程度地抛弃。最终，新古典经济学变成一个纯粹的"智力游戏"，它几乎完全脱离了现实的世界。著名的桑塔菲学派的代表人物布莱恩·阿瑟教授甚至认为"没有什么理论比新古典经济学更加脱离现实了"。此外，由于新古典的比较静态体系中不存在严格意义上的时间欠——"平面化"，所以对现实世界的解释力是"苍白的",对认识世界的知识增加也是没有多大帮助的。

晚年的希克斯开始对新古典传统进行反思,进而希望建立一种动态的分析理论,《经济史理论》是这种思考的成果。

广义的历史是过去所发生的一切的总和。当面对类似混沌、漫无边际的历史事实时,每一个历史记述者在一定价值关联下"选择"了一些史料——从纯粹经验主义角度来看,这些史料呈现时其实也已经存在价值筛选的问题,研究者的价值关联其实至少已经是第二次对历史事实的"过滤",进而试图描述或还原一个历史事件或过程,就是一个纯粹讲故事过程。这种故事体系化就是我们平时意义上的历史学。在这个意义上,克罗奇说得很正确,"一切历史都是当代史"。

希克斯在《经济史理论》的第一章也很明白地讲到这种历史认识的局限性,"它不是历史的全部,而只是不同的学者关于过去看法的一个可以对话的平台"。作为一门交叉性的学科,经济史在历史学中的独特性就反映在,它整理历史材料的时候使用的是经济学家"创造"的一些范畴和体系,通常是某个经济理论。希克斯认为这些之所以可能,是因为在他的经济史中研究对象是一些总体上具有"统计一致性"的集合。在这一点上他和马克思是一致的,但是他还强调这种整理历史的方式随着经验事实的增长,使用的一些整理概念类型也是应该逐渐丰富加以适应的,而不是试图泛化概念来解决新问题,并且甚至让这些概念或理论左右固化或试图统一历史模式,这又和后来马克思主义者的一些做法是有差别的。

从历史分析中得到的一些总的统计概念是适用于特定的历史背景的,脱离了这个背景而普遍化的概念是没有生命力的,在福柯那里这种脱离历史的普遍性应该受到"合法性"质疑。按照韦伯的说法,这种经济史也是一个理想类型,它是个人的"思想图像",从一个理想类型里面是还原不出历史的,正如从"义利论"还原不出一个"君子国"一样。[1]希克斯用"统计一致性"这一点一定程度上划定了自己涉猎的范围,同时认为这也是"经济史"和"理论"这两个一直看来矛盾的概念可能统一在一个短语里的出发点。这个认识其实有历史层次感的味道。在年鉴学派布罗代尔那里,这种层次性是按照长周期、中周期和短周期展开的。而前两个时间分段可能有可观察到的整体发展趋势或规律,最后一个短周期就完全是个人层面的历史记录。从个体到整体趋势的分析在布罗代尔那里是通过"不厌其烦"地记录一些个人生活的细节而"凸显"的。希克斯也认为就层次间可能的联系应该通过对重要历史人物的某些分析实现,在这一点上两者认识是一致的,至于历史的联结则是有区别的。反观中国,这一点在长期以来的"官史范式"中就大多都被"忽略"了。最终,希克斯在这部经济史作品中做的工作就是依照市场经济发生学这条线将散落的一些"珍珠"——史料串起来,讲述的是一个市场经济动态演进的故事。

故事是一个从起点——习俗经济和指令经济——开始发展到

---

[1] 马克斯·韦伯:《社会科学方法论》,韩水法、莫茜译,中央编译出版社,2002年版。

商业经济的过程。其中有两个阶段，第一阶段是重商主义城邦经济，第二阶段是贸易中心经济，进而最后实现市场经济。在希克斯的故事中，这个过程是一个商人、商业和市场专门化的过程。这里的市场和斯密意义上的市场是不同的：我认为，斯密意义上的市场是交换或交易的集中，因而一旦交易出现，市场也就出现了；而希克斯的市场是一个与规模经济相关的概念。在希克斯看来，市场是一定的交易总量或规模专业化的结果，他在市场，或者更确切地说是在市场经济发生学角度点出了自己的观点和斯密市场产生于分工说法之间的差异。或者是"当人们认识到分工并不是市场起源，便大吃一惊"，而其实两者是没有矛盾的，因为各自关于市场的定义上就有差别了。当然希克斯也认为这个历史演进的过程绝不是线性的，它是一个渐进并不断反复的过程，而且在时间上各个不同的经济也有差异。

从习俗经济和指令经济演进为商业经济或"重商主义"，是一个商业专门化过程的开始。在希克斯那里，这个过程的主导是商人，正是这些商人的专业化推动了整个经济的演进和变革。从习俗经济和指令经济的纯粹形式以及两者可能的混合形式出发，可能演进出岁入经济。封建主义和官僚政治是其中可能匹配的政治形式。传统的手工艺者和商人在希克斯看来没有什么区别，他们都是先买后卖。而商人专门化的一个标志就是有意识"存货"的出现，这可能就是国内商业最初的起源。封建主义和官僚政治当中也会分化出一个商人职业，比如最初替官僚买卖物品的奴仆。

随着时间的发展，这种前市场经济形式可能逐渐不适应大规模商业活动的要求，这时候就可能在习俗经济和指令经济的边缘发展出一些专门化的商业经济。从习俗经济和指令经济过渡到商业经济或者是重商主义经济，这个过程不是完全内生的——或曰：经济体系内部外化的"自发扩展的秩序"，在有些地方它可能还是一个外部力量作用的结果。

要成功实现这种过渡，希克斯认为须至少要有这么两个条件：第一，财产的保护；第二，维护合同。这两个条件在传统经济中都是不容易满足的，传统的一些习俗可能可以规制一些合同，但是规模较大的、专业化的商业必须要有上规模的专业合同治理机构和制度，在希克斯这里是默认国家有比较优势来提供这种"公共品"。"保护"这个公共品对商业的专门化和发展是希克斯极为强调的，应该说是贯穿始终的一个要求，比如后来的农业渗透和劳动力市场也是一种保护机制，这也成为传统经济能否向商业经济转化的关键。但希克斯指出这种"公共品"的充分供给是不大可能完全内生的。在西方历史上，城邦在这个转化的过程中就扮演了一个关键的角色。所以，他在说到东方亚洲和西方欧洲的商业经济发展差别时就认为，由于存在众多的城邦，所以欧洲在商业经济的兴起上要早于东方，而且这里还可能存在一个自增强和自组织的正反馈，所以商业经济的发展欧洲比亚洲领先了很多。

希克斯关于欧洲城邦在前市场经济向市场经济转化过程中重要作用的分析有点经济地理学的味道，但在这个故事中却基本上没有"地理决定论"色彩。殖民地的出现在希克斯看来有两个基本的原因，一个是人口资源压力和移民要求，另外一个就是贸易的需要。当然这只是一种解释，我们认为这与这个殖民过程给西方资本主义发展创造了重要的资本资源的原始积累也是相通的。

商业经济从第一个阶段的城邦经济过渡到第二阶段的贸易中心经济，也是商业和贸易逐渐更加专业和独立的结果。在这个转化过程中，原来的城邦经济提供的保护财产和合同的"公共品"供给是不足的，所以商业的进一步发展要有更加非传统和非人格化的结构，这就涉及希克斯谈到的货币、法律和信用以及市场渗透问题了。从商业与其环境关系的角度看，商业经济第一个阶段的特征是商业团体建立在一个基本上是（至少相对的）非商业的环境上，也就是环境和商业的界限"泾渭分明"，这就是一般意义上的纯粹的"保护"公共品供给和税收的交换契约关系。第二个阶段或者说中间阶段，这两者之间的界限就不是那么明显了，结果可能就是商业向传统非商业环境的渗透，渗透的最终完成就是现代市场经济的出现。

对这个渗透过程，希克斯分了这么几个部分：第一，货币、法律和信用是其中最早和最重要的部分。货币和法律这两项重要的经济遗产，使得商业范围可能突破第一阶段的城邦范围，实现地理上的扩张，从而形成一般的贸易中心。而法律和信用对交易规制的标准化和贷款规模的扩大有比较大的意义。第二个部分是，货币和金融的发展对国家自身的影响，他主要关注了国家财政状况的变化——税收和举债技术。中古阶段的国家，在希克斯看来都有普遍的财政问题。一方面税收比较刚性，而财政支出却是一直增长，因而如何解决这两者之间的"差距"就很重要了。有一个解决途径——更多地发行货币（或者是铸币税），但这种由于地区货币和"重币"关系等将导致政府不可避免地面临潜在信用危机，最终恶化财政状况。对此可能的解决契机就是税收效率的改善，比如股份制企业的出现被认为是商业化过程中国家征税的一个重要制度改善。另外一个就是银行业的出现和发展改善了政府的举债技术和安全性，从而政府不再不可避免地滑向信用危机的困境。

第三个部分的渗透是在传统农业经济中，这个领域是相对顽固、稳定的习俗经济统治的天下。发生在传统的领主和农民经济的渗透分为两个阶段：第一个阶段是商业的渗透，第二个阶段是金融的渗透。对这两个阶段渗透的分析希克斯基本上还是类比于前面的"保护"分析，认为农民和领主关系的变化，最终农民面对的是国家，也是一种"保护"原因的结果（这在我看来倒比较"牵强"，因为可能问题关键是合约的结构，但这不妨碍故事本身）。第四个部分的渗透是劳动力市场的渗透，这个阶段主要得出的是要素市场的出现，只不过以劳动力作为代表说明而已。

最后，商业渗透在现代工业中达到顶点，工业革命在希克斯那里从"首尾一致"角度看也是商业化的深化，商业的专门化从原来基本上是流通资金和传统的制造业相区别转变为有重要的固定资本投资。保尔·芒图的《十八世纪产业革命》提供了这个历史线索。[1]从芒图讲述的"故事"中，我们看到在18世纪60年代以前其实已经有很多所谓的产业革命因素，比如家庭作坊、纺织发明、工厂、在17世纪就开始的自耕农的慢慢消失等。产业革命在芒图看来首先应该是一种生产制度的变革。商人和小手工业者在"家庭工业阶段"是不存在严格的区别的，正是商业的扩大、存货的出现，专门的商人阶层慢慢演进出来。而这种商业化在推动产业革命的到来中发挥了极其重要的作用。并且，这些商人很多就是从"发包商"变化到工业场主，成为"商人工场主"，也就是希克斯意义上商业中固定资产投资的出现。所以从产业革命历史回溯市场动态演进进程，商业化在希克斯那里的重要性就不难理解了。分析到此就勾画了一个完整的市场化过程的图景，最终意义上的市场经济也就出现了，这也是希克斯意义上的市场经济发生学的诠释。围绕市场发生学这条主线串起来整个经济史的"珍珠链"就完成了。当然这么长的时间跨度——基本上从古老的习俗经济到现代工业革命，而如此简洁的脉络和高度的抽象，我们从中可以体验希克斯对整体历史的把握已达到"炉火纯青"的境界。

这个动态市场演进的故事逻辑是极其清楚的。虽然希克斯自己在第一章中也讲到了，这个故事研究的只是一个大体趋势的相对描述，不可能做到概括全部的情况，并且不想也不可能做到这

1　保尔·芒图：《十八世纪产业革命——英国近代大工业初期的概况》，杨人楩译，商务印书馆，1983年版。

样。而故事除了必要的语言支持，要成为一种历史理论，必须得建立在一定的概念体系上，从而创立出自己关于史料对象的一种理想类型，也就是历史、理论和故事。在这个意义上，经济史理论就是用一些经济理论提供的概念——可能还有其他社会学上的概念——整理史料，所以经济史理论始终依托的是特定的历史材料和特定的总概念。

从这里可以看出，至少在经济史的方法论上，希克斯和马克斯·韦伯的"理想类型"方法是相一致的。联系德国历史学派和奥地利学派著名的方法论之争，在历史学派看来，以门格尔为代表的奥地利学派传统抛弃了历史，试图凭借几个先验概念来推理和构建整个发展过程（"有论无史"），或者得出一个普遍的发展规律是不恰当的，而德国历史学派当时就以详尽史料堆砌闻名（"有史无论"）。当然，这场方法论争论中德国历史学派最终是没落了。而历史学派后来最重要的代表人物维尔纳·桑巴特总结这个争论结果后也深刻意识到这一点，所以在那部《现代资本主义》中桑巴特说到必须用一些理论上的成果来整理已有的历史资料，这也是历史学派可能的出路和发挥"历史感"优势的地方。另外，作为旧历史学派代表人物罗雪尔的学生，马克斯·韦伯在与新历史学派进行论战时也认为，对于无边（混沌）的社会实在，如果没有基于"价值关联"的筛选，是不可能进行研究的。而历史学家基于自身的价值关联提供的解说不过也就是理解那段历史的一个"窗口"，并不具有普遍性。所以，从某种意义上，韦伯方法论中的"理想类型"似乎就是对历史学派教训的总结和开辟的一个出路。

因而,分离这两个方面,赋予其普遍性是不可取的。历史、理论的结合是理论形态的讲故事。既然是故事,那么经济史理论就不能被赋予普遍性,它是经济学者用自己特殊的概念整理特定史料的产物,只是一个特定的观察窗口或成为一个可能对话平台的一部分。正如E. H. 卡尔曾指出的:什么是事实?事实就像广漠无边,又似无法进入大海中的鱼,史学家捕到什么鱼,主要取决于他选择在大海的哪一部分捕鱼以及他选用哪种渔具,而这个因素当然又取决于他想捕的是哪种鱼。在这个意义上一些考古成果的意义就在于提供整个概念体系试图勾勒图画的某些碎片,而这些可以为故事的构成提供一定的支撑,或相反成为评判"理想类型"的依据。

(本文原载《财经论丛》2004年第6期)

激情还是利益:
阿尔伯特·赫希曼《激情与利益》读后

照王小波"好书需要批评,坏书需要炒作"的说法,赫希曼的《激情与利益》[1]显然是够得上好书的标准的,它值得批评!不过,这又是一本极难下手评论的作品,和赫希曼一生中的其他作品有相似的一面。他驾驭重大主题的卓越能力,援引史料的功夫,以及叙事上的特点,都使得读者在翻完最后一页掩卷沉思时,脑袋里乱作一团。

这本译成中文不过125页的小册子,我陆陆续续读过几遍。最后的一次阅读是在飞机上完成的。记得那次乘坐的是国内一家叫作奥凯的民营航空公司的航班,从北京返回杭州。正值春末夏初

---

[1] Albert O. Hirschman, *The Passions and the Interests: Political. Arguments for Capitalism before Its Triumph*, Princeton: Princeton University Press, 1977. 上海文艺出版社2003年出版了该书的中文版《欲望与利益:资本主义走向胜利前的政治争论》,李新华、朱进东译。

激情还是利益：阿尔伯特·赫希曼《激情与利益》读后 | 223

时节，天空中气流诡异，乌云闪电，摄人心魄，飞机在穿越云层时发生了长时间的剧烈颠簸。这是我从未经历过的颠簸，我得承认，自己被"恐惧"这种激情弄得心浮气躁，即使是该书第三章结尾部分精彩的叙事也很难让我转移注意力。不过，对飞机失事概率的估计，对私人部门利益诉求、科学的可靠性及现代管理分工效能的信赖才使得我稍有平静。半小时后，我和其他乘客安然走下飞机，在恐惧、期待的激情和对利益的信赖的几重作用下完成了一次旅行，似乎也是关于激情和利益平衡的一个写照。在这样一种特殊的情境下阅读《激情与利益》这本书，心中别有一番思绪。

和很多战后思想界的巨擘一样，阿尔伯特·赫希曼，也是一个德国出生的犹太人，早年沉迷于黑格尔和马克思等大陆哲学，辗转英美学习经济学。"二战"爆发，他先后加入法国和美国的军队作战。1956年后做了大学教授，参加了美国联邦储备委员会，也曾应邀担任过哥伦比亚政府经济顾问。1964年进入哈佛大学工作，晚年，他落脚普林斯顿高等研究院，在这个风景优美又十分安静的地方度过了他的余生。

余生也晚，未有机缘亲见此公。按照我阅读他作品时脑海里浮现出的印象，他应该是一个气定神闲的长者，也许还抽着雪茄，如数家珍般描述着那些思想史上的细节。在他身后应该有直通天花板的大排书架，那上面的书随意摆放。他，说不上是一个可爱的老头儿，但很是知性，深邃的眼神中隐约可见一丝狡黠……

这本小册子是30余年前的作品。那时候，他已经是蜚声学术界的发展经济学大师，壮年时代写就的《经济发展的战略》乃是不平衡发展战略的扛鼎之作，书中散发着浓浓的奥地利学派气息。其不平衡发展思想，对经济发展理论和战略的影响力持续至今。

在20世纪后半叶的为数不多的总体性思想家中，他的作品的气质可谓独树一帜。从不人云亦云，也不与众人扎堆干活。在迷雾重重的思想史的丛林中，他另辟蹊径，独自前行。某些方面与熊彼特相似，比如说对历史的沉迷以及居高临下审视主题的姿态，还有就是晦涩的叙事方式（虽然不如熊彼特那般严重）。故很难将他归入到任何一个领域或者学派，他的思想之命运因此也与熊彼特颇有些类似，缺乏将其思想体系化并加以发扬光大的后继者。他身上是否有熊彼特那种傲慢，我不敢断言，但遣词造句中间透出的贵族气息就像我想象他指间轻夹的雪茄袅袅发散开去的那些青烟，不仅闻得到，也隐约可见。无论是选择的学术论题还是其作品字里行间渗透着的气质，赫希曼都应该被归入学术贵族一类。

在我心目中，学术贵族总是被两类问题所吸引，一是左右着解决某些复杂历史过程的关键细节，一是对历史的演变起着重要作用却隐藏在深处不为常人注意的力量。在赫希曼那里，这两个问题的接合部被确定得很好。本书考察的"passions"和"interests"，在赫希曼看来正是资本主义获得历史合法性的过程中，被反复讨论的核心概念，是理解资本主义走向成功的关键词。全书的三个部分，核心是讨论两个主题：第一，如何用利益来抑制激情；第二，如何用经济扩张来改善政治秩序。虽说是考察两三个世纪以前的一些思想家围绕新社会合理性问题展开的论辩，其实是借他人胸臆浇心中块垒。明眼人一看就知道，赫希曼援引的孟德斯鸠、休谟、斯图亚特、弗格森和斯密，个个都是他的后援团。他的基本观点是，资本主义的巨大成果本质上来自"利益"这一动力机制的不断生长，有效地抑制、平衡甚至驯化了前资本主义时代作为社会运行基本动力的"激情"，无论这种激情来自荣誉感、信仰、恐惧还是其他别的方面，而被"利益"驯化了的激情终究成为资本主义政治秩序建构的有益因素。一言以蔽之，资本主义经济政治的成功，本质上应该归功于逐利行为的成长取代了基于激情的冒险。

这个观点，一旦清楚地表达出来，是再平淡不过的了。但是，这样的一个角度和入口，没有天赋和洞见的学者，除非天降大运，否则是找不到的。加之赫希曼是叙事的高手，他的特长正在于对思想史文献的熟稔，经史子集的，胸有成竹，娓娓道来，端的是满纸云烟。一本薄薄的小册子，涉及的思想史人物和事件足以让生活在当下的读者着迷。

阿马蒂亚·森为该书20周年纪念版所作的序言是对全书内容的清晰概括、对其中某些主题的现代引申及直截了当的颂扬这三者的混合体。森本人与赫希曼之间有着某种特殊的私人关系，评价未必是公允的，但他对本书主题的理解可谓准确精到，某些方面的延伸讨论相当精彩，与正文珠联璧合，相得益彰。作为该书的一个重要导引，这个序言还是应该认真读的。

让我们先来浏览一下本书的要点。赫希曼认为,在前资本主义社会,人们为荣誉和光荣而奋斗,这是社会运行的强大动力。不仅如此,为荣誉和光荣而奋斗,成为一个人是否具有美德和崇高感的试金石。尽管奥古斯丁、阿奎那和但丁等宗教思想家激烈抨击人们对荣誉的追求,尤其是对虚荣的追求,认为那是一种罪,但是在文艺复兴时期以后的一两个世纪里,对荣誉的追求还是成为主流意识形态。有趣的是,到了17世纪前后,在西欧国家特别是法国,基于荣誉感的英雄主义成为作家们奚落和讽刺的对象,塞万提斯、霍布斯、拉罗什富科、帕斯卡、拉辛等重要的思想家和文学家,纷纷以不同的体裁表达了对荣誉感、英雄主义精神的不屑甚至激烈的否定。在经历了这一集中发生的奇怪的思想批判之后,西欧的社会发生了巨变,社会的主流意识形态开始转向对金钱的热爱,以及平等地看待权力与荣誉的概念。与这种转变相关的社会活动也日益得到了普遍的认可,如商业、银行业、制造业等,新社会由此诞生并占据了世界历史的舞台。这一社会巨变,与主流意识形态巨变之间的关系,到底如何?为什么会发生这种集体意识的历史转型?这正是让赫希曼关心的问题。只有对这个问题做出解释,我们才能清楚地认识到决定今天资本主义基本精神的那些因素之来龙去脉。

文艺复兴之后的西方世界,在精神层面上的一个最大变化表现在形成社会秩序的基本力量从基于暴力的国家管制、来自想象的神祇的约束、崇高英雄主义荣誉感的驱策,转向活生生的个体本身。知识界开始关注人自身的基本力量,或者说人性,是否能够以及如何缔造社会秩序。在长达两三个世纪的时间里，马基雅维利、霍布斯、维科、曼德维尔、亚当·斯密等从各个方面做出了自己的判断。他们的思想彼此有差异，但是都集中到以下的问题，即，人能否有效地控制天性中的那种不稳定、不可预期的激情，以及社会是否能够驾驭人类自身与生俱来的多样化的激情。激情是人生的动力之源，也是毁灭的根源，是快乐的源泉，也是痛苦的本源。激情自然也是社会演化的动力之源。认识激情、驾驭激情是人类的根本任务。在人类自身发展的历史上，对待激情的方法，不外乎以下几种：第一是抑制"有害的"激情；第二是克制和驯化那些过于强烈的激情；第三是用一种有益的或者无害的激情去平抑那些无用的甚至有害的激情。宗教的、道德的、政治的、技术的手段先后被用来服务于以上三个方面的任务。但是，人们越来越发现，运用抑制的方式，或者用驯化的方式，都无法真正达到让激情变得持续性地有益于社会的目的。直到17世纪以后，部分学者开始逐渐意识到，在人的全部激情中，运用其中一种去制衡另外一种，最后达到一种有益于社会的目的，常常是有可能的。那么，是哪一种激情可以胜任这个历史性的任务呢？近代早期的启蒙思想家，几乎是不约而同地把注意力集中到人类对"自我利益"的激情。这些思想家从各自的方面对此进行解释和说明，形成不同的启蒙思想体系，不过他们中的不少人都不约而同地采用了"看不见的手"的隐喻，这是很有意思的。其中，斯密的"看不见的手"思想几近家喻户晓。赫希曼不仅要证明人类对利益的追求可以有效地平衡个人层面激情的冲动，更为重要的是利益是形成稳定政治经济秩序的重要力量。与激情相比，利益作为人类行为的动机，较之激情这一动机具有显而易见的优点：首先就是利益的可预见性，这使得受利益支配的世界更具有可预见性；其次，基于自我利益的人类行为更有可能导致双赢或者多赢；再次，利益的动机是最为稳定和持久的。基于利益的动力，虽然巨大而又持久，但却是温和和无害的。最典型的就是商业的兴盛几乎总是会推动人们的生活方式变得文明和温和。总之，具体来说，赚钱几乎总是一种温和的激情。

赫希曼进而还要对基于利益动力的经济扩张与一个社会的政治秩序之间可能存在的关系，进行思想史的考订。启蒙时代以来的思想家在此问题上的观点判然有别，孟德斯鸠、斯图尔特等倾向于认为两者之间存在着一个正向的积极关系，而重农学派与亚当·斯密则对此持有深深的怀疑和悲观的看法。19世纪以后在这个问题上的讨论，激发了包括托克维尔、马克思、韦伯、熊彼特、凯恩斯等一批重要思想家的兴趣。

赫希曼自己似乎没有在以上问题上选择站边，而是话题一转，指出这两者关系的内在张力需要今天的人保持关注。他的结论是"资本主义的批评者和维护者，都可以借助这里所叙述的知识史上的事件的知识来改进其争论。人们能够祈求于历史的，尤其是思想史的，很可能不是消除争议，而是提高争论的水平"。

这本小书所探讨的主题乍一看狭小，其实内在的张力大得吓人。作者由此可以邀请三四百年以来的大思想家粉墨登场，亮出自己的观点。由于他选择的问题极富新意，对思想史材料的处理也有点石成金之效。

我虽然做过一些思想史的研究,但自知没有足够的才学对赫希曼这部作品的全部内容做出严肃的学术评论,只能就自己了解的方面谈点感想。

赫希曼提出激情和利益之间的关系作为理解思想史论题和历史过程及其相互关系的入口,这确实令人叫绝。但是如何把握两者之间的联系与区别,这又是一个没有在书中得到详细处理的问题。赫希曼并没有把激情和利益两者简单地加以划分,事实上他花费了不少的笔墨考察利益概念的演化,如何从早期较为宽泛的指称逐渐变成今天人们较为熟悉的狭义上的"经济利益",或者说是对财富的追求。也就是说,本质上而言,人类只有基于不同激情的利益,只是经济利益所由产生的激情是全部激情中较为独特的一种。产生经济利益的这种激情比较恒久、无害和温和,因此基于这种激情的行为也比较恒久、无害和具有可预见性。赫希曼一方面把利益看作是一种具有结果方面可预见性的行为动机,另一方面当作是可持续的行为动机,以区别于激情的多变性和后果的不可预见性。这大概是赫希曼对两者做出的最明确的区分了。这样一个处理是相当有意义的。这或许与我们所习得的其他关于利益的定义大相径庭,但却是苏格兰启蒙思想家早就表达过的。哈奇逊和斯密一派的苏格兰启蒙运动作家总是这样来刻画自利,即所谓自利无非就是一种自利的激情。不过,正如思想史的绝大部分概念也都只能是当作假设,而不是物理学意义上确定的摹状,赫希曼的这一处理仍然并非无懈可击。因为在人类历史上存在的反例如此之多，以至于我们不能进行全称判断。首先的一个反例就是宗教，这种持续了数十世纪的稳定的激情，其持续性已经远远超出了商业社会的生命，而且，我们确实无法断言它会在不久的未来消失。人类对信仰的激情自然是可以再归因的，但肯定不是那种形成狭义的"利益"的激情。相反，最近两三个世纪的历史表明，这种激情能够扛得住利益反复的侵蚀。另一个反例则是，作为经济利益这种激情的自然产物的资本主义，历经几个世纪，仍然不能说已经成为全球性的社会形态，它在西方文化区域以外地区的扩张并不是一帆风顺的，冷战结束、柏林墙倒塌，可非资本主义的意识形态和社会形态仍然遍布于全球的各个角落。

进一步言之，那种支撑了经济利益的"激情"，是否确实是强度较低的温和无害的激情，这一点十分可疑。也许应该把利益看作本质上不过是一种特殊意义上的激情，即，人对导致身心快乐的外部对象的激情。这种特殊的激情，一方面似乎具有抑制其他狂热甚至有害激情的作用；另一方面，如果没有其他的约束，它自身也有可能蜕变为某种有害的激情或者激发其他有害的激情。塞缪尔·鲍尔斯在他一系列的学术作品中，不断提醒的就是货币激励和市场竞争在多大的程度上会侵蚀人类天然的道德情感。如果看到这一点，就应该对基于利益的资本主义政治秩序与人类美好生活之间关系的复杂性有更加深入的思考。产业革命后两百余年的世界历史，让我们不得不对资本主义是否真正有效调谐了人类的各种激情这一点表示疑问。残酷的资本原始积累以及人类历史上规模最大的两次杀戮都发生在资本主义的经济扩张时期，这一令人扼腕的严酷事实需要我们做出解释。

若是注意到这些历史现象，则以利益而非激情作为基础的资本主义，到底在多大程度上具有持续的合法性，实在值得怀疑。在这里，我们无须重复马克思学派对资本主义发动的妇孺皆知的批判，只谈谈我的一些浅见。我的简单看法是，任何一种激情都服从心理学的边际效用递减规律。基于赫希曼意义上的狭义激情的前资本主义社会在孟德斯鸠时代已经衰微不堪了，与其说孟德斯鸠、斯图亚特这些人在为"利益"取代"激情"而辩护，不如说他们在呼唤一种新的激情，一种能够取代追逐荣誉感的、传统的日益衰微的激情。可是，如果利益这种动力的边际效用一旦历史性地递减，它该由谁来取代呢？无论如何，激情和利益之间的关系确实是辩证的和历史的。其基本的机制也许包括了互相作用的两个部分：人类大脑内部多巴胺系统决定的边际效用递减机制以及试图从历史记忆中寻求综合的机制。作为自然的有机体和历史文化载体之综合的人类，所谓的激情以及对利益的感觉，也受制于自然与历史这两个因素之相互关系的局限。而当我们无法进一步地创造出全新的激情和利益形态时，人类自身的历史就趋于终结。

固然，资本主义通过激发大众对利益的感觉而成功地抑制了有害的激情，但，作为这个过程的另一面，它也有效地消解了人类有益的激情。就像通过持续注射大剂量镇静剂使一个富有激情的天才心灵逐渐退化并最终停止工作一样，利益对激情的取代使得人类中越来越多的部分变成了平庸、迟钝、缺乏心灵感受力的一群生物,宗教的、政治的、艺术的和经济的英雄消失了,崇高感消失了。消费主义、劳动分工、科学理性、蝇营狗苟的气质以及囿于感官的卑俗欲望就像地沟里的老鼠繁衍极快,而一切壮美的文化、一切细腻的情感、一切伟大的信仰都成了稀有事物。失去了有益的激情,人类自身的文化创造力也在迅速衰败。用马克思的话,就是人类的异化。

赫希曼对斯密道德哲学所给予的关注,是令人印象深刻的。全书都把斯密当作一个重要的对话者,尤其是在该书后面四分之一的篇幅里,赫希曼几乎是集中讨论斯密的观点。尽管如此,我还是觉得,他对斯密一生中思想演变的过程不感兴趣,尤其对晚年的思想不是非常理解,这是令人遗憾的。因为,正是在《道德情操论》的最后一版,斯密花费了相当大的笔墨来讨论自我利益与政治秩序之间关系这一重大问题。当然,斯密并没有在现实的社会过程中寻找到协调两者关系的机制,他转向了对君主和立法者道德自律的期待。赫希曼本来可以在这个方面给予斯密以更加深入的批评。

这本书给我的冲击是巨大和持久的,因为其意义不仅针对如何理解西方世界形成的问题,而是针对一切正在走向市场经济的世界。在这个意义上,赫希曼说的,正是"阁下们"的事情。

本书的中译本将书名翻译成了《欲望与利益》,仔细想来相当成问题。"passion"这个词,译者没有任何解释就将其译为"欲望"。虽然将"passion"加以限定和引申也有"欲望"的意思在其中，但基本的含义就是"激情"和"热情"，是指某种程度十分强烈的欲望，故一般意义上的"欲望"一词无法反映其真正的含义。通读赫希曼全书以及他所引证的前人的讨论，关于"passion"，指的就是激情。如此重要的一个关键词，一个影响到全书基本思想理解的关键词，居然未经必要的解释就草草处理了，实在令人遗憾。读者若有英文阅读能力和专业知识，最好阅读英文原著。我了解到，行内已有学养深厚的专业人士着手重译该书，新的中文版不日即将面世，这真是一件让人期待的好事。[1]

（本文原载《浙江社会科学》2015年第1期）

---

1 补注：此译本已出版，《欲望与利益：资本主义胜利之前的政治争论》，冯克利译，浙江大学出版社，2015年版。

历史主义经济学远去的背影：
《经济增长理论史：从大卫·休谟至今》序

一

本书的作者，沃尔特·惠特尼·罗斯托，是20世纪一位备受争议、影响巨大的人物。

罗斯托，1916年出生于美国纽约，父母亲是从俄国移民到美国的犹太人，他在兄弟三人中排行第二。双亲对三个孩子寄予了厚望，从为他们所起的名字就可以看出。长子"尤金"的名字来自美国劳工组织社会主义领袖尤金·德布兹，次子"沃尔特·惠特曼"的名字来自伟大的美国诗人沃尔特·惠特曼，三子"拉尔夫"的名字则来自美国伟大的人文主义作家拉尔夫·爱默生。对三个儿子的培养，年轻的父母亲倾注了大量心血。罗斯托三兄弟没有辜负双亲的培养，长子尤金先后就读于耶鲁大学和剑桥大学，后来成为一名卓越的美国史专家，担任剑桥大学和牛津大学的讲座教授；三子拉尔夫在第二次世界大战中身受重伤，战后选择了经商，事业有成。次子，也就是本书的作者沃尔特则成为一位著名的经济学家和政治家，是三兄弟中最有社会知名度的一位。

沃尔特·罗斯托于15岁那年获得一笔奖学金进入耶鲁大学学习，1936年获得文学学士学位，后获得著名的罗兹奖学金资助赴英国牛津大学深造，就读于亚当·斯密当年读书的巴利奥尔学院，并于1938年获得该校文学硕士学位，1939年回到母校耶鲁大学取得哲学博士学位。

博士毕业以后的罗斯托辗转于大学和政府机构，交错展开了他精彩的人生画卷。

他短期就教于哥伦比亚大学和哈佛大学，后由于美国加入第二次世界大战，急需专业人才，他于1942年被招募进美国战略情报局，在著名经济学家爱德华·梅森的手下担任研究部助理。战略情报局的主要工作是研究对敌人的经济战以及军事轰炸目标的确定等课题。不久，该局组建了任务更加直接而具体的"敌军目标部"，罗斯托被派往位于英国伦敦的该部。他和同事们的主要工作是研究影响美国空军对战争敌对国经济目标进行轰炸的各种参数，建立模型，以便确定最佳轰炸点。旨在服务于轰炸最少目标即可取得最大效果的这一战略目标。要做好这项工作，需要选择相关的理论和模型来确定参数、建立行动与效果的关系模型并加以评估。这让罗斯托的学术特长得到较好的发挥，由于表现出色，罗斯托在1945年获得了"英帝国勋章"，同年还获得"荣誉军团"称号。短暂地担任了一段时间美国国防部"德国—奥地利经济事务办公室"主任后，罗斯托接受哈佛大学的邀请担任经济系的副教授。不久又受邀请到牛津大学教授一年的美国史课程。

1947年7月，新婚不久的罗斯托在巴黎与时任联合国欧洲经济委员会执行主任的著名瑞典经济学家冈纳·缪尔达尔相识，受邀担任后者的特别助理，参与马歇尔计划相关的工作，投入战后欧洲重建事务。这段工作经历，时间虽然不长，但是他借此得以观察实际经济结构运作机制和过程，加深了对政治过程与经济活动之间关系的理解。这对他后来的学术创新无疑是十分有益的。

1950年以后罗斯托重回学术界，直到1961年，他一直在麻省理工学院担任经济史教授，同时担任该校国际研究中心的常任委员。期间，他于1958年应剑桥大学经济与政治学院的邀请，向本科学生做"工业化过程"主题的系列演讲。该演讲的直接成果就是他那本具有重大影响的代表作《经济增长的阶段：非共产党宣言》。

结束剑桥大学的讲学，回到美国后不久，罗斯托就被肯尼迪总统聘任为总统国家安全事务副助理，此后又担任了美国国务院政策规划委员会顾问和主席、白宫美国总统国家安全事务特别助理等要职，介入了古巴危机、越战等一系列重大事件。他在政界的表现获得官方较高的认可，于1969年获得了美国"总统自由勋章"。这是美国国家颁给平民的最高荣誉勋章。

1969年，他结束在政府的任职到得克萨斯奥斯汀分校担任经济学与历史学教授，从那以后他一直是该校的贝克尔政治经济学讲座教授，专心教学与研究，著书立说。罗斯托于2003年去世，享年87岁。

罗斯托的一生辗转于政界和学界，阅历丰富，亲身经历了20世纪主要的全球性重大历史事件，如20年代末的大萧条、"二战"、战后欧洲重建、冷战、越战、中国崛起等。参与的程度有深有浅，有些事情上，他是核心决策层的成员。因此之故，他对观念、政治过程与历史进程之间关系的理解要比那些一直在书斋中工作的学者要鲜活得多、现实得多。甚至，在我看来，也要深刻得多。他的自传式著作《概念与论争：市场观念60年》，重点就是谈他的观念、经验与体会。在他宏富的著述中，这是唯一的一部讲述自己心路历程的书，对于理解他何以如此看待经济发展、国际国内政治，有着很大的参考价值。

二

罗斯托的主要著作有《19世纪英国经济论文集》《经济增长过程》《经济增长的阶段：非共产党宣言》《政治和成长阶段》《这一切是怎么开始的：现代经济的起源》《世界经济：历史与展望》《1868—1896年英国贸易的波动》《经济增长理论史：从大卫·休谟至今》及为数不多的论文。他最为人知的作品无疑是出版于1960年的《经济增长的阶段：非共产党宣言》。在这部奠定了他巨大声望并引起持续争论的代表作中，他试图用经济理论解释经济历史的进程，把人类社会的历史发展分为必须依次经过的五个阶段：传统社会阶段、起飞准备阶段、起飞进入自我持续增长的阶段、成熟阶段、高额群众消费阶段。在1971年出版的《政治和成长阶段》一书中他又提出了第六阶段：追求生活质量阶段。从第五阶段起，出现开始反映出意识形态和社会价值取向的位置消费，开始形成一个稳定的中间的社会群体——中产阶层。他确信这个理论解释了西方各国已经历过的工业化过程，提示了一个国家在经济成长过程中所要遇到的一系列战略抉择问题。这本书的副标题透露出他的学术雄心，就是发展出一个可以取代马克思唯物史观的新的关于历史进步的理论框架。

这本书，不仅是理解罗斯托基本学术贡献主要内容的核心文献，也是打开罗斯托宏大学术体系之门的钥匙。因此，值得在这里略加展开地加以介绍。

《经济增长的阶段：非共产党宣言》，提出世界各国经济发展要经历的五个阶段及其特征如下：

第一阶段：传统社会，这个阶段不存在现代科学技术，主要依靠手工劳动，农业居于首位。第二阶段：为"起飞"创造前提的阶段，即从传统社会向"起飞"阶段过渡的时期，近代科学知识开始在工、农业中发生作用。第三阶段："起飞"阶段，即经济史上的产业革命早期，工业化开始阶段，新的技术在工、农业中得到推广和应用，投资率显著上升，工业中主导部门迅速增长，农业劳动生产率空前提高。第四阶段：向"成熟"发展的阶段，现代科学技术得到普遍推广和应用，经济持续增长，投资扩大，新工业部门迅速发展，国际贸易迅速增加。一般从"起飞"

到成熟阶段，大约要经过60年。第五阶段："高额群众消费"阶段，主导部门转到耐用消费品生产方面。在出版于1971年的《政治和成长阶段》书中，罗斯托又提出了新的第六个阶段："追求生活质量"阶段，其主导部门是服务业与环境改造事业。在全部的六个阶段中，他认为"起飞"和"追求生活质量"是两个关键性阶段。

在他的经济史观中，"起飞"是一个无比重要的概念，他视为经济革命的关键和核心力量。而在他关于理想社会的观念里，"追求生活质量"是最重要的，他把美国看成是这个阶段的典范。

正如亚当·斯密"看不见的手"是一个比喻，"起飞"也是一个比喻。起飞，即飞行器离开地面而腾空，这个过程不同于地面滑行和空中飞行。要将具有一定质量的飞行器带离地面，需要足够的牵引力来克服地心引力的限制，所以，需要极大的瞬间加速度。经济增长的某些过程类似于飞机起飞，尤其是从低水平均衡的贫困状态要跃升到一个较高水平的经济增长状态，一个国家（地区）要有合格的引擎所提供的必要动力加速度。在罗斯托看来，支持一个国家经济"起飞"的关键因素有三个：第一是储蓄率从而投资率必须达到一定的高水平，第二是主导产业的形成，第三是产业主体也就是企业家群体的出现。哪个国家何时具备了这三者，它就有可能启动引擎，进入起飞阶段。一旦实现"起飞"，经济就开始按照自身的逻辑，自行增长，按照罗斯托的说法就是"自我维持的增长"，就像已经飞上天的飞机，在动能和势能的结合作用下，可以在空中平稳地前进。因此，研究一个国家的经济史，判断它的阶段特点，或者研究这个国家经济增长的现状，要害在于观察它与"起飞"这件事的关系。

"起飞"三条件，乍一看简单，其实内涵丰富。首先，一个国家何来储蓄率的提高？其次，主导产业的发育如何能够成功？再次，职业的产业主体如何成长起来？还有，最重要的，即使这三个条件都具备，它们之间又如何相互作用，才能发生反应，形成推动经济体起飞的巨大能量？要解释这些问题，自然不能就事论事，一方面，要关注一个国家历史文化的特点、产业和制度的类型，另一方面还要关注那些关键性偶然事件的连锁效应。所以，这个"起飞"理论，在罗斯托的理论体系中，具有自洽的逻辑结构，作为一个关键概念，承担着解释经济增长史的重大使命，成为罗斯托学派的基本理论范式。它被作者自觉地运用于经济史研究的方方面面，如经济增长的速度及其持续性、经济波动周期等。万变不离其宗，如果说，熊彼特的经济史观和社会史观来自他的以"创新"为核心概念的理论范式，那么罗斯托的则来自他以"起飞"为核心概念的理论范式。理解了"起飞"概念，罗斯托几乎全部著作的内容、特色以及彼此之间内在联系也就可以举一反三，容易理解了。

经济起飞理论提出以后，在学术界引起的反响十分巨大，一度成为左右经济史和经济增长研究注意力的焦点。围绕这一概念展开的争论也可以说空前激烈。在起飞概念提出以后不久，国际经济协会（IEA）就决定召开专题讨论会。1960年夏天，37名正式会议代表和一位观察员聚集到联邦德国东部的康斯坦茨，出席这个专题讨论会。这些代表分别来自主要的发达国家和地区，都是经济史、经济增长、经济发展研究领域的翘楚，如库兹涅茨、道格拉斯·诺斯、哈巴库克、霍夫曼、都留重人、格申克龙、凯恩克洛斯等。这次讨论会一共举行了16次分会，每次分会首先由国际经济协会预先约定的学者作书面发言，然后由参加者围绕题目进行面对面的自由讨论。由于这次讨论的主题是围绕"起飞"理论而展开设计的，所以，罗斯托自然成了会议的主角，在几次分会场上，他都被人质疑，有的批评很是尖锐，而他也是据理力争，舌战群儒。如果有人复原当时的场景，必是精彩的话剧。会后，罗斯托以会议论文及辩论为基础编撰了一本论文集：《从起飞进入持续增长的经济学》。收入文集的论文，几乎都是质疑"起飞"理论的。尽管如此，罗斯托依然坚持他的"起飞"假说。后来还不断地充实和完善"起飞"理论的内涵，并将此范式应用推广到世界经济史和国别经济史的研究中去，出版了《政治和成长阶段》《这一切是怎么开始的：现代经济的起源》《世界经济：历史与展望》等著作。

三

罗斯托对自己理论的钟爱和自信，来自他一直以来的思维方式和世界观。在耶鲁大学读本科期间，他广泛阅读、交往和参与社会实践，逐渐形成了关于具体问题的整体思维习惯。他反对就事论事地讨论一个历史事件或者用未经考量的抽象符号来确立历史变量之间的关系。他曾在自传中介绍了在他少年时代影响自己世界观的一些事件，比如在进入耶鲁读书之前就深受哥哥尤金的影响，接触到了一些非常出色的人，以至于当他成为耶鲁大学新生的时候，居然有一种大三学生的感觉。在哥哥的帮助下，他得以进入当时只对研究生开放的耶鲁大学图书馆研究室，并开始从事一项有关法国革命史的系统研究。随后在大一的第二学期，他又着手寻找资料，写出了一篇关于17世纪英国革命的论文。耶鲁大学丰富的图书资料收藏为他的这两项研究提供了很重要的支撑，也正是在查阅研究资料的过程中，罗斯托接触到了马克思主义的一些读物。大二之后，罗斯托参加了由高年级学生比斯尔组织的每周四晚上的小型非正式研讨会，讨论一些重要的话题，比如社会科学研究方法和数理经济学。这些研讨会的初衷是在社会领域的研究中推广严谨的自然科学方法，但是，对罗斯托来说，效果适得其反，他反而觉得自己无法对基于数学的经济理论产生信心，这个思想的转变的结果就是确立了新的志向：一是把经济学理论应用到经济史研究中去，也就是进入一个更加偏重于描述和制度分析的领域，而不是成为精通数学的经济学家；二是与马克思主义相反，在假设不同领域相互影响的前提下，尝试去说明经济领域和文化、社会以及政治领域的关系。从有兴趣做一个数理经济学家转变到立志做一个经济史学家。1934年，17岁的罗斯托就试图建立一个满意的框架来解释法国大革命和拿破仑战争期间及之后英国的通货膨胀和通货紧缩。18岁那年，他对著名的1873年经济危机做了一次分析。在大学最后一年，他又对1896—

1914年的严重通货膨胀时期的英国经济做了一个系统的解释。这个研究后来用到了他的博士学位论文中。这本博士学位论文也是罗斯托的第一本学术著作，即1948年出版的《1790—1914年英国经济的增长与波动》。

总之，耶鲁大学本科阶段的学习对于罗斯托形成自己的学术兴趣和学术观影响是巨大的、贯穿其一生的。特别是，最初的学术探索的实践有助于罗斯托发展起一套独特的基本社会历史研究方法论。这个方法论在它成熟以后的基本内涵就是在任何一项经济史的研究中都将理论经济学与经济史的材料熔于一炉，将历史阶段分析、主导部门分析和心理因素分析三者加以综合运用。历史阶段分析法、主导部门分析方法和心理欲望分析法是三位一体的，构成罗斯托经济分析方法的基本内容，体现了罗斯托经济分析方法的基本特征。而在这个三位一体的结构中，制度被作为一个贯穿其中的基本变量来对待。罗斯托式的方法，不仅有效地结合了制度主义经济学和历史主义经济学的内容，也将当时已经较为成熟的新古典综合学派的经济学与经济史学加以结合。这种方法论上的特征是罗斯托经济史理论体系得以建立的根基。鉴于这个方法论体系在罗斯托理论体系中的重要性，这里还需要略加展开。

罗斯托的基本经济分析方法或说经济分析方法的基本特征之一是历史阶段分析方法，也就是依据多元选择的历史观和现代技术的产生、发展和应用及其引起的其他方面特征来确定和划分人类社会发展阶段的分析方法，换句话说，是用制度学派的"制度分析方法"来分析经济成长阶段的方法。

基本特征之二是部门总量分析方法并与历史阶段分析方法相结合。在用历史阶段分析方法来分析人类社会发展的过程中，罗斯托是结合采用部门总量分析方法，也就是把国民经济总量分解为部门总量的分析方法。

罗斯托提出和使用了一种介于总量分析方法与个量分析方法之间的、能够反映有效地吸收新技术的各个部门的运动的部门总量分析方法；相对国民经济而言，是非总量的分析方法，是总量的部门分解方法；相对厂商经济而言，是总量的分析方法，是个量的部门加总方法。

基本特征之三是心理因素分析方法并与历史阶段分析法、部门总量分析法的结合。罗斯托的心理因素分析法就是人类"欲望更替"的分析方法。他认为，人的欲望更替是经济成长阶段依次更替的动力之一，具有与主导部门"反减速斗争"同等推动作用。因此，他把心理因素分析方法与历史阶段分析法和主导部门分析法结合起来，用于论证他的经济成长阶段论。

在经济起飞这个关键概念的提出以及应用方面，罗斯托的方法论特色体现得很是充分。罗斯托并没有专门讨论经济史研究方法的作品，他的方法论特点是体现在具体的研究作品之中的。

四

在经济学日益专业化和技术化的今天，罗斯托的方法论所得到的理解和认同似乎日益式微。很多学者甚至明确地表达对这种理论体系的拒斥。究其原因，一方面是因为经济学专业化程度的不断加深，从业人员之间分工越来越细密，经济学家的培养方法已经与以前大相径庭。今天的经济学博士生，主要的任务不是阅读各种社会科学理论的重要著作，或者进行社会经济调查，而是学习各种计量经济学工具，以及收集可以检验的数据，从事建模和检验。任何一个综合性的问题都被分解为一个专业问题，一个只需通过专门方法就可以处理的问题。这种行业生存方式的历史性变化，意味着经济学家完全可以通过专业训练的方式来培养，对天赋以及人生经历的依赖已经大大减少。

与此不同的是，罗斯托这类综合性的经济学家，其天才的历史洞察力和理论建构能力，更不容易通过训练和模仿来获得。其独特的人生际遇，其生命与历史实践过程的特殊关系，是后人无法复制的。这种因深度参与政治实践过程而得以获取的经验，后人也难以得到。因此，在某种意义上，他和熊彼特这类经济学家已经成为学术博物馆里面的标本。不过，熊彼特的历史命运要好得多。他的理论不仅直到今天还在吸引大家的注意，甚至有不少学者聚集在"创新学派"的旗帜下，将熊彼特的理论加以分解、继承和发扬光大，尽管，其中不乏鱼目混珠、移花接木的作品。熊彼特学派的兴盛也是可以观察到的一个学术现象。然而，罗斯托则落寞得多。一个可能的原因是，他的研究虽有一定的理论抽象性，但提出的很多命题都有相关的参数来对应。只要有足够的数据，罗斯托命题的真假对错是可以马上见分晓的。比如，他不仅赋予"起飞"以历史形态方面的内涵，也赋予它具体的表征，这样一来，一个国家在其经济发展的进程中，是否以及何时发生了"起飞"就是可检验和可证伪的，是统计学意义上存在或者不存在的事实。因此，在康斯坦茨会议上，库兹涅茨等人对罗斯托的发难，就主要是这个方面的。罗斯托为他的理论所做的拯救不得不从具体的指标意义上的"起飞"概念后撤到理论意义和历史形态意义上的"起飞"概念。但是，库兹涅茨作为杰出的经济统计学家给罗斯托的一击是沉重的和影响深远的。这类定点打击的技能，库兹涅茨在熊彼特身上也用过一回。20世纪40年代初，熊彼特倾注大量心力撰著的《商业周期》一书，一经问世就遭到了库兹涅茨的狙击，几乎灭顶，这成为他学术生涯的一个挥之不去的梦魇，使得熊彼特在此后的学术生涯中再也没有涉足过经济周期问题。不过熊彼特凭借他早年的更加理论化的《经济发展理论》所确立起来的一流理论经济学家的地位没有受到动摇。罗斯托没有熊彼特那样复杂和深邃，他的理论的命运也不如熊彼特那样亨达。

在我看来，今天的学术界把罗斯托忘得太快，也太干净了。其实，他所进行的理论尝试无论是从学术史的角度还是当下经济史、经济发展研究的角度来评价，仍然是有意义和值得认真对待的。

罗斯托在他学术生涯的晚期，开始转入经济学说史的研究领域，他在这个方面的兴趣仍然是集中于长期关注的经济增长主题上。《经济增长理论史：从大卫·休谟至今》便是这种学术兴趣的结晶。在罗斯托一生的学术成果中，这无疑是十分独特的一部作品。首先，这是他唯一一部研究经济理论史而不是经济史的作品。其次，这是他学术生涯即将结束时完成的一部重要作品；当这部著作于1990年问世时，罗斯托已经是年逾古稀的老人。最后，这是一部体量巨大的作品，英文原著接近一千页，在罗斯托的著作中，无有出其右者。

关于这部作品框架及内容上的特点，罗斯托在本书的导论部分已经做了比较详细的说明，这里不必赘述，只简单地予以介绍。

顾名思义，本书讨论的是自18世纪上半叶直到20世纪临近结束这两个半世纪左右时间里，若干重要的经济学家对经济发展（经济增长）问题的理论贡献。作者在处理这个主题的时候，体现了自己的一些特殊的设计，第一，精选经济学家。比如，在马歇尔之前，罗斯托只选择了六位重要的经济学家，而在马歇尔之后，也只选了九位经济学家（罗斯托本人认识其中的八位，除了科林·克拉克）。第二，只关注他们在经济发展以及密切相关问题上的理论和思想，而对其他的方面不予涉及，举例来说，在凯恩斯所列举的马歇尔七大杰出贡献之中，本书的讨论只涉及其中的两个。第三，即便就经济增长理论本身而言，本书的目的也主要在于指出经济学家发现的最为重要的变量与问题，而不是详尽地阐释他们对经济增长的看法。尤其值得注意的是，作者对所讨论的经济学家，较为感兴趣的是他们观察问题的视角，而不是他们学说的本质或起源，更不是评论是非。简言之，罗斯托在这本书中，对影响当今经济发展理论的若干杰出的经济学前辈的贡献进行了独特的解读，研究了他们与现时代经济理论的关系。正如他自己表白的，他借助以下三类问题来讨论这些理论家及其主张。第一，他们的观点是否受到可界定的或相当清晰的哲学、心理学、道德或其他非经济学学说的影响，或是与这些学说有关？第二，在他们的学说成形之时，他们的观点是否明显地受到当时他们所密切观察的某一段经济史的影响？第三，他们有没有或明或暗地使用基本增长方程？如果有的话，他们的正式阐述有何特别之处？罗斯托严格，甚至有些教条地按照这些问题来处理主题。在每一个相应人物的研究上都依次考察其学说与所处时代经济史、学者自身所受的教育和个性特点的关系，并按照现时代增长经济学的理论模型，来讨论他们的学说所具有的内涵、性质、地位和影响。

讨论经济增长或者经济发展的著作浩如烟海，讨论经济发展理论史的作品也不少，但是，一个杰出的经济史家、发展经济学家撰写的经济发展理论专题史则很罕见。仅就这一点，这本书就有其特殊的学术价值。不仅如此，这本书所具有的宏阔历史视野、富有特色的叙事框架、专业的分析方法，并将三者熔于一炉的大家素养，也是时下很多的经济学史所不具备的。在某种程度上，体现了与罗斯托自己的史观和方法论的内在联系。

时至今日，罗斯托的经济史著作，特别是反映他基本理论贡献的作品都已经先后被译成中文，为了让更多的中国读者能够了解罗斯托的经济理论体系，我们组织力量将《经济增长理论史：从大卫·休谟至今》这本书译成中文。希望本书的出版有助于我们更加全面地了解和理解罗斯托这位重要的经济史学家的理论体系，也希望对改进我国的经济思想史研究和教学发挥应有的作用。

（本文原为《经济增长理论史：从大卫·休谟至今》[W.W.罗斯托著，陈春良等译，浙江大学出版社，2016年版]序言）

自然法观念与现代经济学的起源

今天的经济学脱胎于古典政治经济学，而后者的开创者是亚当·斯密。和启蒙时代的许多大思想家一样，斯密是以一个道德哲学家的问题意识、知识背景和研究技艺进入到社会经济领域并对其进行体系性解读和理论建构的。他的政治经济学本质上是其道德理论在经济事务上的一个推演、一个应用。

作为道德哲学家的亚当·斯密，之所以如此关注和重视经济问题，既有时代的原因，也有他自身的重大关切。前者是指重商主义理论和政策对当时奉行该主义的相关国家带来的严重后果，错误的观念和理论迫切需要有新的理论来予以清算和代替；后者则是指斯密自己在何为好社会，如何才能实现国民财富的增长问题上形成了自己的思想方法，基本上做好了理论上的准备。法国之行，使得斯密意识到尽快创作《国富论》的必要性和紧迫性。

研究古典政治经济学的性质和原因，不能就事论事，而是要密切联系斯密所处时代的重大现实问题,要准确地理解他的道德哲学。

然而,我们见到最多的做法,是经济学家以现代经济学的问题意识和理论背景返回去解释斯密等古典政治经济学家的理论,其结果,往往是轻则牵强附会,严重的则是误解和歪曲。比如,很多学者就是从现代经济学自利人的假设,从效用主义的行为特征等角度去解读斯密的经济思想,并将其推崇为"现代经济学之父"的。最近几十年来,通过返回到原始文本,以及最大程度地复原历史情境,学术界进行了大量的深入考察和研究,所取得的成果表明对包括亚当·斯密在内的启蒙思想家的简单解读是危险的,其结论不仅有可能流于片面和肤浅,而且往往似是而非,贻害读者。

亚当·斯密成为英国古典政治经济学最重要的创始人,他塑造了古典经济学的基本气质,并且为资本主义市场经济体系的奠定提供了学理支撑。这并不是孤立和偶然的个人事件,而是多个方面因素在一个时代聚集到了一起的产物。洪特和伊格纳季耶夫编辑的《财富与德性》一书就是集中考察苏格兰启蒙运动与英国古典政治经济学早期历史之间关系的重要论文集。该书多篇论文的研究表明,英国古典政治经济学之所以被创立并在最初阶段就取得了迅猛的发展,一个非常重要的原因在于哈奇逊、休谟、斯密这些苏格兰启蒙思想运动的领袖们在特殊历史情境下产生的特殊问题意识。具体而言,这些思想家,无论彼此之间在知识背景、个人气质以及社会政治地位上有多大差异,都关心一个极为迫切而深刻的问题，就是在一个历史文化具有一定的特殊性而经济又相对落后的体系中，如何能够实现长期的、可持续的进步，达到国富民强。提出并回答这个问题的现实性和紧迫性，来源于该如何面对自己的祖国苏格兰这样一个在经济上相对落后的国家，在1707年与经济上先进的英格兰实施合并这一历史变化。当然，这本书所涉及的是古典政治经济学发源的某一个历史侧面，强调的是政治经济学早期问题意识的时代特性。通过这一类的文献，我们对古典政治经济学起源的历史现实性和内部复杂性有一定的了解。这个方向的研究仍然需要进一步地推进。

另一方面，苏格兰启蒙思想家的道德哲学方面与英国古典政治经济学起源之间的关系，也是一个需要进一步展开讨论的话题。当我们把几乎全部的注意力都集中到亚当·斯密身上时，早期古典政治经济学理论史的开放、演化和积累的特点就会被有意无意地忽视掉。亚当·斯密无疑是一个具有很强原创力的思想家，但他留给历史的最为卓越的贡献则是把直到他时代的各种思想进展出色地整合成为一个统一而内部自洽的理论体系，完成了经济学历史上第一次最成功的综合。熊彼特在他的《经济分析史》中断言，《国富论》中几乎所有的理论观点，都不是斯密的原创。在斯密之前，配第、达维南特、约翰·劳、康替龙、孟德维尔、魁奈、休谟、加利亚尼、斯图亚特、杜尔阁、布阿吉尔贝尔，已经在若干具体的方面提出了理解新的经济生活的概念和理论，开启了从重商主义经济学到古典政治经济学的理论过渡，有的，如康替龙、杜尔阁和斯图亚特甚至写出了十分系统的著作，但是，他们中没有一个人具有斯密这样的伟大的理论综合力，当然也没有斯密这样的文字表达力。

所以，我们要面对的理论任务，一方面是重构古典政治经济学的前史，即重新梳理和定义，在斯密之前有哪些人、在哪些方面提出了重大的理论创见；另一方面，则是要从更深刻的层面上解答，为什么是斯密而不是其他人成功地完成了理论综合。

那么，到底是什么导致斯密拥有如此强大的理论综合能力？

我的回答，是斯密的道德哲学！正是这个道德哲学为其创建古典政治经济学体系的理论大厦打下了基础。众所周知，作为斯密道德哲学代表作的《道德情操论》于1759年初版，比《国富论》早了17年。此后一直到1790年，31年的时间里，先后修改了五次，出了六版，一直到临终前几个月，斯密还在为修订第六版而操劳。他花费在这部书上的精力，无疑大大超过了《国富论》。我认为，他如此重视《道德情操论》，是因为在内心中赋予其重大的理论使命，对其抱有历史性的期许。与《国富论》相比，《道德情操论》不仅理论上更加严谨完整，结构也更为合理。按照情感、正义、良心、效用、习俗、德性的叙述线路层层递进、逐步演绎和提升，宛如巴赫的协奏曲。吊诡的是，这部斯密花费毕生心血精心雕琢的伟大作品，却在他身后一两百年里知音寥寥。世人一度只识得作为《国富论》作者的亚当·斯密，完全不知道斯密作为伟大道德哲学家的本来面目。真可谓，"有心栽花花不开，无心插柳柳成荫"。

有越来越多的研究表明，《道德情操论》承载了斯密巨大的学术雄心。正如他后来在《国富论》一书中所要做的那样，他试图对此前的道德哲学进行理论综合，创建一种新的道德哲学体系。

在这两部作品中，他都显示出了明确而坚定的立场，在《国富论》中，他旗帜鲜明地批判重商主义，而在《道德情操论》中，他则坚决地反对简单功利主义。斯密试图超越他以前的那些道德哲学家的学术局限，形成更具有包容性和解释力的新的道德哲学体系。所以，很难把斯密归诸道德理论传统中的哪一个学派或者哪一种主义。在《道德情操论》第七卷，即该书的最后一卷，斯密用了很大的篇幅来讨论自己的理论与前人的不同，在这里我们看到一向以谦谦君子的形象示人的斯密，摇身一变，表现出当仁不让于师的学术气概和魄力。他全面地梳理了道德哲学史上那些著名的思想家的贡献，并把他自己与这些前辈做了比较，指出了各种异同点。他以自己的理论体系为支点，不仅对柏拉图、亚里士多德等古希腊思想家以及晚期希腊和罗马时代的斯多亚学派进行了评论，还对距他的时代较近的霍布斯、洛克、孟德维尔等重要人物进行了批评。值得注意的是，斯密还就自己与敬爱的老师哈奇逊、挚友休谟的学术联系和区别做了仔细的阐述。应该说，他对自己在道德哲学方面的创新和贡献有着清醒的自我意识。

长期以来，学术界都认为，《道德情操论》和《国富论》这两部著作讨论了完全不同的主题，前者讨论道德问题，而后者讨论利益问题，前者以具有同情心的利他主义个体为理论演绎的出发点，后者则是以自利的理性人为理论体系建构的出发点。人们也都为两者之间存在着的巨大差别甚至是深刻矛盾所困惑。有人一度因此而怀疑并指责斯密剽窃了法国重农学派的思想成果。随着《法理学讲义》听课笔记被发现，这个怀疑才不攻自破。然而，即便如此，笼罩在斯密头上的疑云并未消退，一直以来，学术界对"斯密问题"的困惑也未得到彻底消除。不少人对如何解释这两部看似相互抵触的作品都出自一人之手，都是一个视学术名声如生命的18世纪英国绅士的代表作这一点，束手无策。

我们需要寻求侦破这个"学术公案"的证据链。由于斯密去世前命人销毁了大量手稿，也似乎没有记日记的习惯，而且，他与外界的通信也不多，所以，《道德情操论》《法理学讲义》《国富论》这三个重要的原始文本，就成为后世解读斯密真实思想所能依据的仅有的可靠文字材料。

我的博士生吴红列是从法学转向经济思想史的，多年以来一直在思考和探索苏格兰启蒙思想家与自然法理学之间多样的、内在的关联，并进而考察这种自然法理学与古典政治经济学的关系。他的这本博士学位论文，尝试勾勒出自沙夫茨伯里开始至亚当·斯密，约一个世纪时间里，苏格兰启蒙思想家的自然法理学思想及其对英国古典政治经济学起源和早期发展的影响。他力图从自然法理学的视角去审视斯密的道德哲学和政治经济学理论体系，尝试对两者做融贯的解释和阐述。

在这本博士学位论文中，作者把大量的篇幅用以考察斯密《道德情操论》的合宜性概念，将其作为连接斯密道德哲学与政治经济学的一个桥梁。他的研究力图表明，斯密的合宜性概念是受自然法影响而形成的，具有某种深刻的自然法特质；基于这个认识，他尝试通过合宜性概念，更好地理解斯密政治经济学体系中的价值与价格理论、分配理论和发展理论。他认为，对于把握工资、利息、地租这些重要经济变量以及彼此之间的连接关系而言，合宜性概念具有重要的基础性指导作用。总之，斯密的古典政治经济学理论体系，本质上是其合宜性理论的一个顺理成章的推演，是他在理解经济事务方面的一个具体应用。

红列对这个基本认识并没有停留在猜想和假说上，而是广泛地搜集材料，对其做了力所能及的梳理、考订和求证。他的结论是否成立，自然有待于进一步的学术评论。不过，据我所知，在国内学术界，他在这个主题上的发掘是较为深入和富有成效的。仅就这一点而言，它就具有学术价值。当然，本书作为经济思想史的作品，在使用材料的全面性以及论证的深度方面，还有进一步完善的空间。

克罗奇有言："一切历史都是当代史。"思想史似乎也不例外，18世纪启蒙运动的人物、事件、思想，是历史的产物，也是此后历史进程的起点，它通过19世纪而与我们所处的时代相联结。不仅如此，对中国这样处在历史转型时期的国家而言，所面对的问题，仍然具有启蒙时代曾经直面的那些问题的某种特性，就此而言，弄清楚了启蒙时代的事情，也有助于我们看清当下的现实，把握未来历史演变的方向和机理。

寻求启蒙时代道德哲学与古典政治经济学之间的内在联系，

这是经济学思想史的一个重要课题。作为中国学者，我们不应将其视为简单的历史研究课题，也不应该视其为纯粹的学术问题。这个问题的解决，其实关乎当代中国乃至世界的经济理论该有一个什么样的哲学基础，以及经济学如何与现时代形成对话与互动，经济学家该如何回应历史的挑战等重大问题。我相信，这本书的出版是有助于加深学术界在以上相关问题上的思考的。

（本文原为《作为自然法理学的古典政治经济学——从哈奇逊、休谟到亚当·斯密》［吴红列著，中国社会科学出版社，2017年版］序言）

奥地利学派VS洛桑学派：
西方经济学内部的世纪对垒

学过经济思想史的很少有人不知道20世纪国际经济学界发生的关于"社会主义经济可行性"大争论的。不过，这场争论通常被认为是经济学家中社会主义的拥护者与反对者之间的一场争论。国内甚至有人断言，这是马克思主义经济学家和资产阶级经济学家之间的一场争论。理由大概是奥斯卡·兰格和莫里斯·多布曾经作为社会主义拥护者一方的成员加入了这场争论。其实，这种断言是很牵强的。奥斯卡·兰格在20世纪30年代还说不上是一个马克思主义经济学家，只是一名同情社会主义的西方经济学家，他在论争中所运用的分析手段、基本概念、范畴，全部属于西方经济学，他的那篇《社会主义经济理论》中找不到任何马克思经济学分析方法的要素。而莫里斯·多布，虽然是马克思主义者，但是并没有深入地参与这场争论，而且在其介入论争的一篇文章中所运用的也还是西方经济学的术语。所以这次论争与马克思主义学派没有太大关系。

仔细分析争论参与者的背景，回顾各个环节，我们发现，这场争论其实是西方经济学体系内部的两个重要派别——奥地利学派和洛桑学派之间的一场争论。

奥地利学派和洛桑学派是经济学界如雷贯耳的两大经济学流派。前者发轫于卡尔·门格尔，经庞巴维克、维塞尔、米塞斯、哈耶克等，流变至今；后者以瓦尔拉斯为鼻祖，后继者中著名的有帕累托、巴罗尼、兰格、里昂惕夫等。如果以一个统一的学术集团这个标准来衡量，那么，两者都已经成为历史。奥地利学派因纳粹主义兴起的威胁，其成员作鸟兽散，哈耶克去了英国，米塞斯、马克鲁普、哈伯格等去了美国。随着凯恩斯主义在经济学界获得霸主地位，这个学派的影响一度式微，直到20世纪60年代中后期才又重整旗鼓，杀回经济学界。

至于洛桑学派，因它的创始人里昂·瓦尔拉斯任教于洛桑大学而得名，不过这个学派的队伍从来就没有达到过奥地利学派那样兵强马壮的程度。瓦尔拉斯将教授席位交给了帕累托，在他之后，除意大利的巴罗尼还被学术史家提到，继任者中没有什么有名的经济学家。但是洛桑学派的理念和方法影响的程度在西方经济学界则是奥地利学派望尘莫及的。这不仅是因为里昂惕夫通过投入产出分析将瓦尔拉斯的一般均衡论推向应用，更因为德布鲁等人在数学上证明了一般均衡状态的存在性，再加上希克斯、克莱因等人的工作，洛桑学派的一般均衡分析方法已经融进了经济学主流。相比之下，奥地利学派的思想和方法至今仍只是经济学界被边缘化的少数人的圈内事。即便是哈耶克于1974年获得诺贝尔经济科学奖,这个学派的影响在圈外有所回升,它在主流经济学中的地位也仍然无法和洛桑学派相提并论。

不过,在那次影响深远的大争论中,认为社会主义具有可行性的经济学家,论争开始之前的瓦尔拉斯、帕累托和巴罗尼都是一般均衡理论的创始人,他们所抱有的共同认识就是运用一般均衡理论可以使得社会主义计划经济的配置达到最大效率的均衡。勒纳、迪金森、兰格以及随后的伯格森也都是一般均衡理论的信奉者或者直接参与了这个体系的补充和完善工作。而与此相对的社会主义反对派几乎是清一色的奥地利学派的重要代表人物。庞巴维克虽然没有参与对洛桑学派社会主义者的论战,但是他对马克思《资本论》的经济学批评通篇渗透了奥地利学派的精神。维塞尔对待社会主义则要温和得多,原因可能与其出身的家庭(父亲是奥地利审计院副审计长)和受社会学特别是孔德的社会学思想影响有关,他受个人主义方法论的影响在奥地利学派中是最弱的。米塞斯和哈耶克,毫无疑问,都是奥地利学派的传统熏陶出来的经济学家。罗宾斯本人不是奥地利学派的成员,但是与这个学派的联系极为密切,他是米塞斯研讨班的成员,也是哈耶克的朋友。由此可知,社会主义经济可行性的论争乃是西方经济学的学派之争。

何以洛桑学派的成员和信徒倾向于社会主义,而奥地利学派的成员则坚决反对社会主义?这种系统的区别来自这两个学派的哪些特征?也许从哈耶克后期关于建构理性和演进理性的知识类型区分中可以找到答案。

一般均衡论无疑是人类认识经济运行的基本逻辑的极为出色的成果。但是这个理论由于高度的抽象，与经济生活的实态有很大的差异。而为一般均衡论的理论大厦所折服的人，往往将这种理论上的状态与生活上的事实混淆起来，以为资源配置的问题就是求解联立方程组。所以受洛桑学派影响较深的学者容易偏向建构理性主义的世界观。与此相反，奥地利学派十分强调个人的选择、个人的主观感受、个人的判断以及个人和外部环境之间的互动，关注日常生活中的那些具体生动有效的情节，强调时间的不可逆性和预期的意义。这种特点使得该派学者更关注经济生活的过程的意义，关注人在这个过程中的自适应、自学习和自组织的特性，对于一般均衡作为事实上的结果反而看得较轻。哈耶克甚至认为，一般均衡是一个有害的范式，因为它诱使学者偏离了实际经济运行的真实常态。而从个人的主观感受和个人意志的角度来研究中央集中计划，必然产生出对这种资源配置有效性和可行性的怀疑。不仅如此，他们必然会担心这种集中计划对于生长在人类历史文化之中的文明的摧毁。所以，奥地利学派的方法论和研究范式决定了它的成员对社会主义这类建构理性的产物没有好感。

洛桑学派的一般均衡论本身是人类的理性高度发达的产物，而这种关于经济体系的认识又必然会强化人类主宰外部世界的信心。所以说一般均衡是经济理性主义登峰造极的理论成果，应该是恰当的。随着先进的数学手段的不断引进，一般均衡论越来越精巧，越来越远离现实，虽然是一个理解经济运行的模型，反而更像是牛顿力学这类自然科学的模型。在一般均衡体系中，人性的因素、个人的主观感受和丰富多彩的探索，以及在这个过程中的迷惘、痛苦、欢乐全部勾销，剩下的是一个没有人的经济体系的各个变量之间相互关系的模型。所以一般均衡论所暗示的在经济生活中实施集中控制的可能性，使得后来的许多学者为其着迷。社会主义者认为在瓦尔拉斯的经济体系中找到的建设性的构想要比在马克思作品中多。一般均衡理论对社会主义的支持是有力的、内在的，它的结论与马克思在中年作品中所显示出来的愿望有着某种极为接近的特性，这也是瓦尔拉斯主义者即使不喜欢社会主义，但也很愿意在理论上给予社会主义以支持的理由。同样，社会主义者对于瓦尔拉斯体系的好感似乎也要远远超出其他的西方经济学体系。或许也是因为这一点，从一般均衡理论生长出来的西方社会主义经济理论的真正基础乃是理性主义或者说是建构理性主义的诉求。

与此相反，奥地利学派的价值观和方法论使得他们对于一切总体性的、一般性的、客观性的理论抱有怀疑。奥地利学派的经济学家就像是他们所研究的企业家一样，始终以个人的眼光来看世界，始终以自己的标准来做决策。至于宏观事实完全被当作是个人问题的有机联结体。他们拒斥一切个人不能接受和理解的，对个人的经济活动没有多少实际意义的外部世界的图景。这种主观主义、个体主义、演进主义决定了这个学派的经济学家在理解任何经济现象时总是抱有一种深切的人道主义的关怀，他们本能地反对那些有可能对个人自由和个人幸福带来后患的社会设计和规划。这个学派的成员讨厌瓦尔拉斯的一般均衡体系中散发出来的那种气味，对这种体系与社会主义之间的联姻更是十分担忧。因为，社会主义思潮本来在20世纪初已经趋于弱化，原因正在马克思未能给这种理论的实际应用提供任何具体的符合经济运行一般逻辑的设想。西方社会体系内的社会主义思想和运动处于分崩离析之中，现在一些经济学家要把社会主义和一般均衡论之间的内在联系明确化，试图以此为社会主义经济体系提供逻辑基础。对此的担忧，奥地利学派的学者要比任何其他经济学派的学者要严重。这或许是一般均衡论的社会主义经济学从提出的一开始就受到奥地利学派抨击的缘由。

由此看来，社会主义经济可行性争论反映出的西方理论界和思想界内部的深刻的世界观分歧，这在以前的研究中被严重忽视了。这种分歧的严重性从兰格一直到后来还无法真正理解哈耶克的批评这一点就能够看出。哈耶克想要说明的是，经济社会中的分散的知识是难以集中利用的，而这种分散的知识之于经济活动的意义如此之重要，以至于没有有效利用这种分散知识的机制，便没有合理的经济活动。他坚持认为市场正是发现和最有效地利用这种分散知识的手段，而兰格一直为计算机技术进步所预示的社会主义集中计划控制的更大可能而乐观。凡是仔细研究过哈耶克《知识的社会利用》这篇重要论文的人，不可能不为其中闪耀的知性之光所震动，可是兰格好像没有真正理解哈耶克要说的道理。坦率地说，兰格对人类社会经济生活本质的理解就其深度而言无法与奥地利学派的任何一个成员相提并论。所以两个人在这个问题上的讨论几乎没有在一个层次上。毋宁说除了显然是操作性的问题的讨论能够产生一些对话外，大部分今天看来意义重大的讨论几乎可以说都是在自说自话，各唱各的调。结果是，社会主义者更加信奉社会主义，而反社会主义者更加反社会主义。

从洛桑学派和奥地利学派对垒的这样一个历史事实来看，西方经济学内部的一致性或许被中国的学者大大高估了。哈耶克中年所受的挫折告诉我们，这种分歧也会带来尖锐的意识形态冲突。在西方，个人主义的观念远比社会主义观念来得年轻。直到今天，我们也难以断定，个人主义作为一种社会观念是否已经取代了社会主义。

探讨一下大论争与中国现代社会主义之间的关系或许是一件有意义的事情。今天中国的社会主义模式的设计者或许并不了解兰格和哈耶克所做的研究，不过看看现实走向，则让人相信，哈耶克和兰格的思想在社会主义中国都能够找到对应的东西。兰格模型似乎更多地在社会主义市场经济的体制目标中找到一些对应，而哈耶克则可以从社会主义中国的转型进程中找到对应。

（本文原载《经济学家茶座》2002年第10辑）

经济科学能做实验吗?

众所周知,自伽利略时代开始,自然科学挣脱了经院哲学坐而论道的传统,呈现出了新的发展面貌,一是概念范式的革命以及理论的创新,二是实验意识和实验技术的进步。由此,人类对自然现象的认识能力突飞猛进,日新月异。

牛顿的伟大发现唤醒了人类对自身理性能力的强烈自信,激发了越来越多的人进入科学研究领域,由此造就了近代自然科学事业的勃兴。其实牛顿的巨大影响并不局限于自然现象的研究。早期的那些文化人也受到牛顿的启发和激励,试图将经典力学范式用到人类自身以及社会现象的研究中来,由此也推动了社会理论的前进和社会科学事业的发展。

18世纪的启蒙运动无论在科学领域还是在人文领域都受到牛顿的深刻影响。但令人沮丧的是,那些在自然现象研究中屡试不爽的套路,在社会现象研究中的表现则不能令人满意,以至于在

18世纪之后，学者开始反思社会研究的自然科学化是否具有学术上的合理性。一些学者拒绝用"科学"一词来命名社会理论，他们打算以此来对两个不同领域的研究活动进行分界。马克思在《资本论》序言中就曾指出："分析经济形式，既不能用显微镜，也不能用化学试剂。二者都必须用抽象力来代替。"他明确否定自然科学实验方法在经济活动研究中的有效性。稍后的德国哲学家狄尔泰也从根本上否认精神现象研究中的科学化倾向，主张以"内省的""个人生活的体验""同情的理解"的方式来处理。而在德奥方法论之争后，马克斯·韦伯试图以"理想类型"来塑造社会理论的基本方法论，虽然他没有狄尔泰那样极端，但是也体现出对自然科学手段运用于文化科学研究之有效性的深刻怀疑。

社会研究领域中，经济学的处境是较为独特的。在这个领域，关于何种理论才是最合理、最有效、最有益的这类问题，一直存在着重大的分歧。主流经济学和异端经济学之间的争论即便是在分析的经济科学已经奠定了其统治地位的今天依然没有结束。在主流经济学内部，"社会化"研究和"自然化"研究这两种倾向展开了长达一个世纪的竞争。在两者的拔河比赛中，"自然化"研究的经济学取得了决定性的胜利，这主要归功于自李嘉图开始，经济理论和分析技术的进步。1969年，诺贝尔奖委员会决定设立诺贝尔经济科学奖，意味着经济学开始被接受为科学殿堂中的一个组成部分。即便如此，与自然科学相比，经济学的科学化水平依然存在较大的差距。在假设的合理性、理论的模型化、经验支撑的稳定性等方面，经济学依然很难像物理学那样符合人们对它寄予的期望。

　　自19世纪初开始，经济理论的每一次危机似乎都会导致针锋相对的应对方略：一方面是进一步磨砺科学分析的技术手段，试图让经济理论变得更加具备自然科学的严谨性和精确性，即不断地发展它的"科学"特性；另一方面则是放弃科学化的尝试，而回归到文化"科学"的路径。李嘉图凭借他卓越的分析技术改变了古典政治经济学的气质，开启了经济理论走向现代经济分析的路径，影响了他所生活的时代以及此后很多人的学术选择。19世纪最初40年的英国古典政治经济学几乎是李嘉图派一统天下。而随着支撑起分析技术的四根重要理论支柱的垮塌，李嘉图学派陷入了巨大的危机，他的最重要的后继者约翰·穆勒一度想让经济学避免"李嘉图恶习"，而重新复兴亚当·斯密基于观察的综合研究方法。穆勒的努力虽然产生了一定的效果，但最终基于演绎的分析经济学依然取得了经济学大家族的统治地位。边际革命以后，伟大的马歇尔也试图在斯密与李嘉图之间进行方法论的综合，但后来的继承者更感兴趣的还是其中的李嘉图元素。穆勒和马歇尔，作为19世纪最重要的经济学折中主义者，心里爱着的是斯密，而双脚则朝着李嘉图开出的道路前进。

　　到了20世纪初，对经济生活的"科学"研究已经蔚然成风，经济学的自然科学化已经成为无法扭转的趋势，瓦尔拉斯的一般均衡分析逐渐占据了新古典经济学核心理论的地位，其影响日益扩散。1948年，保罗·萨缪尔森的《经济分析基础》出版，标志着分析的、"科学"的经济学大厦全面成型，此后，经济学的工作都是细部上和专题上的深入和精致化。这一事件标志着经济学中理论取得了对感觉世界和生活世界的统治权，以及形式化的符号系统取得了对多样化内容世界的统治权，当然还有理论上的决定论因果关系取得了对自由意志的统治权。自然科学意义上的"科学"在经济学中取得全面的胜利。

但是与物理学这样的精密科学不同，经济学的精密常常无法得到证据的支撑，在一般均衡模型诞生后的差不多一个世纪时间里，经济理论的科学形式只能依赖于严格假定基础上的数学推理来论证，它与经济生活的关联性非常之弱，以至于有越来越明显的趋势表明，经济学进入了应用数学的时代。整个经济学的理论大厦是基于某些基本假定的公理的集合，与现实之间的关系需要通过五花八门的部门经济学和应用研究才能依稀观察到。经济学这种纸上谈兵的性质，导致人们对它的发展漠不关心。不仅如此，在几次重大的全球性经济波动中，经济学界依据基本模型所做的推论与真实世界的情形不相吻合，错误的预测和政策建议导致的经济扭曲，引来了极大的不满。按照社会学家丹尼尔·贝尔的看法，新古典经济学为了摆脱理论困境，不断地尝试在理论模型和现实之间架构桥梁，货币数量论、垄断竞争理论、凯恩斯革命和菲利普斯曲线便是四个重要的尝试。但是，这类尝试的效果并没有经济学家所期望的那么大，以至于到了20世纪六七十年代，按照贝尔的说法："不仅经济理论中出现了危机，而且经济理论本身也出现了危机。"经济学的理论与现实之间存在的鸿沟，不仅没有被各种理论填补，而且似乎越来越深。

实验经济学就是在这样的背景下，伴随着经济学的危机而逐渐兴起并快速发展起来的。20世纪40年代，大约就在萨缪尔森出版《经济分析基础》一书的同一年，著名经济学家爱德华·张伯伦在哈佛大学经济系的课堂上开始开展市场交易实验，这被认为是现代经济学实验的开端，迄今为止，已经过去近八十年时间。20世纪60年代初，以张伯伦的学生兼被试之一弗农·史密斯为代表的一小批经济学新锐开始着手创立实验经济学，迄今已经有一个甲子的时间。在这个过程中，经济学实验研究的技术和方法逐渐得到淬炼。到2002年，史密斯与丹尼尔·卡尼曼获得了诺贝尔经济科学奖，标志着实验经济学成为主流的一部分，此后，进入了新的更快发展的历史时期。

可以说，实验的观念、方法论自觉以及相应技术的进步，最终促成了经济学的实验化，是最近数十年里推动经济学发生巨大进步的重要原因，也是迄今为止，在经济学理论与现实世界之间架构桥梁的最有效尝试之一。因此，研究经济学实验的观念、理论和技术的历史，必然是一个重要的课题。

良聪是我在经济思想史方向招收的第一个博士生，他在就读博士的阶段，我正在和王志坚博士、许彬教授筹建以实验经济学为特色的浙江大学实验社会科学实验室，很自然会思考一些较为基本的社会科学实验的学理基础问题，试图更加准确地把握实验经济学演化的动力、机制、过程以及趋势。同时，由于实验经济学发展所处阶段的特点，它的历史研究在学术界依然是一个空白，所以在良聪要确立博士学位论文的选题时，我就建议他选择实验经济学史这个题目。

要做好这样一个题目，必须要充分地掌握文献，同时又要有从事经济学实验的实际经验。良聪是一个勤奋而且能够感受学术快乐的人，在确立起论文的基本结构框架之前，他就已经开始广泛地阅读与主题相关的文献，而开题之后，他的阅读量又进一步加大了。读者从这本书的参考文献目录可以看出他阅读文献的体量之大；利用浙江大学建设社会科学实验室的有利契机，良聪也在许彬教授和王志坚博士的带领下，参与了一些重要的经济学实验，合作撰写了几篇论文，积累了十分宝贵的经验。文献阅读和实验经验这两个方面的相互配合对于他驾驭博士学位论文的主题是至关重要的。事实证明，他较好地完成了这个任务。

这篇博士学位论文对实验经济学的演化历史进行了全面系统的解读，与同类研究题材相比，它的显著特点是其中对实验经济学方法论基础的考察和评论，这显示出作者在这个问题上基于广泛深度的思考而形成的理论自觉。开阔的视野、真正的问题意识以及对学术创新的渴求，贯穿了这篇论文，展示出作者的理论雄心。

这篇博士学位论文获得了较高的评价。通过答辩以后，良聪继续从事博士后研究，得到了他的合作导师、著名经济学家姚先国教授的指导，期间得到了来自多个方面的项目资助，得以独立从事社会科学的实验研究。博士后出站后，他留校从事教学与科研，并申请到国家社会科学基金的项目，其实验的经验积累得到了进一步的巩固和提高，对于博士学位论文主题的理解也在不断深化。

鉴于实验经济学的理论和历史问题的重要性，我几年前就建议良聪尽快对博士学位论文进行修改完善，早日形成专著出版。但由于担任教师以后，教学工作量急剧增大，他一直没有时间静下心来进行修订。终于在两年前，他获得了去芝加哥大学做访问研究的机会，得以有时间进行将博士学位论文转化为学术专著的工作。对于这本书的出版，我是很高兴的，我相信它对很多学术界的同行也会有较大的借鉴意义。

当然，作为一门相对年轻的学科，实验经济学的发展尚未到达可能的最高峰，它的威力和局限性并未完全充分地显现出来，它自身的成分还在不断地发生新的变化，比如近些年来田野实验、神经实验等进路就方兴未艾。因此，良聪的研究也只能是阶段性的。希望他或其他的学者在未来的某个时候能够对实验经济学新的发展展开进一步研究。

（本文原为《实验经济学简史》［范良聪著，浙江大学出版社，2016年版］序言）

雄狮的光荣与梦想：
马歇尔教授的成功和失败

在世界的近现代史上，有若干位姓"马歇尔"的名人，比如"二战"时期美国的五星上将，以他命名的计划载入世界史册。还有，仅仅美国最高法院就有两位姓马歇尔的大法官，其中天秤座的那位因处理著名的"马伯里诉麦迪逊案"而载入了美国民主政治发展的史册。

而我这里要说的是另外一位载入史册的马歇尔，英国人、狮子座的阿尔弗雷德·马歇尔。

这位马歇尔，生于1842年。在19世纪末20世纪初，他创建并统治了经济学王国，一手打造的剑桥大学经济系在半个世纪左右的时间里是全球经济学家的圣殿。他1890年出版的著作《经济学原理》是有史以来影响最大的经济学教科书，影响了一代又一代人。他的学生中著名的经济学家有一大批，但只要举出凯恩斯一人，就足够了。事实上，现代经济学的基本思维方式和分析工具，大部分是马歇尔发展起来的。如果说亚当·斯密是古典政治经济学之父，那么，马歇尔就是新古典经济学之父。经济理论只有经过马歇尔的转换才成为"经济科学"。1924年，马歇尔以82岁的高龄病逝，但他的影响并未随之消失，而是继续着。

1935年，经济学家亨利·达文波特在他的书中这样写道："马歇尔已经统治经济学几十年了，并且在英语国家的经济学家中，他的统治地位仍将继续。"此时马歇尔已经逝世11年了。

1941年，约瑟夫·熊彼特这样写道："在马歇尔的著作中，具有比他实际完成的重要得多的东西，即可以永垂不朽的某种东西，或者我们可以说，远远超过任何具体成就的寿命的生命力。除了他的天才提供我们使用的，并不可避免地要在我们的手里磨损掉的那些产品之外，在《经济学原理》中还有关于继续前进的微妙的建议或指导。"此时，马歇尔离开人世已经17年。

1996年，米尔顿·弗里德曼写到，马歇尔的光辉巨作《经济学原理》"在价格理论的教学中一直领袖群伦……整个20世纪都是如此"，此时距离马歇尔逝世已经72年。

进入21世纪，马歇尔的影响力也没有减弱的趋势，张五常虽然批评马歇尔当年在修订《经济学原理》第三版时，把"吉芬商品"概念引进经济学中是犯了一个巨大的错误，但是在他心目中，马歇尔是仅次于斯密的伟大经济学家。即便是马歇尔的错误也是推动经济学前进的动力。

在经济学这样一门自我标榜为"科学"的学科中，影响超过30年的经济学家不多，超过半个世纪的更少，而影响力在一个世纪以上的简直是凤毛麟角。两百多年来，有此能力的人不超过10位，而在某些标准更严格的人那里，不超过5位。但无论按照何种标准和要求来衡量，马歇尔的地位都是雷打不动的。

1990年，在马歇尔《经济学原理》问世100周年之际，国际经济学界举行了一系列的纪念活动，向这位经济学的巨人致敬。著名经济学家、诺贝尔经济学奖获得者、芝加哥大学乔治·斯蒂格勒教授将马歇尔的学术贡献总结如下：第一，马歇尔在价值理论中将时间作为一个重要因素，特别是分析了供给和供给弹性在市场中即时的、短期的和长期的不同特征。正是由于马歇尔强调了时间因素在经济分析中的重要性，他的著作引入了一系列非常有用的分析性概念，大大强化了经济学的分析能力，这类概念一直到今天仍然是标准的经济学教科书中必须使用的。

第二，提出了外部经济性和内部经济性的原理，对两者进行了创造性的区分，对收益递增情况下，仍然可能存在某种竞争的现象进行了解释，丰富了福利经济学、生产理论和价格理论等领域的讨论。

第三，马歇尔使企业理论的重要性为人们所认识，并且对企业和产业之间的区别与联系进行了考察，可以说是正式开启了经济学对企业和产业问题的分析性工作。

第四，马歇尔对消费者理论进行了详尽的阐述。

斯蒂格勒认为这四个方面是马歇尔对经济学的主要贡献。这些主要的理论贡献以及马歇尔苦心孤诣的体系化、形式化的尝试，奠定了经济学作为一门分析性的、独立的社会科学的基础。

除此之外，马歇尔还有其他若干次要但对于现代的经济学来说是不可缺少的贡献，比如他对工业区概念、人力资本概念的阐释，对货币需求理论的表述，对新的国际贸易理论的促进，等等。

和其他社会科学领域中的大师一样，马歇尔也是一个思想充满多样性、难以清晰把握和理解的人，在他的理论中有很多值得探索和揭秘的"谜题"。著名的马歇尔传记作者格罗尼维根就曾经说过，对于一代又一代的经济学家来说，马歇尔的《经济学原理》都是一本很难掌握的书。他的理论体系中的张力甚至矛盾的特性至今让人困惑与不解。比如，他对经济学的定性，希望其是一门生物的经济学而不是物理的经济学；对于经济学研究方法，希望将归纳和演绎相结合，理论与实际情况相互参照；认为经济学的使命具有实证性和规范性双重的内容；等等。

马歇尔的个性，更是一个让他人不解而又为之着迷的话题。他的性格中既有相当浪漫和感性的部分，也有十分功利和理性的方面。善良、富有同情心，据说还非常慷慨，但有时对人对事又会表现得十分冷酷和自私。他对斯密、李嘉图、穆勒、古诺、屠能这些过世的先辈经济学家极为尊敬，表现出门徒式的谦卑，但对在世或者去世不久的同辈经济学家（杰文斯、门格尔、瓦尔拉斯等）又采取了冷漠和倨傲的态度，极不情愿地承认这些人的学术贡献，对自己的学术与这些边际革命的发起者的思想之间的关系不是力图否认就是讳莫如深；他终其一生孜孜不倦追求真理，著书立说强调事实根据，但是他对事实的态度又让人捉摸不透，让人觉得他只讲有利于自己观点的事实，有意无意地忽视乃至否认相反的事实。他有英雄主义的荣誉感,毕生追求实现自己的理想与价值,但又具有较强的虚荣心,过分在意自己的学术地位和社会评价,为此,常常会因为其他人的误解而大发雷霆。

马歇尔的社会理想也不稳定,早年曾经在较长时间里秉具的社会主义信念,中老年以后渐渐被放弃,转向自由主义。一方面,他尊重女性以至于被认为是一个女权主义者,为了和自己女学生结婚不惜放弃剑桥大学的研究职位去了布里斯托尔大学这所当时的二流大学任教;但是另一方面,他又终其一生都在竭力阻挠剑桥大学授予女学生学士学位以及反对授予女性选举权。他早年反抗父意,放弃走教士的道路,对神学完全无视,但对于宗教信仰的力量却极为重视,晚年甚至着迷于宗教问题。

为人处事方面,作为经济学的导师,他成就斐然,但却和许多早年的密友和学生(西季维克、老凯恩斯、福克斯威尔等)闹翻。在建立剑桥大学经济系和剑桥经济学派方面,他具有开创之功,但在很多人眼里也是一个不择手段、排斥异己、任人唯亲、骄横跋扈的学阀。如此种种,不一而足。

关于马歇尔的生平、个性等,他的夫人(玛丽·佩丽)、学生(凯恩斯、皮古等)都先后撰写过回忆文字。1940年《经济学原理》出版50周年之际,熊彼特撰写了长篇纪念文章,这篇文章在《美国经济评论》上刊出,马上获得了马歇尔遗孀的高度肯定。罗纳德·科斯也曾于20世纪70年代初撰写了对马歇尔身世及方法论进行精细考据的文章;惠特克为《新帕尔格雷夫经济学大辞典》撰写了"马歇尔"长篇词条;马克·布劳格在他的代表作

《经济理论的回顾》一书中以最大的篇幅介绍马歇尔的经济学。在《经济学原理》出版100周年的一系列纪念活动期间，国际学术界关于马歇尔的研究文献更是丰富多彩。1995年，澳大利亚悉尼大学的经济思想史教授格罗尼维根总结了以前的研究成果以及获取的文献档案资料，出版了《翱翔的鹰：马歇尔传》，极为详细地描述了马歇尔漫长的一生。格罗尼维根在2007年又出版了新的《马歇尔传》，侧重介绍马歇尔的经济学贡献。这些都可以帮助我们形成关于马歇尔的更为完整的印象，这里不再赘述。

学者的个人因素与学术之间的关系，在文化科学领域中要比在自然科学中更加值得重视。了解马歇尔的价值观、性格特点和心理倾向，有助于我们更好地理解他的经济学体系中包含的复杂性和张力。皮古在马歇尔逝世后的一次演讲中曾经说道：当你第一次读《经济学原理》，你很容易觉得这是一本相当易懂的书，但是第二次读的时候你会隐隐约约觉得自己不是很明白了，若你读了其他书后又来第三次或第四次读此书时，你会发现每个平凡的句子背后都暗藏玄机。我相信，皮古说出了很多读者的共同感受。马歇尔貌似好懂其实难懂，其原因很大程度上来自他对经济学理解的特殊性和深刻性，以及他苦心孤诣采取的文本策略。在某种意义上，不了解马歇尔的人生关怀，不知道他的个性特点，不熟悉他进入经济学的背景，不知道他的问题意识以及知识结构，就很难真正读懂他的《经济学原理》。

马歇尔是一个高明的学术经营者，他在写作《经济学原理》时，对长期学术发展的布局和叙事的策略都进行了精心的调配。

不同水平的读者读到了自以为是的内容，这对于经济学的传播自然是很有益处的，但客观上也造成了不同天赋和地位的读者在理解上的巨大差异。虽然不能说"一千个人眼里有一千个哈姆雷特"这句话也适用于马歇尔，但是马歇尔在不同的人心中有多个面相，是自然的。今天大家都知道的那个马歇尔，其实是某一类关于马歇尔的理解占了统治地位以后，被主流经济学建构起来的。经济学发展路径从来就是具有解释权和话语权的那部分学者主导的路径。思想史上的边缘者和失踪者，都不在这个路径上。我们一时无法想象，马歇尔如在人世，将如何看待别人眼里的自己，以及他开创的经济科学发展成了今天这样的局面。

"英雄惜英雄"，熊彼特不愧是一位知人善论的大思想家，他有广博得让人讶异的知识，以及卓越的学术能力，有高超的学术品味，同时，他又是一个颇具中立色彩的旁观者。因此，他关于马歇尔的评论或许要比作为学生的凯恩斯更值得我们重视。熊彼特能够透过马歇尔作品的外表进入到它的深处，到达智识平庸的读者完全无法企及的地带。熊彼特的水平不在于准确地总结了马歇尔的被人们认识到和实际推动经济学发展的几个重要的贡献，这些基本上都已经成为那个时代学术界的共识。他的过人之处在于指出了甚至是凯恩斯这样杰出的人物都没有察觉到的马歇尔经济学中深藏着的那些珍贵的东西。比如，马歇尔的报酬递增思想，以及毕生念兹在兹的经济生物学和进化论经济学等思想。他希望人们关注马歇尔著作中隐藏在简洁流畅的文字背后的丰富而深刻的思想，因为正是这种思想中埋藏着打开马歇尔思想奥秘的金钥匙。

在马歇尔的经济学体系中，如何圆融地处理报酬递增与竞争之间的关系，一直以来是一个困扰经济学家的十分棘手的问题。按照传统的、基于比较静态学的马歇尔经济学解读法，在一个完全竞争的经济结构中，企业的供给曲线受边际成本递增规律的影响，表现出来良好的收敛性，形成了最佳规模的自然约束。因此，在局部均衡和完全竞争的世界里，企业的报酬最大化和规模之间是存在着稳定的均衡关系的。但是很显然，马歇尔一直就知道在产业部门中，存在着某些规模报酬持续递增的企业，这类企业的扩张会导致理论上的完全竞争经济结构失去均衡的可能性。为了维持住完全竞争经济局部均衡经济理论体系的大厦，同时又要尽可能地符合现实的产业发展状况，马歇尔采取了若干的措施，比如引入"外部经济"和"代表性厂商"的概念等。皮古以及后来剑桥学派的学生们则试图把这种临时性的补救措施作为一个稳定的理论结构来处理，建立了基于数理的严整的完全竞争经济学体系，即我们所熟知的"新古典经济学"的理论体系。其代价就是进一步地模糊了马歇尔经济学的问题意识、理论气质及思维特点，放弃了马歇尔经济学中基于经验观察的现实主义特色，也就是放弃了马歇尔向来特别重视的经济生活中的"事实"，以及索性彻底清理了马歇尔经济学中存在着的动态分析的元素。一批缺乏马歇尔的问题意识和思想深度，但是在数理分析工具的掌握上具有特长的年轻经济学家卓有成效地把马歇尔经济学改造成了几乎完全是演绎主义的新古典经济学。马歇尔的这些著名的门徒占据了剑桥大学经济系这一最好的舞台，掌握了马歇尔经济学的解释权，在马歇尔去世后，仅仅过了十余年时间，后来的经济学家就把马歇尔经济学等同于新古典经济学了。这一过程自然而然的结果就是逐渐将无法整合到比较静态学的新古典经济学形式主义框架内的报酬递增问题逐出了新古典经济学的视野。"在有亮光的地方寻找丢失的钥匙"，这是长期以来富有现实主义精神的经济学家对新古典经济学的批评。这种状况存在了半个多世纪的时间，直到1986年，保罗·罗默在《政治经济学杂志》发表那篇题为《报酬递增与长期经济增长》的文章，情况才开始改变。

由于不关心经济思想变迁的历史，也基本上不再阅读历史上著名经济学家的原作，今天的经济学家和学习经济学的学生，其实多半不知道教科书上的各种教条的由来，基本上就是照着接受，知其然而不知其所以然。在经济学日益脱离了现实的历史情境，只关心符号逻辑的风尚中，人们找到了新的安身立命的职业学术生活方式。但是，无论是学术的还是社会的，各种重大问题依然存在，对于有学术责任感和良知的人而言，回避和无视现实中的问题，不仅是理智上的不诚实，说严重一点，是一种道德缺陷。经济学家被时代所误解和嘲弄，多半是咎由自取，一个不关心转型时代的问题、漠视底层人民的疾苦、逃离真实世界的经济学家，也是不值得人们尊敬的。

当人们把马歇尔这样一位具有悲天悯人的人文情怀、因同情穷人的遭遇而毅然从喜爱的数学转入经济学行当的人所创造的经济学，与今天占据着各个知名大学的经济学教室的经济学分析技师在黑板上推导的经济学等而视之的时候，总让人有一种无名之悲涌上心头，深深地觉得这是马歇尔这位伟大经济学家的大不幸。当然，马歇尔不是唯一一位思想史上的受害者，斯密、穆勒、韦伯、马克思都遭遇了长期的被误解的命运。他们死去多年，已经无法为自己声辩什么，但是，我相信，他们如在天有灵，想必是痛苦的和无奈的。

正本清源，是思想史学者的立身之本、是基本的行业规范，也是个人道义感的要求。思想史研究的一个基本责任就是尽量复原某些思想的真实面貌和应有的历史地位，建立将其正确定位的新坐标。更重要的，是要探索航行在历史河道上的观念之舟移动的脉络，寻找它们走向现时代的过程。这样做，并不仅仅只有历史价值，它也是正确地判断当代学者的工作以及对未来做出预判所必须的。对于某些被严重误解的历史人物而言，思想史家的工作，就像是一位合格的侦探，找到确凿的证据来洗刷加在他们头上的不白之冤，还其清白，重新恢复应有的荣誉。可以说人类历史上的重要思想家，几乎找不到没有被误读过的。越是容易被误解的历史人物，就越需要思想史学者的工作。所以，澄清岁月沉淀或者风化给历史图像造成的扭曲，还原真实的那一面，就成为我们责无旁贷的重要使命。或者说，这就是思想史作为"知识考古学"的使命。

天才与时势：
读斯基德尔斯基《凯恩斯传》有感

约翰·梅纳德·凯恩斯无疑是经济学史上最伟大的人物，不仅如此，也是影响20世纪世界历史进程的重要人物。从经济学理论的发展角度，如果不了解19世纪末到20世纪前40年的世界历史，自然难以理解凯恩斯思想创新的缘起及其机理。同样，不了解凯恩斯这个人及其在经济理论领域的革命性贡献，也无法把握20世纪全球政治经济秩序的起源和演变。因此，无论从哪个意义上，凯恩斯的个人传记都是十分重要的历史记录。

凯恩斯的天赋、才华、丰富的人生经历、巨大的历史影响及复杂多维的性格……这些无一不令人着迷。对于传记作家而言，凯恩斯无疑是比亚当·斯密、马歇尔更加理想的传主。迄今为止，关于凯恩斯的传记，不计详略品质，应该有数十种之多，其中，在中国影响较大的是罗伊·哈罗德《凯恩斯传》（刘精香译，商务印书馆，1993年版）和罗伯特·斯基德尔斯基《凯恩斯传》

（相蓝欣、储英译，生活·读书·新知三联书店，2016年版）。后者是进入21世纪才引进中国的简写版，只占原作全部分量的三分之一。英文原作有三大卷，展现了凯恩斯波澜壮阔的生命历程。这是一部名气极大的新版传记，不仅是因为传主的显赫人生，也因为那位令人钦佩的作者——斯基德尔斯基因为写了此书而被授予大英帝国勋爵的荣誉，入选上议院。

比较凯恩斯的弟子罗伊·哈罗德的《凯恩斯传》，本书的优点是显而易见的。

首先，因为30卷本《凯恩斯文集》的出版，作者手中掌握的公开文献比哈罗德写作时要多得多。当然，更加重要的是，作者通过锲而不舍的努力，历尽艰辛地从凯恩斯的公共文献保管人卡恩、私人文献保管人凯恩斯的弟弟手上获得了大量不宜公开的材料并用于传记的创作。所以，仅就资料珍贵性和丰富性而言，新版的传记远在哈罗德版传记之上。

其次，作者的立场也要比哈罗德超脱。哈罗德是凯恩斯弟子和崇拜者，无论如何都不可避免为尊者讳的通病，对凯恩斯个性、理论、行动的观察和理解总还是戴着有色眼镜的。当年哈罗德的《凯恩斯传》一出版，凯恩斯最中意的弟子理查德·卡恩就表示了强烈的不满。斯基德尔斯基的父亲虽然也曾经是凯恩斯的学生，但作为后人，毕竟得以超脱了当事者的局限。

再次，作者对凯恩斯思想方式和理论创新缘由的剖析要比哈罗德版的传记更有说服力。比如，在全书的多处，作者不厌其烦地分析了摩尔伦理学对凯恩斯世界观的影响，以及凯恩斯自己关于社会事件的概率解释的理论对后来理论创新的影响，这类分析在哈罗德的传记中是比较缺乏的。而作为思想史的一个重要环节，后人应该了解思想革命的缘起和武器库的提供者。

最后，虽然作者并不认为凯恩斯是弗洛伊德的精神分析方法的理想对象，他还是运用了大量的内部资料分析了凯恩斯的气质、心理倾向、精神世界、朋友圈子、情感表达方式与其学术、政治活动之间错综复杂的关系。也就是说，作者对凯恩斯思想的外部史和内部史的考察是齐头并进的。

当然，这部传记之所以吸引人，还在于极为详细地描述了凯恩斯的生活和社会阅历，其中，包括了社会实践经历和个人感情经历这两条互相交织在一起的生活之流。如果说，本书中关于凯恩斯参与英国的国家政治以及两次世界大战后介入世界经济政治秩序的建构等重要经历的描述，对于后人了解20世纪世界史有重要的助益，那么，其中关于凯恩斯私人生活史的翔实研究和叙述则更有可能引起阅读上的兴趣。比如，凯恩斯与多名男子的同性恋经历，特别是对画家邓肯终生不渝的爱情，这一直是小圈子内的秘密，但作者利用档案资料上的优势首次对此进行了严肃认真的研究和记录。此外，关于凯恩斯中年以后和俄罗斯芭蕾舞演员莉迪娅的婚恋，也挖掘出了不少新的故事。作者并不希望这个方面的内容成为人们津津乐道的重点，但很显然这是全面真实反映凯恩斯这个人所不能忽视的维度。与老版讳莫如深、刻意回避的做法相比，这也堪称本书的另一大亮点。

阅读这部传记，我们确实深切地感到，如果不能清楚认识传主与同时代人的交往以及所处社会历史变迁的局面，我们就无法认识某种具有重大历史影响的思想和理论为何会诞生。思想史的主要线索应该从伟大人物的生活世界中去寻求。不读学术名人的传记，不了解其生平与事业，治思想史是不可能的。同样，如果我们不理解一些关键的特殊人物在历史上的作为，也就难以把握历史何以如此形成和变迁。

这部传记使我对"凯恩斯革命"以及20世纪世界政治经济秩序的产生有了新的认识和理解。

当然这部书也不是没有遗憾之处。很多人所关心的凯恩斯和哈耶克、熊彼特的关系在书中语焉不详。尤其是作为凯恩斯老对手的哈耶克，出场次数似乎太少，看了很不过瘾。相比之下，《哈耶克传》和《波普尔自传》反而要更加详细些。弗兰克·拉姆塞、维特根斯坦、弗吉尼亚·伍尔夫与凯恩斯之间在思想和价值观方面的互动揭示得很不够。对凯恩斯长期置身于其中的布鲁斯伯里精英文化圈到底如何影响凯恩斯，书中的记载也过于粗陋了。

必须注意，中文版的翻译也存在一些可以改进的瑕疵，其中，人名不能采用标准译法以及前后不统一问题最为突出。此外，如此大部头的一部书没有事项和人名索引，给更进一步的利用带来了困难，更是一个不小的缺陷。

斯密经济学的当代传人：罗纳德·科斯

芝加哥时间2013年9月2日下午2点30分，罗纳德·科斯在芝加哥圣约瑟医院因病医治无效逝世，享年102岁。听闻噩耗，我非常震惊，非常沉痛。因为科斯教授是享誉世界的经济学大师，是新制度经济学和法经济学等领域的创始人，是1991年的诺贝尔经济学奖得主，是包括我在内的大批经济学者非常爱戴和崇敬的学术导师。在我看来，他的离世，不仅是经济学的巨大损失，也是社会科学的重大损失。科斯的逝世还带给我无尽的惆怅，因为此前的几个月，我与张五常教授、王宁教授以及刚成立不久的浙江大学科斯经济研究中心的同仁一起，筹备科斯先生10月份访华事宜，满怀希望和激动地期待着科斯先生在期颐之年踏上他一直梦牵魂绕的中国土地那一刻的到来。但是，这一希望突然彻底破灭了！

科斯先生是地道的英国人，后移居美国，而他终生却对中国这个东方国度满怀强烈的好奇和深深的善意，晚年更是对中国的崛起以及经济学在中国的发展充满信心和期待，并在2008年、2010年两度利用自己的诺贝尔经济学奖金在芝加哥大学举办有关中国经济发展问题的国际研讨会。从青年时代起，他就期盼能够到中国访问，可在战火频仍、社会动荡的时代，这自然是奢望。等到中国的大门向世界敞开，他年事已高，行动不再自如。张五常、王宁等科斯先生的中国朋友一直在策划协助他们夫妇俩访问中国的事情，科斯自己也制定了相当仔细的中国之行计划，但总有一些因素使他的中国行计划一拖再拖。2012年10月，科斯夫人撒手人寰，无儿无女的他在极度悲伤之余再无牵挂，毅然决定再度扬帆启程去寻找中国。我们这些科斯的仰慕者，无不为他的决定感到欢欣鼓舞，虽然难免隐隐担忧他如此高龄是否能够承受长途劳累。然而，科斯先生的热情和医院体检的数据打消了我们的担心，而且正如张五常先生所说，万一科斯先生在中国仙逝，或许反而是经济学发展上的一桩美谈，更是科斯先生本人的最完美结局，正合了古人所说"求仁得仁"。就在我们为迎接科斯先生的到来做最后的准备，王宁博士却带来了一个令人不安的消息，老人家在2013年8月份因肺部感染住进医院。大家的心情顿时如浸在冰水之中，十分沉重。我有不祥的预感，隐隐觉得这次老人家凶多吉少，因为很多高龄老人常常因为肺部功能衰竭而不治。随后不久，我们的担忧不幸被验证。老先生在住进医院不到一个月即与世长辞。科斯这个未圆的中国之行梦，是他几乎完美一生的唯一缺憾，更是我们这些几乎要看到他在中国愉快生活图景的晚辈心中的深深遗憾和无限惆怅。我有时候忍不住揣摩他的临终瞬间，总觉得他的心愿未了，他的灵魂在终于摆脱肉体羁绊之后，所要旅行的第一站就会是魂牵梦绕的中国，然后才是回到故乡英国。

2013年9月8日，浙江大学科斯经济研究中心在浙江大学玉泉校区举行了小型而庄重的"罗纳德·科斯教授追思会"，参会的是对科斯先生有深厚感情的学术同道和闻讯赶来的许多经济学和其他专业的学生。在会上，我们一起追忆了科斯先生的道德文章，研讨他的思想和研究方法给经济学未来和中国改革发展所带来的重大影响，同时也对浙江大学科斯经济研究中心所肩负的继承和发扬科斯思想遗产的重大历史使命寄予厚望。追思会上，浙江大学出版社的袁亚春总编表示为纪念科斯先生，希望能出版一本有关科斯先生的传记。研究科斯思想多年的罗君丽博士就推荐了这本由斯蒂文·G.米德玛（Steven G.Medema）教授写于1994年的《科斯传》。

斯蒂文·G.米德玛教授是美国科罗拉多大学丹佛分校经济学系的经济学思想史学家，同时也是《经济思想史期刊》（*Journal of The History of Economic Thought*）的编辑。他长期致力于科斯思想研究和法经济学研究，就科斯定理、法与经济学以及科斯经济学方法论等主题发表过重要论文，并先后编著出版了《科斯传》（*Ronald Coase*，1994）、《科斯的经济分析遗产》（*The Legacy of Ronald Coase in Economic Analysis*，1995）和《科斯经济学：法与经济学和新制度经济学》（*Coasean Economics: Law and Economics and the New Institutional Economics*，1997）等一系列科斯研究专题文献，是西方世界当之无愧的一流科斯问题研究专家。

本书的英文版是最早的，或许也是截至目前最全面客观地研究科斯生平和思想的传记。它不仅重点分析了科斯广为人知的最重要贡献，如关于企业、交易成本、社会成本、边际成本定价、灯塔等，更广泛涉猎科斯在其漫长学术生涯中的很多生活工作细节，以及其他重要却鲜为人知的学术著作的深层含义，如科斯早年与其他学者一起进行的包含理性预期思想的生猪周期研究，以机会成本思想展开的会计实务研究，还有他长期跟踪考察的广播业垄断问题及其所蕴含的政府与市场关系的重大命题，等等。事实上，由于科斯低调谦虚的处世态度，以及他所坚持的经济学研究理念并非主流，因此，即使是在经济学界，绝大多数人心目中的科斯也都只是与被过度演绎的"科斯定理"有关，好像他一生只写过寥寥几篇公开的学术文章——《企业的性质》《社会成本问题》和《联邦通讯委员会》。但是，科斯思想的内涵远非如此。对一个想要真正了解科斯和科斯思想的学者来说，只有通过全面研读科斯先生的著作——包括那些知名的和不知名的作品，并了解他与经济学研究相关的生活细节，才可能获得对科斯思想的全面把握，并最终超越"科斯定理"造成的思维定势，真正认识他所坚持的经济学研究立场及其价值之所在。米德玛教授努力在这方面进行尝试，做出了重要的成果。科斯活过了漫长的一生，诚然，他留下来的手稿和档案资料还远远没有得到充分的挖掘和深入研究。但，米德玛教授的这本书，不仅是最早的，也是比较全面和深入的科斯传记作品。难能可贵的是，在科斯先生去世之后，米德玛教授得知我们有意出版本书的中文版，还特意写来了中文版序言和后记，进一步详述了科斯先生在1994—2012年之间的学术活动和写作情况，从而使展现在读者面前的科斯形象更为全面和客观。

我以为，科斯先生的离世，并不意味着科斯现象的结束，相反很可能意味着新的时代的开始。而从经济思想史角度对科斯进行研究，或许才刚刚起步。科斯是20世纪经济学发展上的一个里程碑式的人物，他的贡献部分得到了广泛的认同，以至于经济学领域形成了可称之为"科斯主义经济学"的思潮甚至是流派。问题是，学术界对科斯的评价和科斯本人的自我评价在多大程度上是吻合的，是否存在着重大的差异？最近三十多年以来，经济学界关于科斯的讨论，可以说是众说纷纭、乱象丛生，即使是科斯主义学派内部，争论也十分激烈。科斯生前曾在多个场合表示过对这种状态的强烈不满和深深的无奈。记得以前曾经看到过一则笑话，说黑白时代的电影艺术大师卓别林有一次对着参加"卓别林模仿秀"比赛的冠军得主说，你比我自己都像我。马克思晚年也曾对着采访他的记者说，他不是"马克思主义者"。这或许是名人共同的悲哀。试想，这些伟大的人物在世的时候都无法阻止社会对他们的误解，更遑论死后。

出于对科斯这位伟大学者的尊重，也是对经济学乃至社会科学未来健康发展的责任感，我们这些后来者应该静下心来，好好阅读、讨论、深化科斯理论的各个面向，并在此基础上形成一个比较统一和内部一致的理解，尽可能还原科斯思想的真实内涵。要做到这一点，不仅要认真地阅读科斯自己创作的学术文本，还要返回到经济思想史的语境中寻找进一步理解的可能性。如果说，前者迄今为止已经做了大量的工作，虽然还很不够，那么后者则几近空白。事实上，从科斯自身晚年的学术兴趣和一些他自己很花功夫但没有引起足够重视的论文中，我们是可以找到深入理解他的学术贡献的核心及其特点的门径的。如果仔细地研究科斯论斯密、论马歇尔以及回忆自己思想路径的那些文章，就可以发现，他与古典时代经济思想的内在联系，这也有助于我们理解科斯晚年如何看待自己学术思想的真正贡献以及为何这么看，准确认识其原创性的根据，以及对未来经济学进步的可能意义。

我本人早期做过一些新制度经济学的研究和教学，出于对"黑板经济学"的不满，后来逐步把注意力转向古典政治经济学，特别亚当·斯密开始经穆勒到达马歇尔的学术路径。我有一个基本的判断，科斯是这个传统在20世纪最伟大的传承者。虽然凯恩斯也部分地具有这个资格，但他太过复杂，很难简单归类。斯密、穆勒、马歇尔，是18、19世纪经济学综合的大师，《国富论》《政治经济学原理》《经济学原理》都是体大思精、集前人创见于一体的综合性经济学巨著，是经济学发展的里程碑式的伟大作品。与他们相比，科斯的一生虽然漫长，却没有写出具有类似性质的巨著，也没有开创主流经济学的新时代。就此一点来判断，科斯无法与这些前辈相提并论。尽管如此，科斯所具有的创见，就其深刻程度而言是不输穆勒、马歇尔，甚至斯密的。尤其是从理解经济世界的方式这一角度来看,他的表现与三位伟大的前辈,特别是马歇尔相比,可以说一脉相承。关于经济运行与人类社会其他部分活动之间关系的理解,科斯也明显地表现出与前辈之间内在的传承关系。在经济思想发展的历史上,斯密—穆勒—马歇尔的这一可称之为经验主义的传统与另外一个伟大而重要的传统——唯理主义——一直处在某种具有内在紧张感的互动关系之中。直到19世纪末20世纪初,不论彼此的争论和紧张达到多么严重的地步,两者之间都存在着对话的空间,共同塑造经济学的气质。

唯理主义的哲学基础是柏拉图的理念论,倾向于设想、假设和想象某些典型的普遍性世界,从一个抽象的、不存在于任何具体事物中的理论假设出发,去认识、分析现实中的各种社会实体和关系。信奉唯理主义的学者更推崇演绎的方法,而经验主义则强调个人的感觉系统带给我们的印象、知觉及其所构成的经验事实,并以此为出发点来考察各种社会实体和关系。持经验主义立场的学者更倾向于使用归纳和描述的方法。从地域上看,欧洲大陆的经济学家似乎更倾向于唯理论,如重农学派中的魁奈、19世纪后半叶洛桑学派中的瓦尔拉斯和帕累托等。这一系统的经济学家的最大特征就是非常重视运用数学工具来研究经济问题。

另一方面,英国古典政治经济学家则大多数持有经验主义立场。首先,在亚当·斯密那里,经验主义方法一直居于支配地位。虽然之后的大卫·李嘉图大大推动了唯理主义经济学在英国的发展,但直到19世纪末,经验主义仍然在英国学者的研究中居于更为重要的地位。而经济学发展中的另一里程碑式人物马歇尔，长期纠结于究竟是走经典物理学式的经济科学发展之路还是达尔文式的演化论经济学发展之路，并最终把经济学科学化的梦想置于《经济学原理》中，把演化论思想放在《工业与贸易》等著作中。随着《经济学原理》风靡世界以及大批追随者的形式化改造，接近物理学范式的新古典经济学开始占据上风，并经过几十年的发展，最后被定于一尊。经验主义研究方法则逐渐被边缘化，甚至成为经济学的异端。由于主流的经济学定义从学理上排斥了经验主义研究方法的合法性，经济学研究的方法论支柱最后只剩下演绎法一种，经济学理论与现实的关系逐渐嬗变为理论内部的关系。

从根本上说，当前经济学日益脱离真实世界的事实，正是唯理主义研究方法一枝独秀的必然结果。20世纪初开始成长壮大的新古典经济学的突出特征就是假设清晰（不必真实）、逻辑严密和定量严格。一项研究只有符合这些形式特征，才可能被认定为是"科学"的。得益于某种知识社会学的机制，这一唯理主义—形式主义传统不仅在经济学中获得了主流的地位，而且发起了对其他社会理论的殖民运动。这一传统在当代的杰出代表加里·贝克尔声称，（新古典）经济学应该成为社会科学的"语法"。虽然，这种经济学帝国主义（殖民主义）的做派，引起了强烈的质疑和反感，但目前看来这种势头还在持续。

正是在这个唯理主义—形式主义经济学独霸天下的时代，罗纳德·科斯顽强地坚守着自己对真实世界经济学的信念，不断发掘和发展斯密、穆勒、马歇尔等前辈思想中被边缘化甚至完全被忽视的经验主义方法论，并以其深邃的思考和巨大的原创性为经验研究方法重新赢得了荣誉。他的研究工作已经建构起了一种可以有效拒斥社会理论自然科学化的新范式，从而给经济学作为社会理论分支之一来发挥应有的功能注入了新的刺激。随着对科斯的理解日益加深，我们越来越强烈地意识到，在20世纪经济学唯理主义——形式主义排山倒海般的潮流中，科斯一直是抵抗运动的中流砥柱。他力图复兴古典时代政治经济学的某种具有持久价值的部分，恢复其效力和尊严。科斯虽然势单力薄，但他表现出来的拒绝妥协的精神和卓有成效的创见，足以证明他的伟大。

我相信，经济学未来的命运，取决于它的生命力，而它的生命力来自理解、解释和预测乃至指导人类整体经济运行的能力。从迄今为止经济学进步的历史来看，经验主义和唯理主义这两个传统都对经济学的整体进步做出了重大贡献。如果说19世纪是经验主义雄霸世界的时代，那么20世纪就是唯理主义独步天下的时代，两种极端的形态与经济学发展之间的关系，是需要进一步深入探讨的话题，不是这篇小小的序言所能讲清楚的。我个人倾向于相信，无论是通过何种机制，任何废黜百家定于一尊的格局，都是不利于经济学自身健康发展和发挥其健全效能的。今天的经济学家不应该在两种重要的传统之间做非此即彼的选择，正如马歇尔早就意识到并且试图做到的那样，经济学的方法不是某种独门秘诀，而是兼容并包的武器库，其中所有部分的存在价值都必须联系我们面对并且打算要解决的那类问题的性质才能做出判断。即，评判经济学方法好坏的正确做法，不再是孤立地、绝对地断定某种方法的是非优劣，而是关联到我们要解决的那一类问题的独特需要来做出选择。经济学作为社会科学中进步最快的一部分，当然得益于其方法上的不断创新，但是这种创新不同于自然科学中的"采新"和"唯心"。经济学的力量来自其历史性地累积着的、不断丰富的分析武器库，给后来的研究者提供了多种选择的可能性。大炮的威力比匕首大，不等于在所有情况下，大炮都比匕首管用。武装到牙齿的现代战士与赤手空拳的武士侠客，各有各的行为空间和用武之地。

眼下经济学陷入某种窘境，在部分领域甚至出现了危机，这到底是经济学作为一门成熟科学的整体性危机，还是掌握话语权的那一类经济学在面对某些特殊问题时方法选择不当所导致的任务失败，这不能武断地下结论，而是应该具体分析。但是唯理主义经济学对待经验主义经济学的粗暴拒斥，是目前最为严重的现实，我们看到，这种做法已经开始损害经济学机体自我恢复的能力。也正是在这个意义上说，科斯在继承古典经济学的经验主义传统的基础上，进行新的探索，开辟了经济学思维方式和思想范式的新的局面，也锻造了经济分析的新武器，这对于应对经济学所面临的巨大挑战是有效的进路之一。

科斯的工作，对于中国而言具有更加特殊和重要的意义，这个问题已经有不少人讨论过，在此不必赘述。我只想指出另外一点，就是，科斯与中国的联系不能止于其学术与某些具体的现实经济运行的解释方面，还应该包括他的经济学创新与中国经济学的发展方面。我认为，关于后者，我们考虑得非常不够。中国的经济学在最近的30年里，一直在西方的主流经济学后面亦步亦趋，很少有自己主导的理论创新，而且按照目前这样的趋势，在可见的未来，也不太可能有重大的世界性的理论创新，这与中国这个巨大经济体在国际上的相对地位是严重不相称的。钱颖一教授曾经引人深思地指出，经济大国未必是经济学大国，经济强国也很可能不是经济学强国。中国目前无疑是经济大国，但却是算不上是经济学大国，将来当中国成为公认的经济强国时，它是否能够成为经济学大国或者强国呢？决定两者之间联系的内在机理到底是什么？这是需要经济学从业人员严肃思考的问题。经济学的发展取决于学者自身的禀赋、素养以及特别的判断力，我以为，科斯给中国经济学家上了生动的一课，他的一生也在某种意义上提供了上述问题的答案。我希望，米德玛教授的这本《科斯传》就像罗斯的《斯密传》、格罗尼维根的《马歇尔传》、斯基德尔斯基的《凯恩斯传》那样，能够给读者带来有益的阅读体验，希望它为中国学者提供一个全面和深入认识科斯及其思想的有益途径。

（本文原为《罗纳德·科斯传》[斯蒂文·G.米德玛著，罗君丽等译，浙江大学出版社，2017年版]序言）

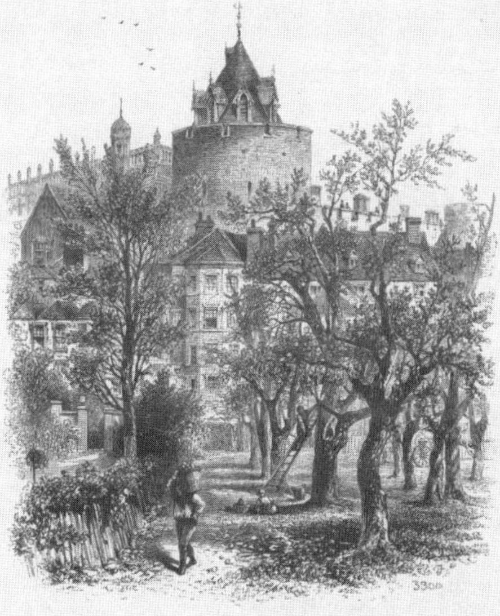

科学与爬树：
一本有趣又有益的科学家自传

打开启真馆这一次寄给我的快递包裹，里面有波德莱尔的《恶之花》、阿多尔诺的《探究瓦格纳》《本真性的黑话》、罗曼的《在树上》等四本新出的书。首先吸引我的是《恶之花》，其精美的装帧、丰富多彩的插图以及厚重的体量特别引人注目。阿多尔诺是我曾经感兴趣的学者，以前看过他的《否定的辩证法》，这次的两种，《探索瓦格纳》是他早年的作品，《本真性的黑话》原本应是《否定的辩证法》的一个部分，后来抽出来独立成书。这两本书的分量都不大，但读起来会稍费脑子，我想暂时搁一搁，等有大块时间了再说。《在树上》这本书，它的封面乍看像一本童书，我就没太在意，放在一边。

某天下班回家已经很迟，疲惫不堪，就想找点消闲的书看看，随手拿起这本《在树上》，一翻开，就止不住了，几乎是一口气读完了它。读完的那一刻，感受十分强烈，就很想写点推荐文字。

这本书的副标题是"一位田野女生物学家的树冠探险",作者本人就是这位"田野女生物学家",顾名思义,这本书讲的是生物学家的树冠探险。

按照书封内折页上的作者介绍,作者玛格丽特·罗曼生于1953年,美国纽约人,以爬树为毕生职业的科学家,作为全球树冠层研究领域的先驱和权威,被称作"树冠研究之母"。

坦率地说,我还是第一次听说有"树冠学"这样一个领域,还有专门爬树的科学家。罗曼在英文版序中的第一句话就是"我的工作很不寻常,我爬树,朝九晚五也不是我的作息。……我时常在森林与家之间奔波往返,也常把家里弄得人仰马翻:在离家的前一刻,我得打包预防疟疾的药物和帐篷;返家之后,还得和时差以及攻陷我的免疫系统的寄生虫对抗"。以爬树为业的科学家,这是一个怎样的人?过着一种怎样的生活?这个疑问将我自然带入了正文。

本书讲述了一个出生在纽约,自幼怀有科学梦想的女孩如何追随自己的心灵选择了树冠研究,赴苏格兰求学,又辗转去南半球的澳大利亚做博士学位论文和博士后合作研究,即便结婚生子后遭遇夫家的反对,她依然不改初心,矢志不渝地献身于树冠研究并成为顶级科学家的故事。

作者的叙事有着科学家的清晰,又有人文主义的温情,字里行间充沛着对他人、对自然的爱与理解,十分宜人。罗曼的现身说法,既能营造出生动的在场感,又有自省和超越意识,像是统一于一个肉身的两个人在各自向他人讲述感受,然后相互倾诉。

一个知性的自己，作为生活世界中实践着的自己的旁观者，被每一个场景带动着自然地出入于各种感性的躯壳、真实的情境，形成了某种类似于交响的效果，两个调子相互配合相互加强。这样的叙事风格，让这本书具有打动人的内在魅力。

我是一个社会科学从业人员，虽然有着广泛的知识兴趣，但对于树冠这样的"冷门绝学"，也是取一种可知可不知的态度，如果没有罗曼的现身说法，我是决不可能有机缘涉猎的。外行的阅读，对于具体的知识总不免浮光掠影，而人与人之间的共感、同理心，则激发起了深深的认同。

副标题所谓"探险"，不仅仅是科学意义上的，更是人生意义上。这两种意义上的探险交织在了一起。作为一名研究森林的科学家，她要天天爬到树上观察物种之间的关系、跟踪变化、收集数据。热带雨林的参天大树，最高的近80米，二十几层楼，虽然有升降的工具，但毕竟不比爬楼安全可靠。作为一名女性科学家，她又必须在科学家与母亲的角色之间实现最大的兼顾。毫无疑问，她遭受了很多的挫折，科学上的、婚姻生活上的，等等。在她看来，野外研究对身体的考验，远不及情绪上的各种负担。

她说，庆幸自己经受住了考验，很庆幸自己能够体悟到，要在科学研究上有所成就，并非一定要牺牲家人之间的爱与共享。只要懂得在两者中取得平衡，并以对生命的热情和爱加以滋养，我们就每天能够感受到生命的美好。

在自己的科学研究处于辉煌生命期，远未到写自传年龄的时候，就迫不及待地要写这样一本自传性的书，对此罗曼解释道：

"愈在事业全盛期,我愈能感受身为女性在科学这个领域遭遇的阻碍,这些感受尽在不言中。爱、家庭以及事业三者的整合,对男人女人来说都同样困难,这些不应该等到白发苍苍了才独自静默思索。"

"知之者不如好之者,好之者不如乐之者。"

罗曼展现了作为女性,作为妻子、母亲、女儿,作为学生、科学家的各种人生阶段和各种人生角色,如何在自己艰难的结合和锲而不舍的奋斗中,将它们统一于良好的身心状态的人生过程。这是真实的过程。这个过程,既不是信徒的救赎,也不是被动的挣扎,而是在探索世界、关爱世界的强大内在动力驱使下的自由行动,是真正的自由意识。

从这个意义上,罗曼写出了一个经过启蒙的人,应该做的人生选择和应该过的生活。这一点,不仅让读者感到无比的亲切,而且使他们对生命的意义感充满信心。因此,她值得读者的爱与尊敬。

一边阅读,我一边还在想,我们该如何教育自己的孩子。罗曼的父母都不是科学家,但却十分鼓励女儿的好奇心,支持她的科学兴趣,哪怕这种兴趣超出了他们能够理解和接受的程度。即便女儿成年并且也已成为母亲,他们仍然以实际行动支持女儿的科学事业,远渡重洋从美国到澳大利亚农场帮女儿带孩子。罗曼在第一段婚姻破裂以后,回到美国,在父母和弟弟的支持下,独自抚养自己的两个儿子,并且十分成功地帮助孩子建立了健全的心智,培养了他们对科学事业的热爱。三代人续写了非常令人羡慕的家庭教育故事。我想中国的家长们也应该读一读这本书，受点启发和激励。

作者的文笔洗练而优美，写人和状物生动传神。关于苏格兰气候、澳大利亚乡村社会风土人情、南美热带雨林风光等的描写十分精彩。

享誉学术界的耶鲁大学出版社居然会出版一本这样的书，确实不是没有道理的！

文德昭示何可期：
刍议《中国文化通识：人性与现代性》

前几天收到广西师范大学出版社寄来的新书《中国文化通识：人性与现代性》，国庆假期得空全部看完。该书作者钱锁桥是英国纽卡斯尔大学教授，曾获加州大学伯克利分校比较文学博士学位，著有《林语堂传：中国文化的重生之道》等著作。

正如作者自言，这本书要做的事情，是帮助一个不了解中国文化而又出于各种动机希望认识中国文化的外国人，提纲挈领地学一点"中国文化"。

本书不认同那种关于中国文化的思维定式，即，一旦讲到中国文化就联想到某种客观的存在物，有形或无形的文化资产，比如中国工艺、中国功夫、中国绘画、中国建筑、中国家具、中国服饰、中式餐馆之类的东西。本书对"文化"的把握更接近于阿诺德/辜鸿铭的主张。

所谓阿诺德/辜鸿铭的主张，以辜鸿铭自己的话说就是：

要判断一个文明的价值，我们归根结底要问的问题，不是它是否已经建造出或能否建造出怎样繁华的都市、怎样豪华的房子、怎样宽敞的公路；也不是去问它是否已经造出或能否造出怎样优雅舒适的家具、怎样精巧实用的工具或器械；甚至也不是去问它发明了怎样的机构、怎样的艺术与科学。要判断一个文明的价值，我们必须问的问题是：它造就了怎样的人性、怎样的男人和女人。

要在15万字左右的小篇幅里，驾驭如此宏大的主题，确非易事。上下五千年的中国文化史，弱水三千，只取一瓢饮。至于取哪一瓢，不同的作者有自己的偏好。钱先生在自己的书中是这样说的：

在我看来，就对当下中国文化的形成所产生作用来讲，一个半世纪左右的现代转型经验甚至比几千年的传统遗产更为重要。在此意义上，本书有别于一般的概论性"中国（简）史"或"中国文明史"。这里没有一个朝代接着一个朝代讲述重大历史事件或成果，而是着重关注那些对当下的中国文化至关重要的，且是在个体的中国人身上还会以某种方式体现出来的元素。在讲到传统文化资源时，历史其实是倒过来看的，套用法国哲学家福科的话，这叫"当下的历史"。也就是说，这里探讨的传统因子仍然是当下中国文化的有机成分，而不只是博物馆收藏品。

作者试图向外国人讲清楚现代中国人身上的文化特质。由于这些特质中有不少是历史地赋予并沉淀下来的，已经成为具有相对稳定性的禀赋，因此需要以发生学的眼光回到历史的源头及路径中去叙述。

出于这样的考量，本书以接近一半的篇幅讲述了近代一个半世纪以来的文化演变。全书一共八章，只有前四章是讲述中国古代的历史文化特质，后四章所讲的都是鸦片战争以后中国文化的嬗变及其后果。这不是厚今薄古，而是问题意识使然。

作者试图用本书来影响西方的读者，让他们不要再把中国文化当作一个他者，哪怕是一个更好的他者，而是把中国文化认真地当回事——作为"世界人文思想共和国的一员"。

作为一名成长于中国又长期生活在西方的知识人，钱先生具有自然的跨文化意识和相关经验，加之受过较好的比较文化学训练，具备了讨论这个问题的条件。我们也不难发现，他身上自觉不自觉地负载某种文化使命，要将一个长期被误解为异类的并因此被孤立的非主流文化纳入全球普世主义文化的大家庭，即透过近代中国文化中民族主义的外貌去发现其来有自的普世人文主义的精神。客观地说，近代以来，具有此等雄心壮志的，不乏其人。老一辈的如梁漱溟、冯友兰、贺麟、张岱年、牟宗三、费孝通等，稍微年轻一些的如李泽厚（尤其是他70岁以后的哲学工作）、刘再复、杜维明等，其中多半是哲学家。最近几十年里，有此情结的人员数量还在激增，不过学术段位已今非昔比。然而，目前的情势又十分关键，我们处在了历史的关头，前面是两扇大门：民族主义的和普世主义的，门后面的路径或许是高度依赖和锁定的。到底走哪一扇，成了当下全球都关注的大问题。毕竟这是一个世界经济体量亚军、人口总量冠军、文化史长度冠军的巨大国家，一举一动都关乎世界的演变。

作者试图钩沉近代以来中国文化中逐渐被民族主义遮蔽的普世主义主线，即对人性的极端重视，以及相应的丰富思想资源。作者认为此一资源是可以与当今举世认同的普世主义基本价值观进行互补和组配，形成一种足以支持中国文明世界化的内在根据，即真正的文化软实力。但是，作者指出，中国文化的短板在于还没有真正赋予一个普通公民自由的权利以及相应的自我管制的权利。如果不在这个方面对中国传统文化中的人文主义资源进行创造性的转化，则无法达成上述目的。

书中提出以儒家人文主义自身内含着的"合情理的精神""带有智慧的祛魅"等现代元素，对政治学的"人"的基础加以改造与重建，即发现并全面重建辜鸿铭意义上的能使心灵与理智完美结合的、中国人身上的"中国式人性"。坦率地说，作者并未在与此相关的基本问题上展开深切的学理考察，特别是未曾做哲学层面的讨论，一切只是初步的提议。

全书着墨最多的是近代以来中国文化（哲学）的危机及其现实后果，钩沉了辜鸿铭强调"名分大义"的保守主义和林语堂的"抒情哲学"等。这样的布局可能与此前作者对这两位近代思想家有相对深入的研究有关。

笔者十分关心的问题，马克思主义与中国文化的"人性与现代性"之间的关系,在本书几乎没有论及,不知是作者对此完全没有思考,抑或有其他原因。但我个人认为,这个问题的重要性值得花一点笔墨去讨论一下。

本书视野宏阔,角度比较新颖,文笔简明通达,观点亦颇有启发性。叙述方式,既有白描,也有写意,主题的轻重布局、材料取舍是否精当,见仁见智。我个人觉得,笔断意连的风格也很不错。

全书的最后一段话蛮有意思,值得全引照录:

> 有这样一种文化,本来就把"人性"置于如此崇高至上的地位,不应该等太久把人的权利置于其中心枢纽地位,让人享受他们应得的自由。一旦自由之神降临,再加上诗意的生活美学,以及合理性的幸福观,到时中国文化或许真可以向全世界昭示其"文德"。到那时,做一个中国人一定真不错。

本书的英文原版以西方大学本科生以及对中国文化有兴趣的读者为对象。因是之故,钱先生断言,普通中国人,只要有高中文化,读起来应该不会太费劲。不过我倒觉得钱先生有些乐观了,如果不理解此书的问题意识,以国人的阅读习惯,要读懂它也并非易事。

野百合的春天：
《奶酪与蛆虫》读后感

这是一本看了就难以忘记的书，一本奇书。

《奶酪与蛆虫：一个16世纪磨坊主的宇宙》，像是一部戏剧的名字，确实，它的叙事也有点像剧本，而阅读过程中的体验仿佛在看一本侦探小说，而它其实是地地道道的严肃学术专著。这部戏剧的主角，或者说这个探案的对象是一个被人们叫作梅诺基奥的人，真名是多梅尼科·斯坎代拉。他生活在四百多年前意大利弗留利地区的小山城蒙特雷阿斯，他的主要职业是经营磨坊。这位死去已久的中世纪意大利小磨坊主若是九泉有知，应该感谢历史学家卡洛·金茨堡。正是后者让他从档案史料中复活，成为一个栩栩如生的历史名人。

卡洛·金茨堡所做的是一项学术考古（侦探）的作业，他从一大批古老的档案，包括宗教裁判所的审讯、判决记录以及流行于那个时代的印刷品中，还原了梅诺基奥这位尘封在档案馆卷宗里四百多年的磨坊主的精神世界。当然,不仅是"复活"了梅诺基奥这一个体,还呈现了那个时代的面貌。

金茨堡与梅诺基奥跨越时空的相遇,纯属偶然,按照他自己的说法:"20世纪60年代初,我与多梅尼科·斯坎代拉这个名字不期而遇,这完全是一个偶然。"1962年,才23岁正做研究生学位论文的金茨堡对16、17世纪意大利东北一带的女巫审判一事产生了极大的兴趣。他在调阅那个时代宗教法庭的审判记录时,无意间看到了一条寥寥几行的简短案情介绍。它涉及一个农民被告,因坚信世界来自混沌和自然的组合,质疑三位一体的创世教条,被人告发而受到审判,最后处死。金茨堡当时的主要精力是放在研究女巫审判这个历史主题上,尚无暇顾及这位农民被告,但他被案情吸引,就留意并抄下了案件的卷宗编号,暗自起意将来再做深究。当他完成了手头的女巫审判研究论文,已经过去了七年。"1970年,我终于下定决心索取一份关于这两起审判案的缩微胶片。我开始阅读,然后立即就被它们打动了。我将文本誊录了下来,着手研究。"又过了差不多七年,写成并出版了《奶酪与蛆虫》这本书。这本书之所以起名为《奶酪与蛆虫》,就是因为,本书的主角,那个不幸的磨坊主梅诺基奥坚信,世界起源于混沌,包括上帝在内的所有存在物都是来自混沌,就像从奶酪中生出了蛆虫。混沌生出世界万物,奶酪生出蛆虫,这两者道理相似。梅诺基奥的原话是这样说的:"在我看来,一切都是混沌……都是从这片混沌之质中形成的——就像奶酪是用奶制成——而蛆虫会在其中出现,这些就相当于众天使。"《奶酪与蛆虫》,这也是本书主人公自创的理解世界起源的基本图式，反映了他的精神宇宙的特性，金茨堡用来做书名，是再妙不过的了！

一

我们已经知道，这本书的主人公，正式名字叫多梅尼科·斯坎代拉，周围的人都叫他梅诺基奥。他是生活在意大利最北部靠近奥地利一个农村的农民，当过木匠、锯木工和石匠，为了谋生，也干过其他一些别的活计，但主要靠经营磨坊为生。

那个时代的欧洲，这样的磨坊，每个村子至少有一座，所以应该有成千上万的磨坊主。他过的日子比纯粹种地的佃农要略好，但肯定不算是严格意义上的乡绅。这位梅诺基奥与绝大多数农民不同的地方在于，他粗通文墨。在早期城市精英和乡村愚民二元主义的历史观中，像梅诺基奥这样的人物类型是没有被关注到的，对其予以研究的类型学意义并未被重视。金茨堡的研究，发掘出一个历史研究的类型域。不过，《奶酪与蛆虫》的意义远远超出了这一点。

在我看来，隔着四个世纪的时间与金茨堡相遇的梅诺基奥，具有的特殊典型意义至少有以下三点：第一，他是介于城乡二元社会结构之中的一个特殊阶层，这个阶层几乎在所有的文化中都不同程度地存在着。城市精英与纯粹的农民，这样的二分法难以涵盖这个阶层。第二，梅诺基奥以及在他之前的底层"知识分子"，其生活与精神世界一直处于罗马天主教政教合一的严厉意识形态控制与意大利北部农村传统农耕社会生活的夹缝部位，其价值观和言行都必须考虑来自罗马天主教教条教理和农村传统文化观念的双重约束。在梅诺基奥出生15年前，路德在维腾贝格大教堂前贴出《九十五条论纲》，吹响教改的号角，此后新教革命如火如荼星火燎原，欧洲的教改家都行动起来与腐败而僵化的罗马教廷斗争。为了应对路德等人引起的基督教大危机，罗马教廷在意大利北部的特伦托举行了三轮历时18年的大公会议。1545年，第一轮会议召开的时候，梅诺基奥13岁，而1563年12月份，第三轮会议闭幕的时候，他已经31岁。从特伦托到梅诺基奥生活的蒙特雷阿莱，直线距离不过150公里。可以推定，特伦托会议的成果会第一时间传播到梅诺基奥所在的地区。第三，梅诺基奥生活的时代，欧洲的经济社会正处在历史转折阶段。经济方面，中世纪传统社会形态持续衰退，新的产业形态开始孕育；社会方面，现代性开始萌发，地区之间特别是城乡之间的人口流动性在增加。因缘际会，他无意中又成为介于中世纪结束与现代社会崛起两个时代过渡阶段的人物。城市和乡村、主流意识形态和农村传统观念，以调整应对各种挑战的前现代世界观和萌发中的现代意识，空间的、精神的和时代的，这样三重二元局面，集中体现在梅诺基奥这个人身上，使他具有了十分宝贵的样本价值。

二

如果是一名普通磨坊主、循规蹈矩的基督徒，那么梅诺基奥，和其他绝大多数同行一样，他的一生虽未必过得优裕，但温饱是不成问题的，而且也会安然终老。全部的问题就来自，他不是人们所想象的那种普通磨坊主，他识字，看得懂书，还爱思考。这一点，使他在人们眼里成为"镇上的读书人"，是一个"异类"。当然，看些书，思考点人生，也无妨，坏就坏在，他看的要么是明文规定的禁书，要么就是私下流行的不登大雅之作，都不是遵照合格基督徒的标准应该看的书。同样，思考的也是他不该思考的事情。如果仅仅是自己背着别人私底下看看禁书和想想，内心里质疑质疑教会，只要不被人知道，应该也无妨。可这个梅诺基奥，还很有表达欲而且善于言辞，哪壶不开提哪壶，从书上看来的那些"反动"的东西被他爱思考的大脑加工成了自己的思想，逢人便讲。他质疑正统的教义教理，毫无顾忌地发表自己那些堪称大逆不道的评论。他这个人还很轴，认死理，爱辩论。好心人的提醒和警告，他当耳旁风。

　　他喜欢看的都是些什么书呢？金茨堡根据几次审讯记录，复原了梅诺基奥的书单，使我们得以了解这位乡村小人物的阅读习惯。他读过的书大约有十几种，从意大利语版的《圣经》，到《约翰·曼德维尔骑士游记》，再到薄伽丘的《十日谈》未删节版，甚至还可能读过《古兰经》。这些书，有的是他自己花钱买的，有的是借的，还有别人送的。其中《圣经辅读》是唯一一本他自己花了两个索尔多在威尼斯买的，"是真心实意的选择"。两个索尔多在当时也算是一笔不小的开支，看得出梅诺基奥非常喜爱这本书。

　　这本《圣经辅读》，以严格的学理标准要求，是混合了神学、哲学、心理学以及各种生活世界常识的大杂烩，但却在构建梅诺基奥世界观中起到了特殊的至关重要的作用。"它的重要性怎么评价都不算过分。""首先，它为梅诺基奥提供了语言和概念的工具，让他可以阐发和表达自己的世界观。此外，这本书的阐述方式，是以经院学者在解析说明那些错误的主张并继而予以驳斥的阐释法为基础的，这显然促成了梅诺基奥求知若渴的好奇心的释放。"作为一个爱思考世界奥秘与人生价值，又识文断字的磨坊主，这本书实在是最对他的胃口了。梅诺基奥一定把《圣经辅读》读了很多遍，这样的阅读加上思考，使得他内心中那些"纷繁复杂"的元素，历史悠久的、眼下的、个人身心的都结合为一个新的思想"体系"，就像是用很多其他人提供的材料建造起来的一幢房子，材料虽然来自四面八方，但设计和组配都是他自己的，至少他自己是坚信这一点的。"在无意识之中，带着一种开放的心态，他取用了他人的思想残片，就像他取用石料砖瓦一样。"

再比如那本《约翰·曼德维尔骑士游记》，对梅诺基奥来说也是影响巨大。他自己承认："读了曼德维尔的那本书，内容涉及到各色人种和不同的律法，它让我深受困惑。"他所说的困惑，或许理解为是启发更确切，因为这本书让他认识到不同宗教体系各有各的正当性，彼此是平等的，不应该唯我独尊。这对于他的多元主义价值观的确立是很有裨益的。

他都思考些什么问题呢？他思考的都是他这样的小人物不应该思考的"大问题"，比如，上帝的属性，世界的起源，等等。他这样身份的人,一个农民基督徒,思考这样的问题,在旁人看来属于"鬼迷心窍"。他的"非分之思"得出完全不同于正统教义的"反动观点",比如他居然质疑上帝作为造物主创造了整个世界,怀疑圣母与圣子的故事,认为《圣经》上写的这些事情荒诞不经、不合情理,是后来的人编出来的;他质疑教廷所要求信徒们接受并遵照执行的各种标准教理教义教规教仪的正当性,他觉得,那些所谓的圣事,无非是一些"商品","都是生意",是掌握在神职人员手中的剥削和压迫的工具;他批评宗教独断主义,主张尊重多元价值,对异教予以宽容。更令教廷震怒的是,他强烈地指责教会的所作所为以及腐败,呼吁教会放弃特权,返朴归贫。他读过的书虽然不多,但他是带着自己的问题意识去读的,他调用书上的和他从农村口头文化传统中接受的默会"知识",创造性地予以再加工,构建了完全不同于正统的思想体系——关于世界的图式。他认定这个体系是自己独创的,符合常识、完全自洽,是"合情合理"的。他将此当作真理,到处宣扬。他先后两次被拘捕,在多次审讯中也三句话不离本行地对着宗教法官阐述自己的观点。有时候,他甚至以为自己可以成功地说服这些卫道士改变自己的信念。他对自己的这个观念系统的独创权和妥当性抱有的执念深到什么程度呢?深到宗教裁判所动用刑讯手段,也未能让他放弃。遭受肉刑的时候,他自然也恐惧和痛苦,把那些会给他带来厄运的信念,甩锅给撒旦的诱惑,而一旦处在正常状态,立即声明"我的看法是我自己从脑袋里琢磨出来的"。他没有嫁祸于其他任何人,或许是他有好汉的气节或者是天性善良，但更重要的原因是他坚持自己应独享这个得意之作的原创权。

从所发现的史料中可以肯定，在他中年以前，那套给他带来灾祸的观念就已经形成和成熟。五十多岁的时候，他被人举报，并被宗教裁判所判刑入狱。才坐了两年多的牢，离判决的服刑期还差很多年的时候，他的身体就扛不住了。他不得不让儿子出面请求宗教裁判所放他回家进行思想改造。法官在综合判断他的危害性以及身体状况以后，同意他儿子的请求，但前提是本人深刻检讨，彻底悔过。梅诺基奥按照宗教裁判所的要求做了沉痛的悔过表态，承诺要做一个好基督徒。他被允许回家，不过法官规定他的活动范围必须限制在给定的一个很小的区域里，而且只要外出就必须穿标记异端分子身份的忏悔服。获得有限自由的梅诺基奥，虽然坐过牢，但在他的乡里乡邻中的声誉依然完好无损。他继续经营磨坊，并且还被委托管理教堂的新差使，家庭财务状况也相当稳定良好。各种记录显示，他还充分参与了自己所在社区的事务，成为社区的14位代表之一。由于他的良好表现，他甚至被允许可以在原定的自由行动区域以外从事经营活动，虽然他的免除外出必须穿忏悔服的请求没有得到批准。出狱后最初的那几年，梅诺基奥待人处事谨小慎微，一言一行都遵照审判官给他制定的规矩，一切都太平无事。但他渐渐放松了警惕，故态复萌，又开始在所到之处津津乐道陈述他的那些"异端邪说"。毫无悬念地，他67岁那年，再一次被人告发，第二次被抓进了宗教裁判所。因为是累犯，性质比第一次严重多了，审讯时动用了肉刑。

尽管这个可怜老头的反复说着自我辩解的车轱辘话，卑微地哀求法官发慈悲宽恕，但一切都是徒劳的。他再也没有活着走出宗教裁判所，1601年前后，他被以火刑处死，终年69岁。

梅诺基奥死前近二十年不仅作为思想犯投入监狱，蹲了两年多的大牢，身体弄垮，恢复有限的自由以后，又必须每日穿着忏悔服，接受精神上的羞辱。这样的身心折磨，若是他没有"受撒旦引诱"去相信那些"歪理邪说"，或者像他在第二次审判所诅咒的，"要是我在15岁就已经死去"，那本是可以避免的。梅诺基奥死了，在那个年代，这样的死应该是一件平常的事情，所以，他这个人也就悄无声息地化作了历史的尘埃。值得庆幸的是，他的灵魂并未死于肉身的消失，而是化作文字蛰伏在了一摞档案之中。

关于梅诺基奥这个小磨坊主的精神世界，他的命运，在金茨堡的卓越研究发表之前，无人知晓。

三

按照天主教宗教审判程序的要求，审讯的全程，包括审判官与疑犯之间的所有对话都要记录。因此，梅诺基奥两次被审讯期间所发生的一切，也被书记员原原本本地记录在案。这份档案，尤其是梅诺基奥与审判官的对话，成为金茨堡发掘并还原这个人物精神世界的重要线索和依据。金茨堡选择了一些颇有代表性的对话作为第一手材料，来揭示梅诺基奥这个人的信仰世界及其理据,当然还有他的论证方式,他何以坚守这个世界观。这样的对话简直就是学者之间关于各种重要哲学和人生问题的学术探究,如不是事先告知这是审讯,恐难相信这是在法官和犯人之间展开的。

《奶酪与蛆虫》的叙事方式也颇有特色,值得讲一讲。268页的正文文字,居然分为62章,每章平均只有四页多一点,最短的只有一又三分之一页纸的文字,不过是微小说的篇幅。这样的安排对于读者是很亲和的,不过其意义自然主要不在这个方面。我发现,金茨堡的写法匠心独运,是顺藤摸瓜式的,从表现出来的界面,往后台里面去深究,一层又一层,先是讲出这个人被抓捕和审判的事实,然后,写为何被审判,因为思想罪、信仰罪。再深一层,他的思想和信仰的内容以及为何在宗教审判所看来是有罪的,给他带来灾祸的这些奇思妙想是哪儿来的,是阅读。他读了什么,他又是怎么理解并处理书本上的东西的,这些书从哪里来的,他和哪些人交往,等等,一步一步,最后不仅还原了梅诺基奥这个人物,也还原了那个时代的社会场景。这的确非常像是福尔摩斯在侦破一桩案子,或者是一个考古学家挖掘搜索各种遗存,构建物证链条,用于复原一个历史形态。这样的叙事方式,既激发了观看者的兴趣,也展示了学术的严谨性,让读者放心。金茨堡多方搜罗史料,并以此为研究对象建立档案,这看起来是一个史料处理的技术工作,但这样看就错了。在这个看似记流水账般的技术工作背后,依托着一个更深刻的历史观。研究者没有这个历史观,就不仅无法串缀其得到的丰富史料,甚至连收什么、如何收都会大成问题。读者如果不了解这个历史观,自然也不会理解金茨堡的历史学技艺的必要性。

那么隐在考古工作后台的这个史观是什么呢?金茨堡在这本书意大利版的长篇序言中较为详细地阐述了他的史观、问题意识及赋予本书的使命。他反思了历史学研究中的种种弊端,其中之一就是对历史上那些被支配阶级的成员之思想系统的忽视或者误解。他希望通过自己的研究给予所谓的大众文化的深层结构以应有的解释。早期他对女巫的研究,就注意到了宗教审判官对女巫的审讯记录,从中解读出了不同于此前其他学者的新见解。他深入他人此前不曾发现的底层阶级思想活动的内部机理,而与梅诺基奥这个人物的偶然相遇,才使得他的企图更加集中而成功地付诸实现。在这本书中,金茨堡发掘出来的东西是十分丰富的。他深刻地理解了梅诺基奥这类乡村中的文化人,他们如何思考,如何言说,以及为谁言说;传统和时代融在他们身体里的那些元素,如何转化为他们的个性和言行,如何助力他们形成朴实可靠的世界观,进而影响了他们的命运。他认为,那个时代之所以会出现梅诺基奥这样的个例,要感谢两个重大历史事件:印刷术的发明和宗教改革。"印刷术令他能够对照书本检视自己从小到大所接触的口头传统,还为他提供了将纠结于心的那些理念与幻想发泄出来的语言。宗教改革赋予他勇气,去向教区神父、乡里乡邻和宗教法庭审判官表达自己的情感——即便他无法像自己期望的那样,亲自当着教皇、红衣主教和王公诸侯侃侃而谈。"尤为值得注意的是,梅诺基奥这样身处底层的升斗小民,他们自己所思考的、所理解的、所主张的和所信仰的那些东西，居然有相当的部分与上层文化中一小部分人共同拥有的思想主题相吻合，这些思想主题正是后来几个世纪"进步主义"圈子的宝贵遗产，比如，对激进社会变革的渴望，对宗教专制主义的怀疑以及主张价值多元和宽容。这些遗产正是构建现代社会的重要元素。就此而言，梅诺基奥这个四百多年前的、生活于中世纪晚期的、有文化的农民身上居然呈现了现代性的光辉，有着极为打动人的品质。在某种意义上，他是我们的先驱。

梅诺基奥也许算不上是一个铁骨铮铮的英雄，他并没有自觉地去挑战铁板一块、腐败的政教合一秩序，在宗教裁判所巨大的压力面前，他也不时表现出恐惧和怯懦。由于没有受过必要的思维训练，他那"原创性的思想体系"不乏自相矛盾之处，经不住更加严格的逻辑质疑。不过，他坚守某种反形而上学的经验主义本能（习性），坚持自己所感觉的、所理解的，并以此为基础构建自己可相信的，进而相信自己所坚持的。他用以解释世界的本源、上帝、天使、人及所有发生的事件的统一观念图式，形成了一个连宗教审判官也无法突破的闭环。"亲朋好友的退避三舍，教士的严厉斥责，审判官的威胁恐吓，所有这些都没有动摇梅诺基奥对自己的信心。"除了消灭他的肉体，再也无法终止他满脑子的奇思妙想，无法制止他向别人阐述那些令他深信不疑的"真理"。梅诺基奥所作所为的历史影响，自然完全无法与马丁·路德这样的人物相比，但他身上具有"虽千万人吾往矣"的孤勇品质，并不逊于路德。况且，若世间少了像梅诺基奥这样独立思考、不盲从、不愚忠，对世界抱有非功利的好奇心、具有朴实的正义感和本真行动能力的小人物做分母，马丁·路德这样伟大的分子还能否出现，也是大可存疑的。

金茨堡以原创性的历史观念、独特而广博的取材、高超的史料处理技艺以及可读性极强的叙事方式，呈现了这位湮没于历史尘埃中的小磨坊主，使其化身成为"真实世界的堂吉诃德""意大利农民版苏格拉底"。作为意大利人，他即便不能与生活在同时代的那些伟大人物，如隐居城堡笔耕不辍的人文主义大师蒙田和死于火刑柱的革命修士布鲁诺等相比肩，也堪称是那个时代思想解放的"孤勇者"。《奶酪与蛆虫》的意大利文版出版于1976年，此时，小磨坊主梅诺基奥已经死去375年。野百合终于迎来了它的春天！

神保町的书店

神保町是东京最吸引我的地方，因为那里聚集了数百家不同规格的书店，而我是一个标准的书虫。第一次去那里，是1994年秋天，我当时在日本静冈大学做访问研究，坐新干线到东京，在神保町呆了四五个小时，买下了格拉斯哥版的《亚当·斯密著作集》，还有其他的几本书。望着前面似乎永远也逛不完的书店，心有不甘、垂头丧气地回学校去了。

时隔14年，我和缪哲、楼可程等几位朋友一起再次到这里，发现街道做了整治，比那一年整齐、干净、开阔了很多。大多数书店也集中到马路南面的一侧，每一家书店都提供一本统一的地图，上面列出了近200家书店（准确地说，古旧书店159家，新书店35家）及几十家饮食店、茶馆的基本信息。书店的部分，按其经营书籍的性质和特点加以分类。薄薄一册，自由取用，按图索骥，很是方便。

神保町的古旧书店，收购和销售各类古旧图书、文书等，店名都比较雅致，印象比较深的，如玉英堂、卧游堂、松雪堂、清雅堂、明伦馆……一般门面不太大，里面的书架通到天花板，密密麻麻地竖着，找最上面的书，必须爬上梯子。

我们所逛的这几家书店中，一诚堂、悠久堂是文史类图书比较齐全的。金子书店则以销售社会科学类旧书为主，我在这里找到了高岛善哉《亚当·斯密的市民社会理论》《大冢久雄全集》、波拉尼《经济的文明史》（日译本）等书，因为身上带的钱不多，就不敢放任自己的冲动。缪哲兄也是出了名的读书人，在悠久堂，一口气挑了有近30公斤的书，直说便宜，可到了一诚堂，就傻眼了，好书更多，也更贵。一套铃木敬《中国绘画史研究》（四卷八册），要价18万日元，合1.3万元人民币，无论如何买不起，只好流着口水离开。我安慰他，这次我们只是来巡礼的，等我们有钱了，再杀回来，席卷一批。当然，最好是哪位富豪赞助一把，我们即便当个采购代理人也愿意。

在这些书店而不是在图书馆里，我们更加深切地感受到，日本的好书多。不仅内容精严，书籍制作的水平更高，纸张、印刷、装帧，无一不精，即使看不懂日语的爱书人，见了这样的书，也是爱不释手的。专深的学术书籍，一般都会装在淡黄色的结实的硬纸板封套里，开本很大，书脊上的书名和作者名都是非常醒目、简单的宋体字，稳重大方，立在架上，透着一种尊严感，只是价格昂贵，常人望而兴叹。我注意到那些研究中国历史的著作，很多的题目真是冷僻，比如《孝子图》，日本人居然做得津津有味，事无巨细的考据功夫，成就的是洋洋大著，如果读者碰巧是对此有兴趣的，那真是正中下怀。

熟悉鲁迅先生生平的人，内山书店是应该去一下的。在面街的橱柜里，挂着先生1931年题赠内山完造的一个条幅：

> 廿年居上海，每日见中华。
> 有病不求药，无聊才读书。
> 一阔脸就变，所砍头渐多。
> 忽而又下野，南无阿弥陀。

以前读过，这次看到真迹，还是颇觉意味有趣。

上午十时半左右，我们开始进入第一家书店看书，到下午六时，除了中间半小时吃饭，整整七个小时，大概只跑了不到七八家书店，不到全部书店的二十分之一。缪哲说，下次干脆在这一带找个旅馆住下来，泡上十天半月，好好过把淘书瘾。

晚餐就在附近的一家宁波菜馆吃中华料理。店主是日本人，六十来岁，不会说中文，老板娘是宁波人，女儿做帮手，也是一句中文不会。请客的是日本浙大校友会的老周，他本科学的化工，近几年对艺术和文物产生了兴趣，一直在想着帮助祖国做点文化保护工作。最近他们还在联合几位校友给母校捐点图书，苦于不了解学校需求。我们几位异口同声地劝他不如就把我们刚才看好的那些贵重的大书拿下吧。他未置可否，不知是觉得价格太巨，难以承受，还是别的什么原因。

饭后已是十点钟左右，老周说，我们顺便溜达去看一个地方。走不到五分钟，在一个街角，竖着一块碑，凑近一看，上书"周恩来学习处"，不禁大为感慨，周总理他老人家，当年住在神保町这样的地方，还酝酿着闹革命，真可谓天赋异禀，我等无法望其项背。大家欣然在此合影留念。

最后顺便说点我所感受到的日美书店异同吧。去年底，我和缪哲一起去纽约公干，他带着我找到那家最大的旧书店——Strand，当时也令我大为震撼。后来，又到过旧金山的一家很大的旧书店，以及哈佛、普林斯顿等大学的书店，对美国的书店有一些感性认识。如果以我走过的这些书店作为比较的材料，会发现美日两国书店各自的一些特点。美国的书店大而分散，日本的小而集中；美国书店的书架一般是铁制，书封皮颜色灰暗，走进去是黑压压的感觉，日本书店的书架则是厚重的实木，学术书的封皮一律是淡黄色，排列非常整齐，印象很是清雅；日本书店的经营空间高度集约，过道只供一人走动，而美国书店则要略微宽敞些。美国书店的员工，多是年轻的姑娘小伙子，日本书店则是中老年人为主、家族经营。两国的书店各有所长，但共同点也很明显，首先是周到的服务，特别是办理远距离邮寄业务非常有利于我们这种远渡重洋、随身行李有重量管制的书虫大肆采购。其次，同一种旧书的定价常常不一样。如果你有足够的耐心，总能够淘到价格最低、品相最好的旧书，甚至在同一家书店里面，相隔不远的两本书，有不同的价格，这件事情我还没有想清楚到底是为什么。高岛善哉的书，在A架上标价3000日元，在C架上只要2000日元。我反复比较也没有发现价格低廉的这本有什么不对劲的地方。去年在美国也一样，罗斯托夫采夫的《罗马帝国社会经济史》，都没有开封，但有两个不同的价格。不知道这算不算是书店耍的一个策略，为的是吸引爱书人来书店感受淘书的乐趣。

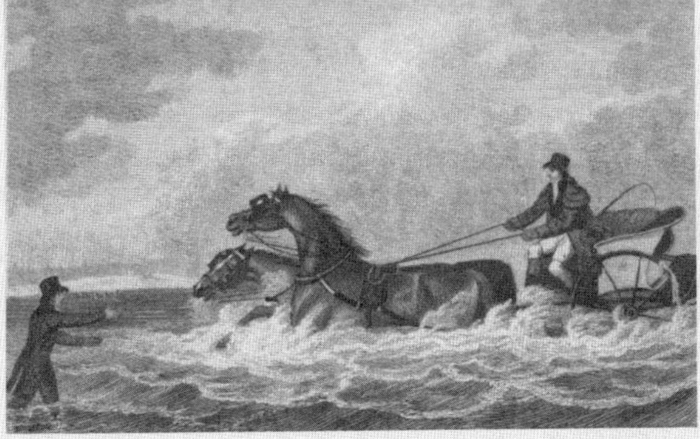

学术心路三十年（1978—2008）

按：2008年初，应《学术月刊》的约请，学生陈春良博士对我做了一个较为详细的学术访谈，文字稿经整理删节后以"探寻真实的亚当·斯密——罗卫东教授访谈"为题发表在《学术月刊》2008年第10期。本书收录的是原初版本，其中，"陈"代表提问者陈春良，"罗"代表回答者罗卫东。

陈：罗老师，我们注意到您的学术成果涉及的领域和覆盖面非常广泛。早期的学术研究主要集中在马克思经济理论、比较经济体制分析以及发展经济学等领域，但近10年以来却突然转向思想史特别是亚当·斯密伦理思想研究。因此，您能否简单回顾一下自己的学术研究历程？

罗：好的。我于1978年考入原杭州大学政治系政治经济学专业，是恢复高考后的第二届大学生。经济系复建，我进入该系学习。

本科毕业即留在经济系任教。原杭州大学经济系在蒋自强等教授的带领下,一直在做经济思想史和经济史方面的研究工作,维续着良好的理论研究传统。蒋老师年轻时曾是我国著名经济学家王亚南先生的助手,他也是中华外国经济学说研究会发起筹办的十几位老先生之一。他不断培养和激励我们的学术兴趣尤其是对经济思想史的兴趣。因此,系里的年轻教师大多有较为深切的理论关怀和学术追求,并逐步形成了各自的专业特长。史晋川、张旭昆、叶航、金祥荣等都是受这样的学术熏陶而成长起来的知名学者。

我留校最初几年是从事马克思经济学的教学和研究工作的。从20世纪80年代中期开始逐步转向比较经济学、发展经济学和经济思想史的教学研究工作。先后开设了"西方经济学""比较经济体制分析""发展经济学""现代经济学文献选读"等课程。

我个人的学术兴趣是由两个方面构成的,在这两个方面我都做了些工作。

第一方面是对经济制度与经济发展的思考和研究。大学三年级,我才18岁,就发表过考察战后日本经济起飞与教育投资问题的论文,今天看来,这篇文章的观点很是幼稚,但显示了我初始的学术兴趣。"七五""八五""九五"计划期间,我就曾参与和主持过国家社会科学基金项目、教育部人文社会科学规划项目。在这个阶段,和同行合作完成了《比较经济发展》(1988年)、《经济增长与反通货膨胀的国际比较研究》(1997年)、《比较经济体制分析》(1999年)、《浙江现代化道路研究(1978—1998)》

（2000年）和《制度变迁与经济发展：温州模式研究》（2002年）等专著和数十篇论文。这些成果集中在经济发展和经济制度领域，在学术界有一定的反响，多次获得各项奖励。

第二方面的学术兴趣是经济史和经济思想史，这个待会再具体介绍。

这两个兴趣是互相联系和支撑的。我对思想史问题的思考总是离不开中国面临的重大现实问题，同样，对现实问题的考察也总会加入历史视角。从1986年发表考察东欧人道主义经济学家奥塔·锡克思想的文章，1988年发表讨论苏联早期领导人布哈林经济发展思想的论文，一直到2002年在《制度变迁与经济发展：温州模式研究》中讨论民间企业成长的机理，都可以清晰地看出这两个方面的联系。

虽然在某种意义上说，这两个方面兴趣交织在一起的状况一直到今天也没有改变，在不同时间段，各方面兴趣的强度也有差异。不过总体来说，从学术生涯开始的那一天起，我对经济史和思想史的兴趣似乎更加强烈、专注和持久，也许是因为这一点，我在这个方面的学术活动也更有感觉，也许成果的学术价值要稍大些。

陈：作为一名经济学者，能否请您先介绍一下自己的第一方面兴趣及其成果。

罗：很惭愧，我算不上是一名严格意义上的现代经济学家。之所以勉强接受经济学者的称呼，是因为自己大学毕业以后一直在经济系任教，有近三十年的学习和讲授经济学课程的经历。在经济学基础研究领域，中国经济学家的工作落后于国际先进水平很多。坦率地说，我们这一代中，绝大多数人的知识训练与做一名现代意义上的经济学家所要求的素质相比是严重不足的。但我们还是尽力而为做些工作。首先是在教学上当好二传手，不让下一代人再面临我们的困境。这些年和浙大经济学院的同事们一起带出了几名相当出色的学生，这是我感到很欣慰的事情。其次，在学术上尽可能地扬长避短，选择中国改革和发展中较为迫切的重大理论现实问题做些探讨。我和史晋川、姚先国、金祥荣等几位教授合作的专著都是有关这些方面的。

1988年由复旦大学出版社出版的《比较经济发展》一书应该是国内第一本从比较的角度探讨经济发展问题的著作。1997年和史晋川教授合作的《经济增长与反通货膨胀的国际比较研究》一书，是教育部规划课题的最终成果，在这本书中我们对拉美和东亚两种不同经济增长模式下的通货膨胀机制做了比较系统的研究，特别是对能够既保持经济高增长，又能够实现低通胀的经济机理和政策问题进行了深入的研究，这在当时也是国内领先的。该书出版后获得了一些好评，也得了政府奖。随着中国再次面临高通胀压力，学术界对通胀问题重新给予高度重视，又有一些学者在引用我们这本书的材料和观点，说明它还没有过时。1999年，我和姚先国教授合作出版了《比较经济体制分析》一书，尽管当时国内比较经济学方面的著作已经有不少，但我们这本还有一些特色，整合了当代新制度经济学的最新成果，出版以后多次印刷，被不少单位作为教材，学术界对它的引证也不少。

身处浙江这个改革开放先发地区，作为一名经济学从业人员不能不有所思考和研究。在这个方面，我除了撰写一些文章加以探讨以外，也与同事一起撰写论著。2000年，史晋川教授和我带领浙大经济学院的师生承接了浙江省社科重大项目"1978—1998年浙江现代化模式研究"，在课题成果基础上完成了《浙江现代化道路研究（1978—1998）》一书，这是运用实证经济学范式对区域现代化进程做全面研究的第一部作品，既有一定的深度也有相当的系统性。此后，我又参与了教育部重大项目"温州模式研究"的调研，与史晋川等几位同事合作出版了《制度变迁与经济发展：温州模式研究》一书。从课题申请立项到组织调研和最后成书，都花费了相当的心血。在工作最紧张的时候，家父突发脑溢血去世，我都没能从温州赶回送终，留下终身遗憾。这本书中我负责的是温州模式中的企业部分，撰写了分析温州民间企业成长的内容，从实证研究的角度探讨了政府、市场与企业成长的关系，其中一些观点还是引起了学术界的持续关注和探讨。这本书出版以后一直保持着极高的引证率，表明它在学术界的影响。

陈：经济学是当今社会的显学，很多非经济学出身的人都争先恐后要转入到这个领域，可是您却做出了相反的选择，转入相对冷清的思想史领域，能否请您谈谈这样做的原因？

罗：柯林伍德曾经说过："一切历史都是思想史。"对历史的认识和理解，归根结底要从思想和观念方面着手。这一点，过去我们不够重视，但现在应该有所改变。在我看来，经济学本质上也是一门历史科学，从思想史角度加以把握不仅是应该而且是必须的。

我在最近若干年里集中于亚当·斯密思想的研究，这既有学理上的原因也有社会变迁的原因。一方面，这与我进入比较经济学领域有关。按照现代经济学的思维方式来进行比较经济体制分析，必须要接触到福利经济学、社会主义经济大论战、"兰格模式"，而稍微深入一点就要研究洛桑学派和奥地利学派。这样就必然要熟悉哈耶克、熊彼特并进而上溯到瓦尔拉斯、帕累托、门格尔、维塞尔、米塞斯等人的思想。最后必然的结果就是接近亚当·斯密这个人。另一方面，当代世界特别是中国社会现实的重大变化也是重要导因。

1992年邓小平南方讲话之后，我们国家走向现代市场的步伐突然加速。中国义无反顾地进入了真正的社会转型时期。旧的经济秩序、社会秩序和精神秩序都面临极大的冲击，而新秩序尚未形成。人们对市场经济的恐慌不仅表现在经济运行的稳定性方面，而且也表现在对市场机制能否产生较好的社会秩序和道德秩序的怀疑。尤其是对市场经济道德维度的基本特性，不仅一般社会大众，而且理论界也表现出了极大的关心。大约是在1994年前后，汪丁丁教授发表了《论市场经济的道德基础》一文，引起了很大的反响，1996年5月份浙江大学专门举行了主题为"市场经济的伦理基础"的国际学术会议。科斯洛夫斯基等一批有影响的经济伦理学家的著作也被译介到国内学术界。一系列的学术事件都表明当时人们在市场机制的道德功能问题上所倾注的学术热情。受此影响，加上我向来的对哲学的兴趣，也开始介入这个问题的讨论。先后发表了《也谈市场经济的道德基础》《论道德的经济功能》《论现代经济增长的精神动因》《经济学与道德》等论文，表达自己的观点。早期还主要是站在新古典学派和经济自由主义立场上为市场机制做辩护，后来逐渐转向对市场机制的社会和道德基础的更加人文主义的思考。在这个过程中，自己也是经历了非常曲折的思想历程，不断地反思、质疑。

1994—1995年，我到日本做访问研究，发现日本学术界对这个问题也曾经有过激烈的争论。这大概是因为作为后发的市场经济国家，日本同样经历了剧烈的社会转型。在大量的阅读和思考中，我逐渐发现，当时学术界在若干基本问题上的争论，其思维的向度和深度都没有超越苏格兰启蒙学派、德国历史学派以及马克思学派的研究。在后两个方面，当时我所积累的知识要稍微多一些，关于苏格兰启蒙学派则知之甚少，感觉非常有必要深入学习。于是，在20世纪90年代末，我开始认真阅读休谟、斯密和弗格森的著作。为了让自己有一个必要的学习压力和学习条件，我决定攻读西方哲学的博士学位，并选择了苏格兰启蒙学派哲学作为我的研究领域。最后，我以《亚当·斯密的道德哲学》为题写出了博士学位论文。从1995年我首次发表关于市场经济道德基础的文章到2006年博士学位论文正式出版，我对经济与道德、经济学与伦理学关系的思考断断续续持续了十年多时间。关于我从经济学这样一门显学转向伦理学的心路历程，我在《情感 秩序 美德：亚当·斯密的伦理学世界》一书的前言和后记中都做了陈述，有兴趣的读者可以去翻阅，这里我就不再赘述了。

陈：2006年您出版了《情感 秩序 美德：亚当·斯密的伦理学世界》一书，为人们展现了一个完全不同的亚当·斯密形象。汪丁丁、万俊人、韦森、王焱等知名学者对该书都给予了很高的评价，目前也有不少有分量的书评问世。有人评价它是中国学者对"斯密复兴"国际运动的一个严肃回应。请您谈谈这个方面的情况。

罗：斯密在思想史上的地位可谓几经沉浮。生前他受到的待遇是当时很多知识分子所不曾有过的。与他的好朋友休谟相比，情况更是如此。但他逝世以后，情况就非常不同了。他遭遇到两种完全不同的态度，一种是因《国富论》的经典地位和历史贡献而将其符号化为"自由放任主义经济思想之父"，对他予以惯性和形式主义的推崇，但他思想的真实姿态，他理论贡献的多样性、复杂性和深刻性几乎没有引起应有的注意，我把这种状况叫作"亚当·斯密思想的木乃伊化"。这种情况在很长时间之内都没有改变。另一种是质疑、批评甚至指责。19世纪后半叶，德国历史学派特别是克尼斯这样的代表人物对斯密《国富论》和《道德情操论》文本关系的误解和攻击，使不少学者受其误导，主张斯密的《国富论》和《道德情操论》立足于不同的人性假设，二者存在基本的矛盾，即所谓的"斯密问题"。有人甚至怀疑斯密的学术操行，使得斯密在德国学术界成为一个不受欢迎的过时人物。这种状况一直到19世纪末20世纪初才有所改变。因为埃德温·坎南整理出版了斯密当年讲课的课堂笔记，开始逐渐澄清了此前德国学术界加在斯密头上的不实之词，部分恢复了斯密的声誉。尽管如此，人们对斯密的评价还是非常地言不由衷，熊彼特就直率地表示了对斯密原创性的质疑。他对斯密的评价非常苛刻，认为斯密才智平庸，没有任何一条东西是他发明的，都是前人已经提出来然后被他整合进去的，所以，他认为《国富论》的成功是历史上最让人不可思议的事情。

斯密身后这种截然不同的境遇，在我看来基本上是由于后人过于重视他的《国富论》而忽视了他的《道德情操论》。很多人要么根本就不关心斯密《国富论》之外的任何作品，要么就因袭陋见，认为《道德情操论》是无关紧要甚至是理解斯密真实思想的累赘。这些人基本上都把《道德情操论》置于与《国富论》相矛盾的地位。虽然在斯密死后的两个世纪里，也有少数思想史家如莫罗、瓦伊纳、斯蒂格勒等试图将斯密的两部作品联系起来研究，以便复原完整的斯密形象，或者试图引起人们重视《道德情操论》，但是斯密的单一形象并未有根本性的改变。

《国富论》发表200周年的1976年，是亚当·斯密思想开始全面复兴的关键一年。数百名经济学家包括几乎全部的诺贝尔经济学奖得主集中到格拉斯哥大学纪念《国富论》诞生200周年。这个时期前后几年里，牛津大学出版社和格拉斯哥大学合作出版了迄今为止最齐全的斯密文集，囊括了斯密当年在格拉斯哥大学授课的讲义笔记以及斯密生前公开出版的文献和少数佚文。此后的几十年里面，学术界凭借对这些文献的深入解读，惊奇地发现，亚当·斯密完全不是我们想象的那样只是一个一味鼓吹"看不见的手"的经济学家，而是一个原创能力极强的思想家。斯密思想的广博、复杂和多样性大大超出已有判断。

这个阶段的亚当·斯密思想研究，一个极为重要的学术动向就是，人们开始把注意力从《国富论》转向他的《道德情操论》，并逐渐从其中寻求理解斯密真实思想以及解读斯密其他作品的门径。目前，不少学者甚至认为《道德情操论》实际上是发展出了一个社会科学研究的一般范式，这本书中发展出来的若干重要观念是理解《国富论》和斯密真实思想的关键。有人甚至认为《国富论》只是斯密《道德情操论》所创设的一般思想方法的一个特例。1990年是斯密逝世200周年，也是《道德情操论》最后一版问世200周年，在这一年，国际学术界对亚当·斯密的纪念活动的核心转向了《道德情操论》，这个转变是意味深长的，是长期思想史研究积累的必然结果。

《道德情操论》的关键词"同情心"或"同感"，是斯密整个社会科学演绎逻辑的核心。他的"公正旁观者"的范式是以此为基础建立起来的。我甚至认为，斯密对人到底是利己还是利他的问题并不像我们一直认为的那么关心。在斯密看来，人与其他生物的不同之处，不在于利己还是利他，而是他的"同感"能力。也就是他对别人的心理、情感、行为的感受和理解能力。这种能力是人类合作的前提和基础。虽然，不同的人"同感"能力存在差异，但这更多的是后天环境因素作用所导致的。斯密乐观地认为，人类的天性、人类心灵的自然结构蕴藏着的"同感"能力是很强烈的。自利的情感，归根到底，只是人类对自己的利益的一种同感而已，就像利他情感，不过是对他人利益的一种同感的情绪。这样来解读斯密，就会发现，其实德国历史学派精心策划的所谓"斯密问题"即利己和利他的矛盾，不过是人们不了解斯密真实思想结构而产生的"伪问题"。斯密正是在他的"同感"范畴上演绎他的社会秩序理论和德性理论的。

另一方面，《国富论》讨论两个最重要的起点——分工和交换及它们的起源，斯密也是同样依据人的"同感"来解释的。在斯密看来，没有"同感"，人很可能就不会借助于交换这样一种双赢的方式来处理问题。一个完全没有同情共感能力和意愿的人，更愿意选择掠夺、盗窃、欺骗等更具有个人效率的方式。市场价格的形成所依赖的也主要是参与交易的各方对情感"合宜性"的判断。所以，斯密的那只"看不见的手"的运行基础乍一看是自利的交换机制，其实深层次理解，正是人类天性中的同感能力。斯密在《国富论》的多个地方都讲到，有效率的交易需要唤起对方对自利的"同感"，也就是说，交易过程中必要的自利心以及由此而产生的责任和严谨的态度是需要被人运用同感能力去唤起的。所以，"同感"也是斯密用来解释市场机制运行机理的基础，这一点正如它是解释社会秩序和德性的基础一样。如果我们认同这一点，那么就能够理解为何《道德情操论》在方法论上是远比《国富论》要重要的作品这一点了。

从斯密个人对《国富论》和《道德情操论》的处置态度看，前者生前修订了二次，出了三个版本，后者前前后后一共修订了五次，一共出了六个版本。一直到死前半年，斯密还在孜孜不倦地反复修订《道德情操论》。仅从这一点来看，我们就能够推断出这本书在斯密心目中的位置。所以,学术界现在重新恢复对《道德情操论》的兴趣,其实是思想史研究中正本清源的一个过程。

陈:您对斯密的解读,尤其是《情感 秩序 美德》到正义论为止的内容,实际上是试图勾勒斯密对传统"祛魅"后"社会何以可能"这一根本问题的回答。从文本看,斯密对这个问题的处理,与他之前和之后的学者相比,都显得颇具真知灼见,请您给我们介绍一下斯密的主要逻辑思路及其与他人的差异。另外,请您简单说一下斯密的处理方法对现代相关研究的启发。

罗:20世纪80年代以来国际性亚当·斯密复兴运动的一个重要特征,就是将斯密置于18世纪苏格兰启蒙运动的历史背景中进行讨论。和当时那些重要的思想家相似,斯密同样要回答的是在宗教权威逐渐瓦解、政府的功能尚未健全的情况下,社会合作的秩序是否具有可靠的内生性、合宜性和稳定性。当然,他的工作基础以及结论与他的老师哈奇逊和密友休谟都有很大不同。关于这个问题的答案,斯密在《道德情操论》的各个版本有较为显著的差异。第一版他的回答非常肯定,非常明确,非常乐观,而到了最后一版,他的态度趋向复杂,甚至透着一种悲观情绪。这个问题,我在自己的那本书中有很仔细的考察。我和汪丁丁、叶航在南京理工大学的演讲,对此问题也做了一定的讨论,最终整理的文本刊登在《社会科学战线》上。愿意仔细了解细节的读者可以去看一看。简言之,斯密认为,人类仅仅依靠与生俱来的同情心和合宜的互动,就已经可以形成一个稳定合理的秩序。这种观点转化为现代语言就是，带有同情心的个人之间的博弈最终可以产生一个稳定的社会结构，而这个社会结构是能够基本满足交换正义要求的。当然，这样一个机制发挥作用的前提是普通人的"同感"能力没有受到严重的扭曲或者压抑。斯密对教会、国家、政党以及其他宗派利益的怀疑，正是起因于他认为这些机构所宣扬的观念或者推行的政策常常损害人类的天性，从而压抑、扭曲、弱化人类的"同感"能力，也使得社会自发的生长机制难以有效作用。斯密在推崇劳动分工带来财富的同时担心它对人性的损害，也都是基于同感这个基点的。斯密的反对政府干预、重视人文教育等也是考虑到如何恢复和提升人类的同感能力。斯密对当时的教育模式的激烈批判只有置于这样的语境之中才能够理解。比如寄宿制度，斯密认为它是对人类同情共感的极大损害，因为它使得孩子和父母亲的自然情感日益淡化和疏离，这对于一个健康的社会是不利的。

显然，斯密通过同情共感对秩序形成和社会何以可能的讨论，与现代基于个人理性的研究进路有很大不同。众所周知，现代经济学有关秩序起源的研究，主要分析起点是理性自利个体的非合作博弈，探讨走出"囚徒困境"的各种机制，目前常见的处理方法包括重复博弈、社会资本进路和演化博弈思路。应该说，和以上这些有代表性的研究相比，斯密的回答显得当然更加像是猜想，但是不能回避的一点是，斯密的处理方法，假设前提放宽了很多，他的起点是具有同情能力的情感个体的博弈行为。而值得指出的是，2001年，萨利的一篇文章注意到斯密这方面的贡献，将斯密基于同情共感的博弈用现代博弈论语言表达了出来，引入《道德情操论》中的心理距离和物理距离的概念形式化了斯密的猜想。萨利这篇文章的中译文，在《新政治经济学评论》的第二期上可以找到，有兴趣的读者不妨一读。

陈：您的《情感 秩序 美德》对斯密伦理学所进行的知识考古，和国内已有的斯密伦理学研究相比，除了在文献考据和分析深度上均有所见长之外，最重要的应该是提出一个斯密注意力转移的假说，即您认为斯密《道德情操论》的第一版和第六版的差异，正体现了斯密对资本主义本身的态度变化，也呼应了斯密从早年对市场秩序扩展的乐观，到晚年对市场经济必然导致德性败坏的忧心。所以，您能否结合若干关键概念的变迁，给我们描述一下斯密思想的流变轨迹呢？

罗：对一个合格的经济思想史研究者而言，他的基本任务就是要揭示人类历史上若干重要经济观念的形成、演变以及对其他观念的影响机理。我在刚接触斯密的《道德情操论》的时候，更多的是打算挖掘它对《国富论》的影响的基本方面。但是随着研究的深入，逐渐发现斯密自己关于商业社会的基本评价在发生变化。这一点首先是英国和日本学者察觉到的，其中像麦克菲和田中正司等人还就此做过较为深入的阐述。受他们的启发，我认为有必要对这个问题做进一步的研究。

这样我的注意力开始从同一作者不同作品之间关系研究转向同一作者的同一作品不同版本的研究。牛津大学出版的《亚当·斯密著作集》中的《道德情操论》卷以及水田洋的日译本为我提供了很好的条件。我仔细比较了该书不同版本尤其是初版和修改最大的第二版、第六版的增删内容，发现了斯密在他晚年时代，思考问题的立场、观点和评价都与早年有较大不同，尤其是在对"同感"是否足以能够构建和谐社会秩序方面的可能性，他表现出了前后差异性较大的判断。

通过勾勒斯密不同版本间内容及表达形式方面的变化，我发现斯密从早期对资本主义市场经济的道德辩护，到晚年对市场经济的道德怀疑这样一个巨大的思想转变，并进一步挖掘出一些有意思的触动斯密心境变迁的因素变量。这对理解和反思市场经济所带来的普遍道德困境，将有很深刻的启发和借鉴。事实上，通过版本间的考据，斯密思想的演变主线也慢慢呈现出来：1759年《道德情操论》第一版出版时，斯密的论述精神和理念完全偏向基督教新教伦理，即表明有缺陷的人各自为自己利益，在同情心的纽带连接下可以形成一个很好的社会秩序。社会生活交往中，人也是受"看不见的手"指引，因此政府干预是不必要的。所以，中年时代的斯密对商业社会的自组织能力以及它的道德性是满怀乐观情绪的。到了第二版，为了回应艾略特对他有关同感与良心之间关系的论点的质疑，斯密的思考变得深入了。而到了第六版，斯密发现正是由于人的"同感"的天然倾向性，即对"快乐"的同情总是要强于对"痛苦"的同情，通向财富的道路与通向德性的道路总是不一样的。这样一来，斯密对以财富为主导的商业社会能否同时兼有德性表示了深切的怀疑，他倾向于认为对"快乐"具有强烈"同感"的个人往往倾向于为了财富而放弃德性。这个观点，在早期仅仅是一个猜测，而到后来就展开做了详细的阐述。

更重要的是，和早期的自由放任主义不同，晚年的斯密开始把解决商业社会财富与德性之间矛盾的希望寄托在具备某种卓越个人禀赋以及高尚德性的英明政治家和法官身上。他在《道德情操论》第六版新增加了一卷，专门讨论政治家和法官该有什么样的品质。斯密从一个不遗余力鼓吹"看不见的手"，宣称自由放任主义的人，转向自由市场怀疑论者，开始求助于政治精英来摆脱自由市场的道德困境，这种基本立场的巨大转变让我深感震惊。我发现后来人们对斯密的解读几乎完全忽视了这个重大转变。

综上，有关斯密的思想转变，我的发现可以简单概括为：《道德情操论》第一版斯密实际上很乐观地为市场经济辩护；但是，晚年出于对商业社会普遍道德败坏的忧虑，斯密开始反思同情心的倾向性差异，这种不对称性最终又将如何导致德性的败坏。为此斯密不顾日益衰弱的身体，在逝世前三年对《道德情操论》做了系统的修订。如果说第一版斯密的基本注意力集中在基于同感的交换正义论，第二版注意力集中在良心论，那么第六版的重心则转向了德性论。从这个思想轨迹可以看出，斯密本人脱离了早期乐观的加尔文主义新教伦理的社会理念，逐渐具有斯多亚主义的思想气质。我个人认为，斯密关于市场社会评价的重心发生巨大转变的这一点非常值得我们重视。

陈：其实，我们也了解到您这几年除了繁忙的行政工作，实际上还积极参与浙江大学跨学科中心的筹办和组织相关跨学科研究工作。您曾说过对《道德情操论》的知识考古，实际上有一个出发点是经济学自身的重建。所以，一个问题是：从您著作的知识考古发现看，经济学重建可以借鉴的要点有哪些？另外您能否就斯密《道德情操论》的解读成果对目前跨学科研究的意义，以及该研究进路的未来愿景，做一个简单的评价呢？

罗：我个人认为，一个学者在思想史上的地位取决于他创立的基本观念，这些观念总是以范畴或概念来描述和概括的。所以，不论他写了多少书，最终被后人记住和影响后人的总是有限的核心概念，是他思想的"关键词"。比如柏拉图的"理念"、马克思的"剩余价值"，熊彼特的"创新"，凯恩斯的"有效需求不足"等。对于斯密，我们大多数人联想到的，迄今为止还是"看不见的手"。但是，我们已经发现，斯密思想最主要的关键词其实不是"看不见的手"，而是"同感"。最近若干年来国际学术界的研究包括我本人对斯密的解读，倾向于认为"看不见的手"只是斯密思想体系中的次级概念。它之所以妇孺皆知，只是因为这个"隐喻"用得很妥当。但是，它是一个特别容易引起误解的概念，总会令人立即联想到很多规范性的命题，比如"不用管或不用干预，市场机制自己就会运行得很好"之类。与此不同，"同感"整个概念则更为基本和关键，它呈现斯密思想的巨大理论张力和多样化发展的进路。以"同感"为基础，可以演绎正义论、良心论和德性论，也有助于理解经济生活、政治生活与道德生活的相互关系。另一方面,将斯密思想的关键词从"看不见的手"转变为"同感",意味着斯密研究的主要重点也应该从《国富论》转向《道德情操论》。我认为,斯密的基于"同感"的理论体系,其重要的学术价值还在于它为集科学与人文两者于一身的统一社会科学提供了可参考的方法论基础。

值得一提的是,人类"同感"的神经科学机制最近已经被发现了。"镜像神经元"的存在表明了斯密当年的猜想是多么的伟大。除了"同感"这个核心概念,《道德情操论》里面还有大量关于情感、效用、道德评价、决策的心理机制等的论述正在引起学者的关注。现代行为经济学的工作,一个较为重要的内容是运用科学实验和社会实验的方法对斯密在《道德情操论》里面的基本命题进行检验和实证。哈佛大学和麻省理工学院都开设了关于《道德情操论》的专门课程,诺贝尔经济学奖得主弗农·史密斯对斯密行为经济学思想的梳理,这都意味着,斯密的《道德情操论》正在成为经济学进一步发展值得重视的思想资源。在某种意义上说,经济学下一阶段发展所依据的核心文本将从迄今为止的《国富论》转向《道德情操论》。

汪丁丁、叶航和我三个人发起成立了浙江大学跨学科社会科学研究中心,其初衷在于对社会科学的学科主义倾向做深入的批判性反思,探寻摆脱学科的藩篱、开展真正研究合作的基本范式。我们三个人虽然都被外界看作是经济学家,但确实没有明显的经济学学科意识。了解我们工作的人应该会看出,最近若干年里我们一直在关注的基本问题是统一社会科学范式的可能性。我们三个人有着不同的学术兴趣和研究分工，叶航教授主要关注的是这个问题的科学（生物学、神经科学等）基础，我感兴趣的是古典学者作品中的思想资源，汪丁丁教授则密切注视着国际学术前沿的最新进展，致力于做出比较深入一点的反思和前瞻性判断。我们三个人合作举办了很多的讲座，撰写了不少文章，并且一起把有关的国际学术成果介绍给中国学术界。我个人认为这个组合是非常成功的。在合作的过程中，我们都认识到回到社会科学学科化之前的古典时代去寻求思想资源是有必要、有意义的。这意味着，我们对包括亚当·斯密在内的古典思想家们都应该在新的维度上予以认真解读。

《道德情操论》研究的跨学科意义，这是一个需要进一步思考的问题。就我目前的认识而言，大概最感兴趣的还是斯密的"同感""公正旁观者""合宜性"等是否能够成为某种统一的社会科学范式中的基础概念这一点。我没有细致地考察过，但确实有一种直觉让我做出肯定的回答。而要对此做出翔实的考察与论证，既要对包括斯密在内的古典思想家的作品做更加深入的解读，又要援引现代分析科学、实验科学的技术和方法来为形式化的研究提供扎实的基础。这项工作需要很多人的合作。

目前，我和浙大跨学科社会科学研究中心的几位同仁正在运用先进的社会仿真技术对引入同情心的人类非合作博弈机制进行研究，已经有了初步成果。

陈： 在《情感 秩序 美德》的最后一章，您提到目前形成的这个文本还只是一个阶段性的铺垫工作。那么，从这些年经济学的发展和您所关心的现实问题的演变方面，您下一步的学术注意力将主要如何分配？对推动中国语境下的斯密研究，您将有哪些计划呢？另外，事实上，我们从书中的许多脚注中都注意到您对斯密的许多论述，实际上还埋下许多进一步讨论的线索。下一步您是否将会另辟文本对这些前期存而不论的话题做专门的讨论，具体哪些话题在您看来觉得需进一步深入讨论？

罗： 我曾经想到是否应该对斯密思想的某个具体专题进行的深度挖掘。2004年《情感 秩序 美德》主体部分定稿后，我觉得有待进一步深入的问题之一是同感和经济正义理论的关系。当代伦理学中，斯密基于同感的正义理论几乎没有引起多少注意，其原因可能是学术界对斯密伦理学的独创性认识不足，许多学者仍然因袭成见，认为斯密的伦理学思想只是其老师哈奇逊或挚友休谟理论的附庸。另一个原因也许是斯密的思路与当代伦理学的演进主线存在较大的差异。无论如何，我认为以下工作是有意义的，即将当代伦理学的不同正义理论与斯密基于同感的正义理论进行比较研究，从中发现有价值的部分。这样，一方面可以深化对斯密的正义理论的理解，另一方面也有助于重新确立斯密在当代政治哲学中应有的地位。这个工作以前施特劳斯和克罗普西曾经做过，但是我认为还不理想。

我关心的第二个问题是当代语境下经济学和伦理学的关系。

众所周知，经济学与伦理学之间深刻的矛盾和疏离源自经济学发展后的去价值化运动，源自科学主义思维在经济学中的滥觞。但是，现实经济生活的伦理维度是无法也不应该回避的。在科学分工日益细密的今天，我们不能要求经济学家和伦理学家都全面地把握对方学科的知识，我们也不能终止经济学现有发展的路径。因此，经济与伦理以及由此而生发的经济学与伦理学之间的关系就需要我们用更加开放和现实的态度来对待。亚当·斯密当年在这个问题上所采取的处理方法具有较为明显的现象学色彩，我认为是很有意思的。他在最大程度上保持了这个问题上科学思维与人文思维的平衡。这种姿态给我的印象极深，我也觉得应该有所继承和发展。下一个阶段，我还希望能够对《国富论》不同版本之间的差异及从中显示出的斯密思想的变迁做一个考察，然后再把它与《道德情操论》结合起来研究。

亚当·斯密关于情感、理性各自内涵及其相互关系的理论，与同时代的康德有很大不同，而与先秦儒家的思想倒有某种契合之处。我曾向杜维明先生请教，他也有同感。我曾在拙著脚注中粗略地涉及了这个问题的若干侧面，但限于知识结构未深入探讨。我有兴趣在这个方面进一步学习和考察，希望我的思考能够有进一步的成果。

我个人在经济思想史方面的探索，原初的动力一方面来自一些非常强烈的现实关怀，对转型社会和国家前途的深刻关切是推动我深入历史内部去考察的主要激励。现实生活与理论探索的深刻互动，成为我们这代人较为充实的精神世界得以形成的根源。这大概属于库恩所谈的科学"外部史"的范畴。但另一方面，对思想史上的人物、事件及其关系"内部史"研究，也让我体验到了"知识考古"的巨大乐趣。"知之者不如好之者，好之者不如乐之者"，我相信在推动思想史关怀的外部因素逐渐弱化的未来，来自"知识考古"的乐趣将成为我个人学术生涯最大的激励。

跋

　　这本书得以问世，首先得感谢陈恒兄，承蒙错爱，将拙稿收入他主编的《光启文库》丛书。感谢鲍静静女士，她最先与我联系，帮助安排出版的具体事宜。

　　这些文章写作的时间跨度长达几十年，体裁、文字风格都不太一致，如今以相对统一的面目呈现给读者，很多人对此贡献了宝贵的力量。

　　周小薇编辑十分敬业，编校仔细，让书稿品质有了显著提升。尤其是，我在收到她已经校对好的文稿后，又做了较大幅度的篇目调整，给她的编校增加了新的、很大的工作量，对此，她未有半句怨言，令我十分感动。

　　我的学生王长刚、张正萍、何樟勇、吴红列、范良聪、程晨、沈宣宇等都以不同的方式为本书出了力，其中长刚发挥他曾经在出版社工作过的专业优势，在正萍、宣宇的配合下仔细选择文章篇目，进行文字初订。对诸位的支持和帮助，我要致以诚挚的感谢！

商务印书馆是我心目中最好的出版社。我拥有的书中，来自商务印书馆的比重冠绝群社；更重要的是，在我个人的智识成长中，商务的书起着特殊的不可替代的作用，因此，一直心怀感恩。

拙作在商务印书馆出版，意味着我不只是它忠诚的读者，也终于成为它的作者，何其有幸！

罗卫东

2022年3月

光启随笔书目

（按出版时间排序）

《学术的重和轻》　　　　　　　　　李剑鸣　著
《社会的恶与善》　　　　　　　　　彭小瑜　著
《一只革命的手》　　　　　　　　　孙周兴　著
《徜徉在史学与文学之间》　　　　　张广智　著
《藤影荷声好读书》　　　　　　　　彭　刚　著
《生命是一种充满强度的运动》　　　汪民安　著
《凌波微语》　　　　　　　　　　　陈建华　著
《希腊与罗马——过去与现在》　　　晏绍祥　著
《面目可憎——赵世瑜学术评论选》　赵世瑜　著
《中国的近代：大国的历史转身》　　罗志田　著
《随缘求索录》　　　　　　　　　　张绪山　著
《诗性之笔与理性之文》　　　　　　詹　丹　著
《文学的异与同》　　　　　　　　　张　治　著
《难问西东集》　　　　　　　　　　徐国琦　著
《西神的黄昏》　　　　　　　　　　江晓原　著
《思随心动》　　　　　　　　　　　严耀中　著
《浮生·建筑》　　　　　　　　　　阮　昕　著
《观念的视界》　　　　　　　　　　李宏图　著
《有思想的历史》　　　　　　　　　王立新　著

光启随笔书目

《沙发考古随笔》　　　　　　　　　陈　淳 著
《抵达晚清》　　　　　　　　　　　夏晓虹 著
《文思与品鉴：外国文学笔札》　　　虞建华 著
《立雪散记》　　　　　　　　　　　虞云国 著
《留下集》　　　　　　　　　　　　韩水法 著
《踏墟寻城》　　　　　　　　　　　许　宏 著
《从东南到西南——人文区位学随笔》王铭铭 著
《考古寻路》　　　　　　　　　　　霍　巍 著
《玄思窗外风景》　　　　　　　　　丁　帆 著
《法海拾贝》　　　　　　　　　　　季卫东 著
《走出天下秩序：近代中国变革的思想视角》萧功秦 著
《游走在边际》　　　　　　　　　　孙　歌 著
《古代世界的迷踪》　　　　　　　　黄　洋 著
《稽古与随时》　　　　　　　　　　瞿林东 著
《历史的延续与变迁》　　　　　　　向　荣 著
《将军不敢骑白马》　　　　　　　　卜　键 著
《依稀前尘事》　　　　　　　　　　陈思和 著
《秋津岛闲话》　　　　　　　　　　李长声 著
《大师的传统》　　　　　　　　　　王　路 著
《书山行旅》　　　　　　　　　　　罗卫东 著